献给工程部队的战友暨已跨金婚的老伴

南天门外大街1.0

阿德 著

暨南大學出版社
JINAN UNIVERSITY PRESS
中国·广州

图书在版编目（CIP）数据

南天门外大街1.0/阿德著. —广州：暨南大学出版社，2013.9
ISBN 978-7-5668-0609-3

Ⅰ. ①南… Ⅱ. ①阿… Ⅲ. ①长篇小说—中国—当代 Ⅳ. ①I247.5

中国版本图书馆CIP数据核字（2013）第119494号

南天门外大街1.0
著　　者：阿　德

策划编辑：李　艺
责任编辑：李　艺　陈月雄
责任校对：史　阳

地　　址：中国广州暨南大学
电　　话：总编室（8620）85221601
　　　　　营销部（8620）85225284　85228291　85228292（邮购）
传　　真：（8620）85221583（办公室）　85223774（营销部）
邮　　编：510630
网　　址：http：//www.jnupress.com　http：//press.jnu.edu.cn
排　　版：广州市天河星辰文化发展部照排中心
印　　刷：佛山市浩文彩色印刷有限公司
开　　本：890mm×1240mm　1/32
印　　张：8
字　　数：170千
版　　次：2013年9月第1版
印　　次：2013年9月第1次
定　　价：22.00元

自 序

老是有标准的，其中一条就是“旧事不忘新事忘”。可能是应了这一条，往事历历在目、挥之不去，因而产生了某种冲动，顺其自然，写呀，改呀，写写改改终于完成了《南天门外大街1.0》书稿。耄耋之年，就算够不上“出土文物”等级，也可能属“濒危动物”之类。这是客观的、唯物的，因而必须愉快地过好每一天，能写就写一点吧。这题目不是1.0版本吗？这么拙劣的伏笔，但愿会出现2.0、3.0……

《南天门外大街1.0》自落笔至完稿，逾两年。在此期间住过医院，动过腰背手术。好在头脑尚清醒、四肢无大碍，因而照常开车、爬山、搓麻将、自弹自唱、国内外旅游。庆幸遇到了改革开放、太平盛世，万分珍惜当前居有宅子、衣食无忧的生活，并且可以做自己想做而能做的事情，正如歌曲中所夸张的那样，“我真的还想再活五百年！”

阿 德

2013 年 5 月 1 日清晨 6 时于广州

目 录

楔　子

“想上天？请跟我来……”

咱们先把那块地整平，再铺上路面，路面中主要的部分称为跑道。随后您去拿架飞机来，坐上去，从跑道的一端向另一端滑行，滑着、加快速度地滑着，还没到另一端飞机就临空而起，走上了天路。离地的飞机就会越飞越高，腾云驾雾，这不就上天了吗？

“想着地？是的，人们不能老在天上飘游……”

您得在地上生活——学文习武、创造业绩，谈情说爱、生儿育女，亲人相聚、仇人相斗，喜怒哀乐、悲欢离合——好吧，把您的飞机对准跑道，减慢速度、再慢，它就着陆了，飞机滑到跑道的另一端，滑到停机坪停下。从飞机里出来，去做您想做的、该做的事情。

有这么一个人，不！是一群人，不！不！是相当多的一批人，一辈子就干了“想上天、想着地”这么一件事。他们有的是听从党的调遣，有的是因为学了这个专业知识服从安排，有的是为了生计养家糊口，有的是说不清楚怎么投身了这个行当——总之，他们是一群极普通、极平凡，有着七情六欲的人。但是他们专心致志、不遗余力、勇克万难、历尽艰辛，在祖国大地上默默地建起了一座又一座军用机场和民用机场。

思慕呀，值得后人深深地怀念……

一 天门顿开

1

锣鼓喧天，龙腾狮跃，喇叭声声，人头簇拥，红旗招展，好一派热闹非凡的景象。让人们魂牵梦绕，铭记于心。

那是1964年4月18日上午，断断续续下了几天雨后的广州市，万里无云、阳光明媚、空气清新，似乎连老天也知道广州市喜事临门，也要露出晴朗的笑脸来同庆共贺白云国际机场扩建工程完工。

在刚竣工的白云国际机场一块单独的停机坪端部土质面上，早几天在工程开始清场的时候，就由市搭棚公司用竹子在这里搭建了一个宽敞的舞台，作为竣工大会的主席台。

广州搭棚公司拥有一批很专业的、心灵手巧的工人师傅。舞台的正面宽、进深大，完全可以演出大型戏剧和歌舞。而且整个舞台没有一根立柱，就不会影响演员在舞台上的活动空间。而这样一个偌大的舞台是师傅们用一根根毛竹搭建，纯手工完成的。首先，师傅们用七八根中等粗细的毛竹，排在一起弯成跨度很大的拱形，每一榀这样的大拱形，都落脚并埋入舞台的左右两侧。舞台中间高高地拱起，简直可以开进去一架小型运输机了。各榀大拱形之间也是用竹竿连接形成空间结构，而系缚竹竿用的是竹篾青。工人们腰间随身挂着一扎篾青，任抽两根把要连接的竹竿围住，随手一拧，把篾青的头朝所围起的套里一塞、一拉紧，竹竿就会被绑得结结实实。舞台的顶部也是用竹竿当檩条，比较密集地联结每榀大拱，形成一个稳固的整体。在檩条上铺上两层较粗的篾席，篾席顶部再铺上油毛毡，这就能防雨水了。整个舞台除了顶层用的油毡外，全部用的是竹材，没有用一颗铁钉、一根木头。工地的临时礼堂也是类似构造，只是跨度稍小些。它曾经遭遇过七八级大风，却在狂风暴雨中屹然不动，仅仅吹掉了一些顶层油毡，让人不得不钦佩工人师傅们的手艺老到。

太阳已经升得很高了，参加竣工大会的人群井然有序地进场，整个停机坪已熙熙攘攘，人声鼎沸。大家按每个单位纵向1～2行站立着，最醒目的是正中间一行穿着草绿军服的队伍，那是陆军工兵一团一营的战士。战士们个个精神抖擞，从站立的队形和姿态就能看出这是一支拥有良好军事素质的队伍。一营战士左侧依次是空军建设四总队机关人员和新组建的空军工程兵连队、空军工程兵五团、民航与白云机场代表、铁道部门、广州市参加施工的供电公司、供水公司、搭棚公司等各行各业的人员。而其右侧依次是空军建设六总队（常驻武汉）的人马、各区民工队伍（越秀、海珠、荔湾、东山、郊区），以及三轮车装卸队和机场排洪沟施工队等。

列队人员前是舞龙队的场地，舞龙队在主席台前从左到右、又从右到左舞着走着，健旺生动、神气十足。舞龙队与主席台间的空地是醒狮队的场地，机场所在地的狮队随着鼓声舞着各种姿势。突然从场外又传来舞狮的鼓声，越来越近，原来是越秀区的舞狮队赶来庆贺。已在的狮队立即上前，到舞台一侧迎接。只见双方狮队接近时，都下蹲而行，表示恭敬，双方狮队接头时，都作匍匐状，摇头摆尾，狮头相贴十分亲热，算是“行大礼”。随后客狮从口中向主狮递交贺柬，上书“机场竣工，万民庆幸”，主狮便将接过的贺柬交由主队负责人。负责人随即托起双方狮头，意为“免礼”。接着，主狮让路，客队狮子便威风凛凛地舞到舞台中央。这时，从舞台顶棚高处吊下几株连根生菜表示“生财”，客狮立即大动作地舞动一番，同时有几个壮汉在吊着生菜下方的地面上扶持起一根高大的、比碗口还粗的直木，说时迟、那时快，客狮连舞带跳一下子踩过扶木壮汉的肩膀直往木杆顶部攀登，瞬间到达顶部。

人们屏气凝神，有人惊得大气也不敢出，特别是武汉来的六总队从未见过这种表演，只见其中一个女青年一手捂着胸口、一手拉着旁边的人，想看又不敢看，还急促地说：“这太吓人了，怎么顺着一根杆子可以爬那么高，而且动作又那么快。”被拉着的男青年拍着她的肩膀回答：“别怕，别怕，这叫做功夫。你看，狮子在杆顶上还不停地做动作呐，真是绝活!”

的确，狮子在顶端还舞着表示喜悦的动作，好多观众都屏住呼吸观看，生怕它一不小心失足落下。只见客狮用狮口将生菜和“利是”“咬下”，再急速下滑到地上，在舞动完几个昂首挺胸以示胜利的动作后，又几次舞动叩首的动作表示感谢。其间鼓声也配合着，有时铿锵有力，有时低声密集。表演结束后，队伍中响起热烈的掌声和叫好声。

离 10 点还差 5 分钟的时候，舞狮、舞龙的渐渐停息，台下的人群也慢慢地安静下来。舞台上有人出来敲了敲麦克风开始讲话，讲话人对着麦克风宣布了大会纪律和注意事项。

10 点整，广州市政府秘书长上台主持会议，宣布广州白云机场扩建工程竣工庆祝大会正式开始。顿时，鼓声、喇叭声、鞭炮声、呼喊声交杂着，此起彼伏，响彻云霄。几分钟后，会议主持人做着手势，并敲击着麦克风示意大家开会了，这才让情绪激昂的人们安静下来。

“现在请扩建工程总指挥部总指挥、广州市市长讲话。”话音刚落，雷鸣般的掌声再一次响起。

2

自从中国共产党领导中国人民推倒三座大山，把国民党反动派赶到台湾后，蒋介石集团惶惶不可终日。正当中国人民解放军调集兵力筹备解放台湾时，恰遇上朝鲜战争的爆发。打赢了第二次世界大战的美国，那可是帝国主义集团中不可一世的主儿，岂能容忍改变整个世界的态势和力量格局，当即派出了第七舰队游弋在台湾海峡，阻止中国人民解放台湾；同时刁钻地策划了仁川登陆，朝鲜战场形势即刻逆转。美国操纵着联合国，纠集了所谓联合国 17 国的“联军”，号称百万兵力，由“二战”中克胜日本天皇大军、威名盖世的美军统帅麦克阿瑟指挥，派出美国全部陆军的 1/3、空军的 1/5、海军的近 1/2 的兵力，很快把战线推向朝鲜北方，甚至轰炸到我国东北地区，叫嚣着“鸭绿江不是中朝边界”……那些日子里局势真是千钧一发，是否出兵朝鲜已是迫在眉睫。“唇亡齿寒、户破堂危”，毛泽东彻夜难眠，权衡再三，最后力排众议，认定“我们应当参战、必须参战，参战利益极大，不参战损失极大”。

1950 年 10 月 19 日中国人民志愿军“雄赳赳、气昂昂”跨过鸭绿江，中朝人民并肩作战，给侵略者以沉重打击，麦克阿瑟被打得丢盔卸甲、弃印而去。战争历时三年，1953 年 7 月 27 日，美国被迫在停战协定上签字画押，朝鲜半岛重返和平。

抗美援朝战争的伟大胜利打破了美帝国主义不可战胜的神话，震撼了世界。但是也由于这场战争，“耽误”了中国人民解放台湾、统一祖国的伟大事业。当时美国气急败坏地运用其雄厚的经济实力、优良的军事装备，除继续派第七舰队游弋台湾海峡外，又在中国周边地区实行包围、封锁和堵截政策，扼制我国经济建设以及与世界各国的交流。盘踞台湾的蒋介石集团亦蠢蠢欲动，不停地叫嚣要“反攻大陆”，企图东山再起。

另外，还由于中苏两党在意识形态方面产生了诸多分歧，整个社会主义阵营出现了较大的裂痕。1960 年，苏联政府背信弃义地撕毁两国经济技术合作协议，召回在华全部苏联专家；1962 年春又策动新疆塔城、伊犁边民暴乱和大量外逃，而且还与美国等达成旨在剥夺中国拥有核武器权利的所谓防止核扩散协议。因而我国想通过北方边界，经由苏联与世界沟通，也是阻碍重重。

一个有着五亿人口的泱泱大国，在这世界上不能随意地与他国联系交际，不能畅通地与各国人民进行贸易和技术交流，尤其是对遍及世界上各个角落的华侨来说，不能正常地走亲访友、人来我往……这种状态极大地影响了我国国民经济的发展、科学技术的进步，特别是阻碍了与有海外关系的民众和侨民、华裔的交往——实在是可恶、可恨！因而能与南亚巴基斯坦国通航，通过南大门找到一条通往世界的路，实在是非同小可的、打破帝国主义封锁和“苏修”刁难的一项伟大胜利。这项工程的胜利意义十分重大，利益非常丰厚，也让人们的精神十分振奋。这就好像是在帝国主义和“苏修”罪恶编织的、毫无人道的、密不透风的网罩上掘开了一个洞，打开了一扇门，构筑了一个可以自由出入的通道。

竣工大会上，市长阐述着整个工程的起因和重要性，并说：“根据当前国际形势，为了加强国际上反帝、反修斗争和中巴、中柬国际通航的需要，按照国际航空港的标准，将上海虹桥机场与广州白云机场同时扩建。国务院批准了空军、上海市和广州市的联合报告，正式下达了设计任务书。广州市依照国务院周总理、中共中南局陶书记和广州军区刘司令‘工程上马要越快越好，要按期完成；只准搞好，不准搞坏’的指示精神，在场的全体军民、工程技术人员和管理者们，以阶级斗争为纲，奋发图强、夜以继日、想方设法、苦干巧干，今天终于竣工，完成了这项光荣的、闻名世界的伟大任务。

“我们从 1963 年国庆节后进入现场，在 12 月 3 日从广州市民航运营转场到佛山沙田机场，1964 年元旦过后开始主体工程——道面混凝土项目，从试打到 4 月 1 日，仅用了 87 天完成了长约 8 里、厚约 1 尺 2 寸的道面混凝土 10 万余立方米的工程。这是什么概念呢？这个数量相当于三个常规机场的工程量，我们这个可是上了国际机场等级的。当然，成果远不止这些，我们还完成了土方工程近 30 万立方米（其中绝大部分为水田淤泥），使用了 25 万立方米片石，如果把这些片石堆在跑道上，整个跑道可堆成一人多高；铺设预埋了各种大小管径的管道 14 余里长，有的管径大得可猫腰走过一个人；而临时铁路铺设长度就达 24 里。

“在机场现场动用了 4 000 余名军工，这是我们的骨干力量；招用民工 17 000 余人，这是基本力量；另外在场外各地生产石料的尚有约 10 000 人。

“白云机场扩建工程巨大、技术复杂、时间紧迫、工序繁多，采用的还是国际标准，而面临南方水田淤泥这样的地质情况，更增加了施工的难度。但是总指挥部很精悍，才 150 名干部（内含工程技术人员 105 人），就完成了整个工程的上情下达，下情上达；计划调度，指挥协同；技术定夺，急事处理；内外联系，批评表扬……整个工程像一部硕大的机器在运转着，一心一德、一丝不苟、一步到位、一气呵成。”

市长的妙语说到了与会人们的心坎里，会场上又一次响起热烈的掌声和欢呼声。

接着大会宣读了向党中央、国务院报喜的电文，通告嘉奖了先进单位和立功受奖的模范人物名单，并当场授予奖牌和证书。当宣布某一单位受奖人员名单时，那个单位与会者的掌声就会特别热烈，因而热烈的掌声此起彼伏，好像是在“打擂台”。最后，大会在轻快的乐曲声中结束。

当天傍晚，所有参加工程的施工人员在各自食堂举行会餐，这无疑又是一场喜庆盛宴。傍晚的广州市已是万家灯火，尽管有地面灯光的闪耀，天空仍然乌黑。突然远处的天空划过一道光——一条白色的光柱，来回晃动着；一瞬间，从城市的四面八方闪现出十来条白色光柱，在夜空中滑动。在光柱相遇处更是闪亮耀眼，连星星也失去了光彩，躲到了光柱后面。

在绚丽的夜空下，停机坪的舞台上，开始了精彩的演出：诗朗诵、歌舞、杂技，特别是粤剧折子戏，咿咿呀呀，唱得那些民工们摇着头、晃着脑，手击板眼、脚踏拍子，个个如痴似醉。而那些军工们则瞪眼静坐，一头雾水，每唱完一折，礼节性地鼓着掌。就这样，一直闹腾到深夜……

竣工大会后，总指挥部继续有条不紊地组织安排参加施工的军工、民工和施工机械设备退场，以便民航接收人员准备通航事宜。就这样，在紧张有序的节奏中，在一流的办事效率下，终于正式迎来了与巴基斯坦国通航的日子。《人民日报》头版予以报道，广州、上海两地又是召开新闻发布会、外交酒会，又是举行通航仪式、群众集会，热烈庆祝这翻开我国民航史上崭新一页的丰功伟绩。

3

文昊这位四总队司令部场建科的哈军工毕业生，在竣工晚会上草草看了一点节目后，就离开了晚会会场。一想到亲自参加修建的白云国际机场扩建工程竣工，他就精神亢奋，久久不能平静。尽管夜色已深，他却毫无睡意，很想去走走。于是文昊就沿着停机坪、滑行道走向了跑道。在这空旷的飞行区，只有朝指挥部的方向才能看到隐隐约约闪烁着的一些灯光，好像离得很远很远。在月光的照射下，脚下的跑道像一条偌大的汉白玉宽带，镶嵌在大地上，笔直地向前伸展，在周围的一片昏黑中呈现出微微的白色，似乎看不到尽头。

他思忖着，这是自己大学毕业后建成的第二个机场。上一个机场在湖南，是大型一级机场，记得竣工那天夜晚自己也是沿着跑道走了好久好久，差点绕场一周。但不同的是白云机场是国际机场，是按国际民航的标准建成的，即将向国际通航，当然他尚未理清国际通航意味着什么，可是心中的自豪感已油然而生。

自从去年 8 月从衡阳紧急出发到广州，这 8 个多月时间一头扎进扩建工程，夜以继日，根本就没有在星期天休息过，也没放过假。即使是春节，也只是在大年初一因武汉六总队一些年轻人吵着要去广州市逛逛，才总算到了南方大厦休闲了一天。大家 250 多天紧张辛勤的劳动，现在终于有了成果，而且上级要求第二天就需撤离。回忆刚进场时，白云机场才只有 4 里长的跑道，跑道北部是一片菜地。广州市的菜地与北方的大不一样，它是一垄菜地间隔着一条垄沟，菜地和垄沟几乎同宽，而且垄沟里灌满了水。经请教当地菜农才明白，广州地区天气炎热，水分蒸发量大，有了垄沟蓄水才能保障菜蔬免被骄阳晒枯萎。菜农时不时手持长把勺子，走在垄沟里向左浇一勺、向右泼一勺，这种一垄菜一条沟的农田，给生长中的菜蔬浇起水来特别方便。回想着当初的点滴，看着现在长度几乎涨了一倍的跑道，文昊笑了。走在含有自己劳动成果的、坚固平整的水泥路面上，他感到浑身充满了力量，好像是“金榜题名”、中了头等奖似的，心里一片愉悦和甘甜。

漫无目的的文昊走在跑道中间，心中充满着喜悦，就像自己生了一个宝贝儿子似的。不知道将来抱着自己的孩子后心情是否也是这么美好、这么爽朗？想到这里，文昊的眼中闪出一丝忧虑，因为妻子林伶怀孕了，但仍然挺着大肚子在病房里走来走去，自己又没尽到一天做丈夫的责任，自责与担心又充斥着心房。这 8 个多月以来未能与林伶在广州相聚，实在是一种遗憾。可恨的是林伶所工作的医院从来没有给予他们探亲假的权利，再者就是工地指挥部考虑到扩建工程工期短促，住房相当紧张，因而规定在这个特殊工程施工期间，不准干部、职工家属来队探亲，这实在也是没有办法的办法。林伶没有来过广州——祖国的南大门，文昊是多想牵着她的手和那即将出世的儿子一起欣赏一下南国风光，感受一下南方的水土人情，再听一听那独具一格、又实在难以听明白的广东话。但梦想毕竟是梦想，无法成真，终成泡影。

他思忖着，突然发现左侧联络道上有一个人影，正向跑道走来。待稍走近一点后，文昊就从走路姿势和步态上认出了这是总队主任工程师陈伯庭。文昊拉开嗓子叫了一声：“陈工!”声音响亮，传得很远。那边陈伯庭也发现了跑道上有人在走，听到叫喊声也认出了是文昊，就回了一句：“小文。”说话声音似乎有点中气不足，虽然隔着一段距离，但因为夜深人静，还是能听得清楚。

两人会合后，陈伯庭颇感兴趣地说："小文，你也出来走走?"

"是呀，今夜难以入寐!"两人会心地笑了起来，文昊兴高采烈地说："陈工，机场竣工了，我们不是形容跑道是'通天之路'吗？我就是来踩一踩上天之路，这不是很有意义吗？再说日后交与民航飞行使用后，民航就会把飞行区控制起来，我们想在跑道上走一走都很难了，况且马上要撤离广州!"

陈工一听文昊的话，觉得前半段有点诗意，后半段那是实在话，就附和道："通天之路？那么我们再走走不就到了'天庭'了?"

文昊很喜欢陈工顺着思路互动式的回答，乐着说："没有，没有！不可能到'天庭'，因为'天庭'是在'南天门'里边，所以要在跨进'南天门'后才行，我们这样走只能说明什么呢……"他思索着，想找一个词，一个能贴切形容的词，"有了，有了，应该是在'南天门外大街'走走。"

陈工很欣赏文昊的想象力，赞赏地说："是的，是的，北京不是有东直门外大街、永定门外大街吗？咱们称这为'南天门外大街'，确切，确切。"他也进一步发挥，想象着说，"'南天门外'，那说明尚未进入'天庭'，还在'人间'，对！我们是在人间。在人间好呀，人间有柴米油盐，喜怒哀乐。"说着两人又哈哈大笑起来，相聚融洽、交谈甚欢，空旷的机场充满了欢乐的气氛。

陈伯庭一边笑谈着，一边在暗想，自已首份工作是在解放前国军湖南勤务大队，负责修建机场。那时机场规模小，一般都是按主风方向建一条跑道，再根据次主风方向交叉着建一条副跑道。工程进展慢，以人工为主，劳力是拉来的壮丁。没有什么机械，譬如用来压实土方的、有好几吨重的石碾砣就是用几十个人来回拉着把填土压密。当时自己只管技术和工程调度，壮丁被编成中队、小队，另有国民党军官管着。

想到这里，他坦诚地对文昊说："小文，我解放前参加修建过两个机场，规模不大，跑道、副跑道都是泥结碎石路面；解放后通过改造学习，被安排在建设四总队，才开始用上了机械，如压路机、混凝土拌合机，进行'半机械化'施工。这样又建了几个机场，而且都是水泥混凝土跑道。但是像这次白云机场扩建成国际机场，如此大的规模，对我来说也是第一次，这个过程中还真的了解了、学到了不少知识。"

文昊听着陈伯庭关于过去建机场一般都是主跑道加交叉副跑道的介绍，心中思索，这些都印证了所学的知识。过去机场之所以设计成这种形状主要是因为使用螺旋桨飞机，速度小，受侧风影响大，因而要尽量做到顶风起飞。而现在已发展到用喷气式发动机的飞机，速度大、受侧风影响小，所以机场设计都采用符合主风方向的一条跑道即可。陈伯庭尽管是从国民党归顺过来的留用人员，但与其他留用人员相比，为人忠恳本分，工作责任心强，因此获得了领导和群众的好感。他在文昊面前这种不摆架子、坦诚的言语，让文昊十分感动。他诚恳地说："我在你的身边工作学到了不少东西，你是我工作上的榜样。我也为在参加工作不久就介入白云国际机场的扩建工程并完成扩建任务而自豪。"

两人互吐衷肠，觉得相互间谈得拢，有共同的感受。特别是机场竣工后能不约而同地来跑道——不，是“南天门外大街”走走，更使他俩有了共同的兴致，难能可贵。从此以后，每当一个机场竣工的时候，陈伯庭、文昊就会约着一些人：“走呀，去‘南天门外大街’溜达溜达！”长此以往他们便形成了一种习惯，一种工序外的“工序”、项目外的“项目”。

远处跑过来一个流动哨兵，走到跟前看清了他们后，立正小声地说：“首长在散步呀！天已经很晚了，请回去休息吧。”

陈伯庭立即回答说：“好的，小鬼，谢谢你呀。”边说边拉着文昊朝宿舍区走去。一路上，文昊还在纠着陈伯庭问，第一次有了自己的孩子，抱着孩子的心情到底是怎么样的。那一晚，文昊辗转难眠，思绪回到了临来广州前两天与林伶相聚的湖南衡阳……

二 紧急开拔

1

1963 年 8 月，号称“火炉”的湖南衡阳天天是赤日炎炎，奇热难熬。湖南省最大的水道——湘江，一反我国主要河流由西向东流淌的常规，由南向北流入洞庭湖。湘江把衡阳市劈成了两大部分，著名的交通枢纽——衡阳火车站在江东，而繁华的市区却在江的西面。偌宽的江面、滚滚的河水丝毫动摇不了，也无法影响凝固了的高温空气。纹丝不动的树叶，不断听得阵阵蝉声，人们像是在蒸笼里，每个人都是汗流浃背的，什么事也不想做，只想摇着葵扇寻找凉快。这样的天气让人们白天像庙门前的石狮子，懒得动弹；夜晚像庙堂里的罗汉，无法入眠。

有风扇的人家是幸运的，把按钮开在最大挡，对着人体吹。但这仅仅是把闷热的空气搅动了一下，因为吹到身上的仍是热烘烘的风。风扇虽然吹干了身上的汗，让人感到有一丝凉意，但是人体还是在不断出汗。这种汗了干、干了又出汗的情况让人免不得烦躁，而渍留在皮肤上的汗让人瘙痒而不爽。聪明的人会把水泼在地上，似乎有点清凉，但是这不持久，地上的水很快就会干，而且洒多了水，又担心容易湿气入身，影响健康……

唉！八月是人们演绎着的一幕“抗高温、斗炎热”的折子戏。

尽管天天红日当空，又热又闷，但是在市区西部新定名为“西山”的地方，一片围着的工地上，空军建设四总队基地的施工仍热火朝天地进行着，而且已初具规模。

原来参加白云国际机场扩建工程的主力——空军建设四总队是在广州市解放后组建成立的。当时，蒋介石集团不时地对广东沿海和广州市进行空中骚扰，故急需在粤东、广州市周围修筑机场，迎接新中国空军的进驻，以对付国民党反动派的空中挑衅。1953 年为了从空中保卫广州，修建了佛山沙田机场。广州军区空军抽调干部、选集有修建经验的人员，组建了空军建设四总队。四总队成立后便“招兵买马”，接收了国民党军队遗留的机场建设技术人员，在进行思想改造和教育后予以留用，极其艰难地建成了佛山沙田机场。解放军飞行部队进驻后，国民党空军再也不敢乱窜、侵扰广州地区。

空军建设四总队随后在粤东、湖南等地不断转移，一个接着一个地修建机场，为空军发展、保卫祖国领空作出了贡献。但是整个总队成员是有苦难言，因为机场选址要根据战略、国家机场网的布局，设置在不同方向、不同部位，相互之间既要有相当距离，又要能建立空中联络和支持。特别是军用机场不能太靠近城市，有一段时期还要求近山、能有打山洞把飞机藏进洞内的地理条件。所以机场场址是一会儿东、一会儿西，一会儿南、一会儿北，造成四总队成员从领导到普通职工随机场位置而不断地搬迁、转移，居无定处。

处于全国除台湾外均已解放，开始进入新民主主义经济建设时期的新中国，人民的生活开始安定，相比四总队的“转战动荡”，因而有不少人说起了怪话、吐出些怨言：

“我们这不是‘流寇’生活吗？到处流动转移，没有一个安身之地。”

“如果有一天没有新机场建设任务，我们将住在哪里呀？”

情况的确如此，已建好的机场飞行部队、场站要进来，建设四总队必须把所占的地盘、暂住的房子腾出来，撤离已完工的机场；欲建的机场项目尚未定点明确，又没法进入现场打前站、去做准备工作。

“遇到前后两个任务衔接不紧的话，那么在那个空档期间我们怎么办？还有没有一个‘家’？有没有我们自己的‘一亩三分地’？”为此，在建设四总队成立将近十年之际，由于机场修建任务不像新中国成立初期一个紧接着一个那么频繁，上级领导决定要为这一支修建队伍在湖南衡阳选址建基地。

衡阳地理位置极佳，是个中等城市，又是交通枢纽，南下广东、广西都很顺畅。这对主要隶属广州军区空军（管辖广东、广西和湖南）的建设四总队来说，是建基地的理想地点。经过地方政府的配合，部队人员多次反复踏勘、核实，一致认为市区汽车西站西部那块红砂岩荒秃岭最为合适。因为那是一片荒无人烟的、光秃秃裸露的红砂岩土包，起伏不算太高，属地貌学上的微丘陵，但却逶迤不绝，延伸得很远；基本不占农田、不需移民，只要市政府批准、行个文完备手续就行。

陪同选址的市政府副秘书长颇感遗憾地介绍说：“这块地市政府尚未规划开发，是个‘不毛之地’，因而目前不但没有使用，而且还没有一个正式地名。”

总队李宝生参谋长立即接上话题，果断地说：“这里在市区西面，地形起起伏伏，那就叫‘西山’好了！”

参加选址的部队和地方人员一听，认为这个提议非常到位、相当确切，一致拍手叫好。就这样，空军建设第四总队基地就坐落在了湖南省衡阳市西山。

2

空军建设四总队基地的修建，从定点、筹划、备料到放线开工已有近一年的时间，当时部队在湘南介入一个大型机场的施工，但已接近尾声，因而不少干部职工就络绎不绝地向衡阳西山转移。总队上下为及时筹建基地而感到欣慰，他们总算有了一个“落脚”之地。

西山已建有四幢三层高的办公楼，当然相当一部分房间先被单身干部当作集体宿舍。将原先一个蓄水不多的池塘填平作为操场，放上两副篮球架，其中一个篮球场打筑了混凝土地坪并架设了简易灯光，就算有了灯光球场。在西边有一个较高的土包，顶部比较平整，站在上面俯视，全场便一览无遗。通过人工挖挖填填、修修整整，倒腾出一块较大的平地，盖了一幢相当大而高的房子，似乎体现出四总队的“气派”。房子的一端有简易化妆室和一个小舞台，另一端建有厨房。这样既可以充当开会、演出时需要的礼堂，又是日常生活中的集体伙房。

在东边一个较矮的土包上，也平整了一块地，建了一栋三层楼的临时来队家属宿舍。可能是“临时”这个冠名把事情搞“糟”了，这栋宿舍每户只有一个房间，房内摆下一张双人床后，剩下的面积只能放一张矮小的饭桌。厨房在走廊对面，每户一个小间。而卫生间是集中建在房屋的一端，是单门独间的，像极了火车上的厕所，男女均可使用。洗澡淋浴建在房屋的另一端，也是单门独间。这样的建筑格式，人们居住后感到非常不方便，微词颇多。但是具有决定权的领导却解释说：“依照上级有关规定，那是为了节省水电管线材料。”

即使是这种很有争议的“临时来队家属宿舍”，竣工交付使用后没几天，很快就住满了临时来队家属！真是“僧多粥少”，还有不少干部、职工拿着号排队登记着呐，像久旱盼望及时雨似的，翘首以待。为此，群众中议论纷纷，有的说：“有这么多人拿号排队，住个临时宿舍那真是比找个媳妇还难，我要等到猴年马月呀！”有的老职工无可奈何地诉说：“我已 50 岁，是个快要退休的人了，这房子还能排队轮得着吗?”

情况很快反映到上层领导。一天晚上部队集合晚点名，值班员整理好队伍后发口令：“稍息!”然后请参谋长讲话，参谋长李宝生走到肃静整齐的队伍前，清脆响亮地喊道：“同志们!”队伍中每个人立即立正，“稍息!”参谋长发口令，全体整齐地做着稍息动作。李宝生继续讲话：“今天点名就讲一个问题——基地建设问题。我们来西山大院已有一年多了，在总队党委领导下，通过大家‘自己动手’积极参加劳动，已建成十来幢楼房，不少同志已经住上了，怎么样？还可以吧？”听到这样的问话，队伍中开始骚动起来，有的开始窃窃私语……

李宝生等了好一会，看大家静下来后他继续讲话：“我知道有说好的有说差的，特别是建设进度跟不上大家的希望，差老鼻子嘞！”队伍中又不安静起来，有人被“老鼻子”这一亲切的地方语引得轻声发笑。

“但是‘牛皮不是吹的，火车不是推的’，房子得一砖一瓦地建。我们是有规划的，不只这么几幢，还要建家属宿舍，二房一厅、三房一厅，建单身干部宿舍，以及其他服务设施：澡堂、服务社、理发室、俱乐部……”听到这里队伍又活跃起来，还听到有轻轻的鼓掌声。

李宝生很沉得住气，再次等大家安静后，接着讲话：“由于目前房子不够分配，惹得有些同志到处找领导。同志们，你们别来跟我‘套近乎’，我无权安排房子，找我也没有用处。大家应该看到，困难是暂时的，我们要有信心，房子会有的、‘面包会有的’，但也要有点耐心，当然绝对不会是‘八年抗战’，我想可能是‘三年解放战争’吧。我的话讲完了。”全体再次立正，李宝生发口令：“稍息！”

值班员洪亮地喊了声：“立正，解散！”这下大家哄笑热闹起来，回味着刚才晚点名讲的内容，特别是生动有趣的结尾，不少人叽叽喳喳地讨论着各自的领会、解读，也有的兴奋地拍手叫好……

一天中午，场建科技术员文昊在食堂吃午饭，炎热使他缺乏食欲，动作缓慢地往嘴里扒着饭，没嚼两下就喝一口汤，把口中食物囫囵吞了下去。就在他懒洋洋地吃着饭的时候，年轻参谋小阮匆匆地跑来通知他说："小文呀，你下午不参加干部建房劳动，上班后 2 点 40 分到参谋长办公室开一个紧急会议，一定要准时！"

文昊听后回答了一声："知道了，2 点 40。"心想，我们刚在湖南建成了一个二线大型机场，承蒙上级体恤，目前正集中力量建部队基地，也算是一个大的家、巨型的"窝"。为了节省开支、加快进度，总队党委研究决定，干部都要参加劳动：做砖坯、烧砖，装卸、运送材料……刚才通知开"紧急会议"，这么说又有新任务了。想到这里，他消去了不少懒洋洋的神态，精神为之一振，匆匆吃完了午饭去宿舍午休。

文昊是在上海市中学毕业后考入哈尔滨军事工程学院的，从那一年开始，学院第一次招收地方中学毕业生，以提高生源的质量，所以文昊是哈军工的二期学员。说是上海人，其实他父母祖籍都是浙江宁波，年轻时来上海发展，开了一爿夫妻裁缝店，文昊从小就在上海长大。进入哈军工后，他被分配入读空军系五科——机场建筑专业。他们学习内容全面、掌握的专业知识比较扎实，待学成毕业他们就是空军技术人员，也就是说新中国拥有了自己培养的机场建设专业人员了。20 世纪 50 年代，苏联大力援助中国，当时中央领导也竭力强调"一边倒"，哈军工就是在苏联政府、专家支持下开办的。学院传授了苏联拥有的科学知识、专业技术、军校风格，但是政治思想教育却没有要苏联顾问插手，学院各级组织均有政治工作人员、政委，政治课程既授"联共党史"，但主要讲的又是"中共党史"。

文昊身材高大，浓眉大眼，一张略长的圆脸上镶嵌一只正直的鼻梁；鼻梁上架着一副近视眼镜，流露着一股书生气息。一头微曲黑发，梳着二八分的头型。尽管在东北待了五年多，他的普通话说得还可以，但时不时会冒出上海话甚至是宁波话来。遇事反应灵敏，没说几句话就会知道对方的大概意思，是个精干热情的青年。同时他也是一个性情急躁、不懂人情世故、处事简单、直来直去的青年。他爱唱歌，在集会的时候，时不时地展示一下他那嘹亮的次男高音歌喉，还会引来不少掌声；他还喜欢运动，篮球、乒乓球、跑步等是他经常参加的项目。乒乓球还能在总队组织的比赛中拿个冠军、亚军什么的。因而他既惹一些人喜欢、赞赏，也使得一些人讨厌和妒忌。

3

参谋长办公室在2号楼东端，由于在走廊的尽头又靠楼的端部，把走廊的面积也划进房间，门朝西向着走廊开，所以房间显得大一些。2点30分上班号吹过后，参加会议的人陆陆续续来到办公室，2点38分与会人员全部到齐。李宝生用眼扫了一下在座人员，心中暗暗数着，全部准时出席了，他便露出满意的笑容，接着操着他那带有点山东口音的普通话开腔说道："我们开会。今天是个小型动员会，总队接到上级命令，立即组织队伍开赴广州市参加白云机场扩建工程。该项目工程量很大、标准很严、工期很紧。由于这项任务的紧急性、特殊性，不能按常规的程序操作，要求我们边执行命令边等正式文件。在座的就是总队组建的先遣人员，吕总队长亲自带队，从现在开始准备，后天出发。下面由陈主任工程师介绍工程任务情况。”话语简洁明了，说完用目光向陈伯庭作了示意。

陈伯庭接着介绍说：“这次白云机场按国际机场规模进行扩建，扩建工程包括三大项：场道工程、进场道路和立体交叉工程，我们总队负责总协调和场道工程。场道工程中包括跑道滑行道加盖和延长、站坪扩增面积、排水工程、助航灯光安装、航站楼改造以及通信导航设施等等。工程量巨大、地质条件复杂、工期特别紧急——要求明年4月下旬交付使用。目前工程设计正在广空后勤部进行着，详细情况到现场后再作了解。”

陈伯庭的介绍，苦于资料太少，也只能简短地说这些，但就是这些简短的话也引发了小会场的骚动……

参加这次会议的有：场建科科长章玉贵和技术员文昊、特设科科长谢洪毅和供电专业技术员丁永泰、军务科科长马文冲、政治部群众工作科科长胡思平、后勤部物资科科长黄道喜等等。这些都是总队在工程打前站的骨干力量、关键人物。这些“久闯江湖”的人员，遇到这么匆忙介入工程的情况实在是第一遭。听完陈伯庭的话后，大家交头接耳、面面相觑，都显出惊讶、疑惑的表情……就像屠夫拿着锃亮的杀猪刀，被要求去宰杀雾里的大象，形象模模糊糊既找不到要害，又因体型巨大而无从下手。

正当会议进行中，机要参谋拿着一个文件夹递交给李参谋长。这是一份内部电报，李看后签名就交回机要参谋，然后立即对与会人员说：“大家都知道，因为是电报不能照本宣科，我只能讲其中的主要内容。这次广州白云机场扩建工程是国务院、军委空军直接下达的任务，配套扩建的还有上海市虹桥机场，都要按国际机场标准建设。”

文昊听后思忖，这工程简直成了“无头案”，就像吩咐画家素描没有模特的肖像，是男是女、是老是少都不知道，这可怎么画？当然他仅仅是心里想，没有说出来。但还是与章科长悄悄地说：“咱们可没有国际机场有关标准，没有标准就没有依据，这工程怎么搞呀？另外设计图纸也没有，如何进行施工准备？”

章玉贵点头会意，也悄悄地说：“等会儿在讨论中提出来。”

看着同志们议论纷纷，说明已经相当投入，参谋长开始维持会议秩序，他轻轻地用手指敲击着桌面说：“大家静一静，下面开始讨论，别七嘴八舌的，一个个发言。阮参谋做好记录，会后整理成文。”

黄道喜抢先举手，增大了嗓门讲道：“现在到明年 4 月，总共只有八九个月时间，我们现在必须要拿到工程所需的各种物资、材料清单，特别是大宗地方材料的品种、质量和数量的具体要求，以便我们科调查选择产地，组织开采和采集，安排货源运输进场。否则，没有材料工程如何开工，材料供应不上造成停工待料谁负责？”

这一炮实际上是“将”了场建科和特设科一“军”，尽管黄道喜与章玉贵、谢洪毅私下关系融洽，工作空闲时经常聚一聚，喝点小酒、唠唠家常，但在工作上可是公私分明，毫不含糊。

章玉贵不甘示弱，既要提出问题又要“反击”黄道喜的“将军”，于是他也立即举手发言：“我们手头上只有空军的有关修建准则，实际上是引用苏联的标准，白云机场要按国际标准来扩建，标准在哪里？刚才说了设计工作尚在进行，没有完整的设计文件和图纸，如何提供各种材料的质量、规格和数量？如何进行施工组织设计？”

谢洪毅暗喜章玉贵的“反攻就是自我保护的最好战术”，也附和着搭腔说：“就是呀，我们连设计图纸都没有看到，怎么知道需要什么设备，怎么列出订货清单？”

事情是非常棘手，一环紧扣一环，像个连环套，如何解这个套，让人费心费神，一下子还理不出一个头绪来。

李宝生注意到大家说的都是实际情况，只好边启发、边动员地阐述他的看法：“你们提出那么多问题，如果是向我提的，那我去问谁呀！”停顿了一下他继续说，“大家讲的都是实际情况，但是这是一个非常特殊、非常重要的任务。刚才电文讲到了工程的背景，我现在再补充说一点，我们就是为了冲破帝国主义封锁、孤立，以及想困死我们的阴谋去战斗的。扩建广州白云和上海虹桥两个机场成为国际机场，与巴基斯坦通航，就是要从南方打开国门，走向国际。同志们，这是一个艰巨的任务、一个有历史意义的任务，也是一个极其光荣的任务。我们是谁？是修建机场的专业队伍，就是要去解决机场建筑中的各种困难、问题。‘养兵千日用兵一时’，那我们现在怎么办？是畏缩不进，还是勇往直前？是叫苦连天无所事事，还是充分发挥智慧想方设法去完成任务？要学一学《西游记》中的孙悟空，遇到妖魔鬼怪、困难险阻就大喝一声‘我来也!’”这个比喻把严肃的会场给逗乐了，大家情不自禁地笑了起来，同时也觉得参谋长说的是实理，认识到面对如此特殊的任务是应该由我们这支专业队伍来解决。参谋长的话激起了大家“非我莫属”的情结，刚才提出一些实际问题、放了“炮”的人，都不吭声，“哑火”了。

陈伯庭边思考，边站立起来说道：“看来这次真是遇到大难题了，但是我想我们懂得专业，有修建机场的知识，就要充分发挥我们的特长，运用工程的一般规律来解决、应对这个特殊工程的困难。”

文昊听到这里，内心想得很多：自己学的是机场建筑，遇到如此大型的工程，感到兴奋异常；当然修建情况特殊，也更能提高思考能力和解决问题的能力。这是一次难得的挑战，他顿时产生了一种跃跃欲试的冲动，但考虑到自己才建过一个机场的经历，是个“新兵”，就没有发言。

李宝生心想，这个会议已达到目的：首先任务交代明确，其次实际情况与困难摆明，再则把同志们的积极性也调动起来了。当即就宣布说：“部队与大型机械装备由运输科以军事紧急调动为理由，向铁路局军调处申请专列。在座的和列入先遣人员名单的同志，后天以拿到火车票注明的开车时间为准，提前一小时在球场登车出发。请大家抓紧准备，散会。”

4

文昊顺手把椅子摆正，成了最后离开参谋长办公室的人，参谋长催促他说：“小文，你走吧，这里我来整，抓紧准备去。”

文昊看到椅子已摆得差不多了，应了一声就离开了办公室。刚走到廊道的另一头准备下楼梯，正遇科里的易助理上楼，站在楼梯上昂首迎着他说：“大院大门口岗哨来电话，说有人找你，快去看看。”

文昊应答着但心中却感到纳闷，到了西山还没有人知晓这个地点，也没有人来找过自己，难道会是林伶？但在给林伶的信中只是随意提了一句：“已来衡阳汽车西站西面建我们的基地。”真的要来找，那可又是大路、又是小路，七拐八弯的连路人都很稀少，会是谁来了这么难找的地方呀？文昊下了楼梯，快步朝大门口走去。等他一进到大门口传达室，惊讶得口中好像含了一个鸡蛋，直直地盯着林伶不断念叨：“你！你……”

林伶看着他的傻呆的神态心中暗喜，果然让他惊喜得不得了。她张开双手微微点头看了一下自身，故作娇嗔地抛了一句：“怎么，不认识了？没有想到吧。”但她舍不得让文昊疑惑太久，接着说：“从南岳乘汽车到衡阳西站，下车后幸运地问到一个来西山的同志，就顺道一路同行。怎么嘞，不欢迎呀？”

文昊这才从震惊中醒悟过来，急促地说：“真的是没有想到。欢迎，欢迎！”一边接过林伶手中提包，一边与值班员打过招呼，出了值班室领着她朝宿舍走去。

林伶是个湘妹子，湖南浏阳人氏。身材不算高挑，也不矮，稍显丰满，却给人一种亭亭玉立之感。她长着湖南姑娘典型的苹果脸，却稍长一些；五官端正，细细的、末梢微微上翘的眉毛下，长着一对丹凤眼，一笑起来会眯成一条缝。这是一双有很深双眼皮、很亮很黑的眼珠、眼珠转到眶中任何部位都显得灵动俏丽的眼睛；这对灵活有神、好像会说话似的眼睛，让人一看就明白她想表达的意愿和心思。鼻子正直而鼻梁稍有点凹塌，嘴唇有点偏厚，可特别会说话。林伶爱笑，笑起来很甜美，笑声像银铃似的清脆悦耳。她体态婀娜多姿，无论站立、安坐、思考、交谈，都好像是在哪个美术展览会上见到过的素描、绘画或雕塑的艺术形象。特别是在文昊眼中，她的一举一动都透露着青春气息，顺眼、可爱。

文昊与林伶相识要追溯到湘南机场修建的时候，他们相恋还遭遇"停止预备期"党纪处分的怪事，颇为曲折。

湘南机场是一个大型工地，动员组织了几万民工，光参加场内施工的就有上万民工。工程指挥部组织了两个民工大队——衡阳民工大队和祁阳民工大队，衡阳大队配合建设四总队一大队施工，祁阳大队归四总队二大队指挥。每个民工大队都配备一个医务所，有所长、医生和几名护士，负责民工大队人员的医疗和防疫工作。林伶原工作是在南岳省干部疗养院，是个刚提拔的护士长、预备共产党员，抽调到衡阳民工大队医疗所配合副所长黄镇东负责医务所日常事务工作。黄镇东原是衡阳县人民医院医务科干事，负责防疫工作，共产党员，是候选所长的人选。

在湘南机场施工工地，四总队一大队负责北半部分工程，工地配备有一间竹子搭的活动棚子作为大队的现场指挥所，同时也是医务人员巡诊后憩息之地，因而民工大队医务人员与施工一大队工程技术人员混得很熟。文昊在指挥部场建科任技术员，进驻工地比较早，在租住老乡大屋的厅堂中摆了几张八仙桌开始搞设计。大屋采光不佳，晚上或者阴雨天都得点煤气灯绘图计算，吊在半空中的煤气灯让人体会到了什么叫“灯下黑”。尽管煤气灯上方有一个灯罩可反射光线，但是灯下部的灯座把光线遮住，因而每个灯下都有一个较大的圆圆黑影，故而还需点两支煤油灯补充，文昊常常在“灯下黑”的阴影中查看有关数据或画些什么。完成设计后，文昊被安排管理现场施工，负责联系施工一大队，解释设计图纸、发现施工中的问题等等。他既要与施工大队技术人员商讨处理意见，又要及时汇报指挥部，做着上情下达、下情上达的联系工作。所以文昊经常需要在机场北半部工地转悠，在一大队工程指挥所开会、研究工作。大队工程师史家锡可是一个热心肠的人，他从外观上、性格上发现文昊与林伶挺般配的，私下各自问清楚两个人的情况，并征得两人同意后，准备积极撮合这对年轻男女。因为他知道在修建部队服役的男青年解决婚姻大事的艰难，常年住工地，接触到的就是土方、混凝土和民工；没日没夜的就是工程质量、工程进度和安全。哪有机会去认识接触女青年，更是无法“花前月下”、“谈情说爱”，以至于四总队“储存”了相当数量的“大龄青年”、“王老五”和“优秀的男性恋爱预备队员”。

一天，在指挥所开完碰头会，人们正在散去，史工和文昊还在谈些工程上的琐事，正巧林伶背个药箱走进来，看到史工与一个年轻人在讲话，打着招呼说：“史工，您好。我在工地转一圈回来了。”

史工一看旁无他人，认为这是个好机会，就直白地说：

"正好，正好。我来给你们介绍一下，这位是文技术员，上海人，哈军工毕业，共产党员，业务能力强，为人本分，独身。"接着指着林伶说："这位是林护士长，湖南人，长沙卫校三好学生，预备共产党员，工作热情、生性活泼，尚未谈情说爱，希望你们日后多联系。"

好家伙，这一介绍把两个年轻人惹得面红耳赤，这边文昊尴尬地傻笑着，那边林伶微低着头偷看着文昊、娇嗔地想阻止这种让人难为情的介绍，直呼着说："史工，史工程师……"其实双方的简况各自早已听过史工介绍，心知肚明，都认为可以相见认识一下，真是已经九十九拜了，就还差一哆嗦，这不今天巧遇揭开了幔子。史家锡看到双方忸怩憨态，心中暗喜，觉得在此地相见，用这种介绍很是恰当，就笑着继续说："我还有点事，你们聊。"说罢，他便知趣地退出了指挥所，把一对刚刚相识的年轻人留在那里，两者都觉得不知所措。文昊的笑容与神态引得林伶心中十分喜欢、林伶的话音容貌和青春气息让文昊很是欣赏……

寂静一会儿后，到底是女孩嘴灵巧会说话，林伶抬头微笑着说："文技术员，你们挺忙的，如此巨大的工地，就被这么几个工程师、技术员搞得井井有条，真是了不起。"

文昊听着赞扬不好意思地回答说："我毕业不久，这是遇到的第一个工程，主要靠老领导和老工程师在撑门面，我只是做些具体工作。"话匣子一打开就好办了，两人你一句我一言，从天气说到工作，自湖南讲到上海，从学校生活聊到家庭情况，好在接近中午休息，竟然没有什么人来指挥所打扰他们，真是"天赐良机"。从此两人就算正式相识，除了经常在工地相遇说一会儿之外，还发展到约定在机场小卖部拐角处、在工地周围茶树林内愉快地叙谈。当地满山遍野的油茶树林，环境幽静、空气清新，进入林内简直是到了一个童话世界、一个两人世界，闲谈、倾诉、嬉笑、追逐……是个难得的恋爱“圣地”，实在让人记忆深刻、回味无穷。

其实文昊在高中时有过一段青涩的爱恋，到大学后没有“发育”为成熟的爱情，心中总有一股压抑的情结，可能处于“低等级”失恋状态。林伶是个开朗活跃的女孩，自从入卫校学习以来，持续不断有年轻人自作多情地来表达爱恋之心，但她总认为自己年龄尚小，不谈对象，很有主见地一一回绝，哪怕是死乞白赖、殷勤献媚者也不为所动，这不，当前的黄镇东副所长也是其中一位。但是这次遇见文昊后不知怎么非常有好感，有很多话要说，总想把自己的一切向他倾吐。事后反思是否“着魔”了，但又说不清楚，下次遇见又会侃侃而谈。文昊从未见到过一个女孩把自己看得这么重，会娓娓动听不断地说着，还能猜透自己的心事并理解自己的所述。他觉得他俩敞开心扉、互吐衷肠，好像歌曲中的二重唱，非常合拍、绝对和谐。于是心情也开朗起来，似乎打开了一扇曾经开启过一条门缝又合上的爱情之门……

事情并不是一帆风顺的，麻烦接踵而来。那个副所长黄镇东自从进入工地后发现林伶年轻、貌美、热情，对她很是喜欢，尽管他结过婚，但已离婚，因此盯上了这个妹子，想利用职务之便娶其为妻。可是当他发现林伶对他并不理会，好像另有所恋的时候，就开始“侦察”、“跟踪”，寻找蛛丝马迹。后来发现林伶与文昊在一起时，就发展到为难、阻梗，使尽一切手段来反对林伶与文昊相处。

为此，黄镇东由一向表扬林伶的工作表现变成不断地批评，想逼她就范，搞得关系很僵，最后他恼羞成怒，竟无耻地散布说："嫁个当兵的有什么好，日后打仗上战场战死了，那可是死无葬身之地。""搞工程的常年在工地，嫁给他无法过正常的家庭生活。""嫁个老乡多好呀，风俗习惯相通。你找一个外省人，结婚后肯定要被欺侮……"史家锡得知这种情况后非常气愤，极力支持林伶恋爱自由，责怪黄镇东卑鄙、缺德。

林伶在这种环境下工作、恋爱，既兴奋又压抑。她与文昊接触越久，越觉得他可信可爱、可倾诉一切、可托付终身，甚至把黄镇东猛追她的事也告诉了他，然后表明绝对不会与他恋爱，决不信这个"邪"！这种状况交织着、演变着，使文昊与林伶恋爱过程更加复杂、更具色彩、更是有趣，更坚定了他俩相爱的决心。直至工程结束，衡阳民工大队解散，林伶返回原单位时极其沉重地背上一个"停止共产党员预备期"的处分。这个打击太大了，后经林伶写信向工程指挥部申诉，通过调查回函说明了情况，肯定她在工地上工作积极、完成任务优秀的表现，南岳省干部疗养院党组织才从轻"发落"，给予延长预备期一年的处理。但林伶仍很愤懑，文昊不断去信劝慰、分解。

史家锡得知此事后叹息着说："工程部队年轻人要谈个对象、找个媳妇怎么就这么难呀！"

世上有几多不平之事、委屈之事难以搞得明白，难于辨别真伪，真是公说公有理，婆说婆有理。只因为各人的品质不同、素养不同、看问题的角度不同、所处的地位不同，以及所怀的“自私心理”和拿捏“自私程度”的不同。

文昊与林伶一个幽默风趣，一个热情健谈，真是天生一对、地设一双。两人在说笑中文昊经常会突然严肃地喊了一声：“林伶!”她会立即停止嬉闹，惊奇地问道：“怎么嘞？一惊一乍的。”文昊会特正经地说：“报告！你的眼睛不见了……”等她明白过来后，就急速开始“出击”，在追打不着文昊后，便气呼呼微弯着身子，伸出手指着他说：“你坏，你坏。”接着两人会眉开眼笑，越笑挨得越近……文昊与林伶几经周折，终于获得各自单位的批准，到上海登记结婚，有情人终成眷属。上海家父母更是喜不自禁，整天伶伶长、伶伶短地围着转，从此四总队减少了一名“恋爱预备队员”。

此刻，他们俩走到了文昊宿舍，同住的两人尚未下班，开门进入后放下提包，相拥而立。文昊高兴地却故作发难说：“你搞‘突然袭击’呀，怎么也不先打个招呼，我好去汽车站接你。”

“这次是来衡阳专区人民医院参加一个医务会议和参观学习，院领导临时决定要增加一个护士长名额，前天才通知我。当时我想写信已来不及了，打个电话吧，从南岳到衡阳算是长途，要到邮电局挂号排队等候，那多麻烦呀！而且你这里是部队，电话只能打到总机，再转你的办公室分机可不容易了。再则我要上班，哪有那么多时间去排队呀，所以想了好久就直接找来了。”林伶用银铃般的声音，婉和地解释着，看到文昊流露出“喜从天降”的神态，内心充盈着愉悦、满足，也故意加大点嗓门反击说：“怎么！你在审问呀。”

文昊听后兴奋地开着玩笑说："本'法官'采信你的陈述，抬起头来，赦你无罪。"

"什么呀!"没等林伶说下文，文昊一把将她拉入怀中，俩人紧紧相拥、相吻……

突然有人敲门，惊得门内两人赶紧松开，林伶急促地整理着头发和衣裳，文昊边问"谁呀!"边去开门。原来场建科章玉贵科长得知文昊家属来了，吩咐易助理速去管理科申请一间临时来队家属宿舍，若那里没有空房间，就把科仓库那间整理一下，架个床对付一两天。看来章科长有"先见之明"，临时来队家属房早已住得满满的，易助理只好采用"第二方案"，借了两块床板在仓库里架了个床。这不，他拿着仓库门的钥匙来找文昊。

易助理进门后没理会两人有点尴尬的神态，看着林伶微红着脸颊在拉扯衣襟，就举起钥匙对她说："小林呀，实在对不起，基地刚刚建设，房子不多，只能住在科里的仓库对付两天，后天我们都要出差，委屈你和文技术员了。"

听着易助理的话，林伶一边感到部队的困难和领导细心周到的安排，激动地说："没关系，没关系。谢谢你噢，易助理。"一边用疑惑的眼光看着文昊，心想怎么这么巧，他们要离开衡阳，去哪里呀，要去多久?

文昊读懂了她的眼神，待易助理离开后，简要地说了一下将去广州的安排。文昊说："部队嘛说走就走，所以今天你能来真是巧极了。我猜想肯定是南岳大庙菩萨暗中相助，要你亲临衡阳西山基地送夫出征。"

林伶虽然被他幽默的话语逗笑了，可是心里无法高兴起来。思忖着，自从去年与文昊结婚探亲后，已过了一年多，两地分居最苦、最难的是无穷无尽的思念。这次好不容易在衡阳有五天开会的机会，他们却被安排出差，实在是太不凑巧了。想到这里，她低头不语紧紧地抱着文昊。

待文昊感到她轻声的抽噎后，便把林伶抱得更紧了。一会儿，他慢慢推开林伶，用双唇在她的脸颊上吸吮着泪水，林伶眯缝着双眼、一动不动地享受着这温馨的时刻……

文昊柔和地说："你看，把这么美的丹凤眼给哭红了，那多不值得呀。你这次能在衡阳待上几天呀？"

"两天。"林伶毫不迟疑地回答，她不想让文昊产生惋惜的情绪，故意编造着说，"正好送走你后，我也该返回南岳了。"

"那就好，让我们把这两天过得愉快、高兴。"说着就去整理床上铺盖并卷成一个包，用右手夹着，左手拎着林伶的包说："你就拿脸盆、洗漱用品，咱们去仓库。"说完俩人出了文昊的宿舍。

到了仓库，林伶跨进门一看，也就是办公楼中普通的一间房，前后有窗还挺亮堂。右侧靠墙竖立着三个大文件柜，上下两截叠加在一起，上下柜门中央钉着黑色的铁搭链并上了锁。房间中央还堆了几个木箱，均上了锁，看来是存放资料、文具用品的房间。靠后窗墙边临时架了个铺板床，床板上铺有草席，四角各绑了一根细竹竿，已挂上蚊帐。前后窗均有窗帘，进房后也就靠左侧到床前有点空地可以让人走动。

文昊进门后把铺盖往床上一放，尴尬地说："你看，太简陋了。"林伶立即接话说："可以了，可以了。只要跟你在一起我已很满足，不就对付两个晚上嘛。你去打盆水来，搞一下卫生。”

“走廊尽头那个房外半间是洗漱间，你可以去用。里半间则是男厕所，女厕要下楼，在楼房的尽头。”文昊边交代，边拿着盆去打水。

俩人忙于整理床铺、搞卫生，没有在意已下班好一会儿了，只见易助理捧着两个饭盒走到房门口说：“我估计你们在打扫卫生，忘了开饭时间。”说着把饭盒放在箱子上。

“易助理，谢谢你噢。我们准备打扫完后去吃饭。”林伶不好意思地说。

“管理科规定按时开饭，过了时间食堂就关门。如果去外边吃饭，那至少要到汽车西站，挺远的。”易助理解释着退了出来说：“那你们好好休息。”

文昊感激地说：“谢谢老易关心，你慢走呀。”

林伶心里暖暖的，部队里同志们相互多关心呐。看着打扫干净的房间，对着文昊小声叫了一句：“你快关门呀！”

待文昊关了门回过身来，只见林伶已站在跟前，微低着头、脸颊发红，眼睛直盯着自己。文昊被她优雅的神态给迷住了，张开双臂一把将林伶从原地抱了起来，按江浙戏文中的称呼，嘴里不断地轻声叫喊：“娘子呀，娘子。”

林伶一脸笑容，心花怒放，双手搂抱文昊脖子，深情地吻着。文昊更是被引得亢奋，即刻放下林伶边主动吻她，边缓步将她推向床边，接下来他俩在这难能可贵的相见相处中，激情奔放，温存有加。不是说“小别胜新婚”吗？他俩结婚后已分别一年多，能不能称作“小别”？俩人相视相拥、依恋着眼前的情景。

不一会，文昊被另一种感觉侵袭，极不情愿地轻声说：“怎么会饿了呐。”

林伶愉悦地笑着，也细声细气地说：“我也饿了。”

三 打破常规

1

吕总队长带队的先遣组到达广州后，立即进驻白云机场。由于白云机场仍处于正常飞行运营中，因而机场当局只腾出了一些有限的闲置房子和仓库，紧巴巴、拥挤地安置了先遣组成员。第二天，先遣组人员就在一间挤住着多人的旧仓库里召集了全体人员开会，布置工作任务。

吕总队长示意大家安静下来后，极其严肃地说："同志们，今天开会是想跟大家讲一讲来广州的任务。我们在衡阳已经和大家说了，这是一项关系到国家、关系到与美帝国主义斗争能否胜利的任务，事关重大，请同志们切勿掉以轻心。下面我讲五点具体要求：一是积极展开调查，熟悉现场情况，尽快了解、吃透上级意图和设计要求；二是搞好与民航白云机场场站、军区空军后勤部有关单位、市政府、地方各合作单位和施工单位的关系，取得他们的支持与帮助；三是我们是机场建设专业队伍，要全面考虑问题，既要按照设计项目内容来完成任务，还要考虑将来的飞行使用，将扩建工程搞得更实用、更完善；四是要多提建议、多想问题，但千万别拿着问题来请示我或陈主任工程师'这个怎么办？'"总队长稍停顿一下，加强语气接着说，"你说怎么办？大家在提出问题的同时，必须带着至少两个解决办法、方案来请示；五是每天晚上八点到这里来开‘碰头会’，各部门汇报一天的进展，遇到什么问题、解决了什么问题、需要协调什么问题。有话则长，无话则短。下面请参谋长、陈主任工程师讲一讲。”

“陈工，还是你先讲。”李宝生考虑到工程方面应以专业人员为主，谦让地说。

陈伯庭会意：“依照总队长的指示与安排，各部门要按各自的工作范围快速展开。关于施工组织设计，按理应由一个计划部门来牵头，但是目前编制上没有，这件事建议暂由场建科管。要求尽快提出一个粗略的、允许日后变更的施工方案、总体布局及各种数据来，以便其他部门有个初步‘依据’。”

李宝生看到陈工讲完了，接着说：“还有几件生活保障上的事要明确一下：一是从现在开始暂不出早操，何时恢复以后通知；二是食堂开饭时间延长，允许帮人留饭，但不要浪费；三是到军区或市政府联系工作尽量乘坐公交车，目前先遣组只有两部小车，一部嘎斯 69 要保障吕总队长用车，另一部美式吉普可以提前一天申请，根据轻重缓急安排各单位使用；四是大家都看到了，目前民航不能中断飞行，要等佛山沙田机场准备好了才能转场。另外即使转场也只能腾出飞行员和地勤人员的宿舍，房子有限，上级规定为节省开支，除民工工棚外不让增加其他临时建筑，所以这个工地会住得很拥挤。因此我请示了吕总队长，白云机场扩建期间，不管干部或者职工的家属一律不准来广州探亲。”

会开到此时，在座的有人脸色有些难看，还有人交头接耳，出现小声议论和骚动。

吕冀川感到不少人对这个规定的“热切”反应，急忙插话说：“这件事我们反复考虑了。过去修的机场都在穷乡僻壤，这次好不容易来到了大城市，同志们想让家里人来聚一聚、看一看广州的心情是可以理解的。但是任务重、工期短，而竣工后立马要全部撤离，这样特殊的工程，我们还是第一次遇到。因此我同意李参谋长的提议，只好狠狠心，作出这样的规定，请大家理解，也请大家做好家属工作。”吕总队长示意李参谋长继续讲。

“最后一点，”李宝生接过话语说，“我还是要重复一下衡阳出发前讲的话，我们来广州参加的是一个艰巨的、光荣的、有历史意义的任务，摆在我们面前的只有一条路，那就是‘克服困难，勇往直前’。大家努力吧！将来老了，至少可以在孙辈面前摆摆谱：‘想当年扩建白云国际机场，老子日夜奋战，绝对没有偷懒！’散会。”全场响起一阵掌声，大家开始七嘴八舌地议论着，随后三三两两地散去……

2

隔天，天气晴朗，万里无云。尽管过了八月，广州的天气仍很炎热，当然早晚已显凉爽。先遣组人员要踏勘现场，由于清晨航班较少，经与民航塔台联系，他们早早就上了跑道。先遣组安排专人随时注意着塔台的动向，一旦升起了那种方格子旗，说明即将有飞机起降，就要求大家立即撤离到距跑道边缘十米以外的地方。当然在飞机起飞或着陆滑行后，塔台上的方格旗放下了，就可以继续到跑道上走动、踏勘。一会儿离开跑道、一会儿进入跑道，让人感觉十分麻烦，但也无可奈何，好在上午一般飞机起降次数较少，而每天在傍晚以后飞行密度才最大。

踏勘从南端开始。站在跑道南头朝南一看，好家伙！广州市的楼房、建筑尽收眼中。没想到机场就在城边，让人觉得似乎已进入城里了。从跑道南头朝南，依次是一段沥青路面，一条长草的土路，尽头是一段砂堆——称刹车坪。倘若飞机一不小心滑出跑道头，冲向前去，那就要靠由薄到厚的砂堆将飞机阻挡在安全道上，不至于冲到了机场外形成事故。

而调转方向向北走去，跑道右侧则是较宽的草地，专业上称土质道面或土跑道，可供飞机紧急情况下起飞或迫降用；跑道左侧也是草地，再往左不远处就可看到滑行道，更远处有站坪、航站楼（候机楼）。位于跑道两端和中间的一定部位有水泥道面与滑行道相连接，称作联络道，是飞机从跑道上到滑行道、站坪的必经之路。

通过踏勘发现跑道水泥板块有不少缺边、损角，更有整个板块断裂的现象。章玉贵见状对着文昊说："文技术员，这些损坏的板块应该记录统计一下。"

"是的。"文昊回答说，"今天先大致看看，接下来要专门安排人，从跑道一端开始、排着队一块不落地查过去，并在图上做好记录，日后看设计单位如何处理。如果他们没有明确，我们在上面混凝土板加盖施工时，视情况作加强处理。"

章玉贵与踏勘的人，特别是陈伯庭听了文昊的回答，露出满意的表情。

他们边踏勘、边议论、边构想施工总平面布置。看了快一半时，黄道喜提出说："白云油库铁路专线在机场东侧，将来大宗砂、石材料是否可以堆放在土跑道，这样临时铁路专线的架设就不会穿越跑道，避免交叉施工，方便一些……"

穆圣东反应挺快，插话说："不行的，这样竣工后清场工作很难做，工作量会增加很多。"

"那怎么会呢，"黄道喜不解地说，"这材料堆场怎么会和清场工作联系了起来？"

圣东一急，有点口吃："这，这……"

文昊上来解围，他对黄道喜说："料场不能设在跑道东侧，因为土跑道有一个功能是允许飞机'擦肚皮'迫降，所以它的表面不能有石料等坚硬物残留，以免迫降时飞机机身摩擦起火，那是有规定的。"

陈伯庭对材料堆场早就有过盘算，不慌不忙地说："我看这样，砂石堆场还是设在跑道与滑行道之间的平地区。一则白云机场是老机场，原来修建时平地区相当宽，设堆场面积足够；二则临时铁路专线从平地区中部通过，在其东侧堆跑道材料、西侧堆滑行道材料，利用率高；三则就是圣东与文昊说的清场问题，在跑滑间即使竣工后残留些小石子，一长草也看不见了，这个地区要求不严。当然，铁路线架设要长些，跨越北部安全道上的线路日后会给施工增加些麻烦，要改道一次，这就是有所得、必有所失嘛。"

吕冀川听进了陈伯庭的发言，接话说："陈工讲的有道理，临时铁路专线的架设，就这样办吧。"

黄道喜听到这里，也点头称是。

踏勘快结束时，陈伯庭分别给各部门布置了任务：“接下来的事情很多，场建科要汇总提交施工总平面图和备料计划，当然这两项都是初步的，即允许日后修改，但是原道面板破损情况必须详细调查记录；三大队穆圣东调查原机场排水设置情况，并考虑改造方案；特设科规划临时水电线路走向和容量，提出设备清单；物资科抓紧调查当地材料的货源，取样做试验。”

李宝生看着踏勘工作进展比较顺利，大家都能“尿在一个壶里”，而且有一种勇往直前的精神，很高兴，就补充说：“请群众工作科抓紧了解扩建的场地范围，尽快与当地政府和生产队联系，争取顺利完成征地移民工作。我就补充这一点，下面请总队长作指示。”

“请大家将所布置的工作尽快落实。”吕冀川也挺满意这个工作团队，他又补充说，“陈工，你还得经常联系、催促空后提交设计文件，这可是工程的依据。另外还要与民航同志联系，拿到国际民航有关标准。车辆紧张，你们可以用嘎斯69，跟我打个招呼就行。”

踏勘结束，先遣组成员使出了浑身解数，有条不紊地展开了各项工作。

3

黄道喜手下有个得力“干将”，那就是闫崇进，他是负责地方大宗材料订货、储运和调度工作的。闫崇进中等身材，长得浓眉大眼，特别是一脸络腮胡子，说不清是哪一代遗传基因的作用，因为这种长相在南方人中不多。如果能把胡子蓄起来，肯定是个美须公，简直可以与三国时关云长的胡子比上一比。他是广东人，家就住在广州市，但是普通话说得相当标准，一般人听他说话会以为是北方人。他来建设四总队比较早，好像是修佛山沙田机场时被机场指挥部招来参加材料供应工作。后来领导发现他为人机灵，很快就能熟悉业务，又是个高中生，有一定文化知识，算一算、写一写还挺可以，慢慢就让他参加材料的管理工作。沙田机场竣工后，他留在物资科帮助工作，几年后被批准参军当了干部，任命为助理员。

进驻白云机场没几天，他已经来找过文昊几次。那天，也就是现场踏勘后一天，他又来到场建科。由于住房紧张，大家都是在宿舍里放一张办公桌办公。崇进进了房间后，见文昊正埋头伏案在写什么，桌面上放着一些白纸、复写纸、计算尺和算盘等物件。

“你好呀！文技术员，在忙什么嘞？”

“你这不是明知故问。”文昊与闫崇进因工作需要经常联系，挺熟悉的，毫不客气地呛了他一句，“在为你们服务呐。根据领导要求，在尚未见设计文件前，我们就要先提供粗略的材料使用计划，这不是‘无米之炊’、强人所难嘛。本人正在拍着脑袋给你计算呢。”

闫崇进知道文昊说话风趣，了解他们的工作难度，好在几年工作下来，彼此配合蛮默契的，就开玩笑地回敬他一句说：“错了，我是登门来提供服务的，是我们为你们服务。到时候水泥、碎石、沙子，标号性能、规格大小、强度高低，到货时间、堆货地点等等，只要你们发一句话，我们就要跑断腿了。”

先遣组在白云机场的忙碌还可以在闫崇进的脸部找到“证据”，由于忙得没时间清理脸面卫生，他的络腮胡子已长到“疯狂”的程度。文昊直直地盯住，目不转睛地看着他的脸，打趣地说：“你可真会说话，我发现你为什么这么会说话呐！原因是，不知道是你脸上长着胡子，还是胡子上长个脸。”

“去你的。”闫崇进想制止他继续取笑自己。

文昊很为自己机智的话语而得意，日后经常拿这句话与闫崇进开玩笑。他继续调侃着说：“你姓闫，跟阎王爷是一家子吧。这三天两头说是来看我、挺亲热的，实际上就像个幽灵一样出现在我面前。催命鬼似的是来要材料表的吧，我算是怕了你了……这样，你在我床沿上坐五分钟，我再核实几个数据，这张材料表就给你了，免得再来缠我。”说完他熟练地拨打算盘、拉动计算尺校对着数据。

果然，才一会儿，文昊就将复写的表格纸分离出一份递给了闫崇进说：“申明一下，这不仅是初稿，而且相当粗糙，我会不断更正，给你比较准确的数据。”

闫崇进拿过表格粗略地瞄了一下，材料品种较全，各种规格、指标明确，可以展开工作了。心想到底是大学生有水平，当然文昊他们也不容易，短短几天夜以继日地工作才有这第一批数据，闫崇进佩服地竖起大拇指说：“谢谢，谢谢。好样的！日后有修正请及时告知。”

闫崇进高兴地拿走备料表后，文昊马不停蹄地取出已贴成的整个机场范围的地形图，这种1/10 000地形图是出具证明从省测绘局购得的。文昊开始构思设计并绘制施工总体布局图，以便提供给指挥部在会议上讨论、审定。

而这边闫崇进在仔细阅读了材料表后吓了一跳，表中所列数量是以前经历过的机场所需材料的二三倍，不知道随着工程进展将来还会有什么补充、出什么“新花样”。他不敢怠慢，即刻报告了黄道喜。扩建工程所需材料不仅数量大、标准高，供货时间还异常短促。已有十几年工作经验的黄道喜也认为这可是“大姑娘上轿——第一遭”。他面对着闫崇进指示说：“我们要合理安排，首先把计划内的材料打一个报告请上级调拨，如水泥、钢材各需4万吨，木材7 000立方，当然数量上要留有余地，以免日后停工待料，这份报告先送出；其次砂石等地方材料赶紧组织人员去调查了解、取样检验，先确定石场、砂场再组织开采运输。闫助理你先草拟计划材料的报告，我立即打电话给衡阳科里，组织人员沿京广线了解石场，再派人调查广州附近砂场。”闫崇进听后点头称是，心想到底是领导，思路清晰、办事干练。

4

并不是所有先遣组人员都投入到紧张的扩建工程中大显身手，二大队副大队长屠文田作为大队代表，带了几个干部虽然也是先遣组成员，但是他到广州没几天，却有一个漂亮入时的湘妹子从衡阳追来广州。由于不知道屠文田的确切地址，这个泼辣的妹子，硬是从警察、市政府找到了白云机场，七打听、八打听地还真让她寻着了先遣组驻地。这种寻人方式方法真可谓“张扬”、不寻常，因而也就“名传四方”，在先遣组中引起了轰动，反响极大。而这种特别的新鲜事便成了大家茶余饭后的谈资。

原来，解放战争期间，屠文田在山东老家参加革命后，经过部队首长的教育和战斗洗礼，加上他朴实的农民本色，工作积极、战斗勇猛，多次立功并入党提干，从普通战士不断“进步”为班长、排长、连长，在南下广州时已是副营长了。经了解，参军前屠文田在家乡学过木工，跟着师傅领工盖屋，也算是搞过土木工程的专家。这不，在建设四总队组建时，作为人才调集到职，从助理员逐步提升为二大队副大队长。

战争后期部队进入到大城市，这个花花世界对屠文田的精神刺激太大了。特别是城市中的女孩子细皮嫩肉、白白净净的，比在家乡那个黝黑、粗俗、没文化的老婆靓丽、清新可人多了。直勾引得他“垂涎三尺”，心中蠢蠢欲动，暗下决心要休妻另娶。当时部队中确有股歪风，一些干部在闹离婚，有的已离成了，另娶了年轻的娇娘。屠文田也是其中一分子，举出很多理由，什么“包办婚姻”、“长期感情不和”、“小脚女人”、“不肯学文化”等等，并且发力积极申办离婚……其实他爱人是当地土改积极分子，个性倔强，听到要离婚的消息后暗下决心，离就离！我才不要这个当代的“陈世美”。从此更加奋发图强，当上了工作队员，还成为地方干部。

真是无巧不成书，那天在衡阳火车东站，屠文田出差返回，因腹中饥饿想找点吃的。但是车站邻近饭店既贵，服务态度又差，看看天色还早他想多走几步，在小街上找个干净的小食店……突然听到妇女凄惨的求救声："快来人呐，抢钱包嘞!"屠文田朝呼叫声方向一看，一个约 20 来岁的姑娘指着前方大声喊着，前面有三个小流氓在狂逃。说时迟，那时快，他把行李袋往姑娘手里一丢说："你给我拿好了。"拔腿就追。

没几步就追上了，三个流氓一看只有一个人，就摆开架势说："我们井水不犯河水，识相点，别多管闲事!"

"快把钱包还给姑娘，就放你们走，你们这些无赖!"文田指着三人严正地大声吼着。相持一会儿，三个流氓想仗着人多收拾他。

屠文田已有好久没"打仗"了，正是身手痒痒，见到三个无赖的架势，正好试试拳脚。没几招，打得三个人倒地的倒地、逃跑的逃跑。他正想去拿回姑娘的钱包，就此息事。谁知拿钱包的那个家伙突然抽出小刀刺了过来，屠文田没有料到这一手，虽然躲闪，不幸腹部仍被刺进半刀，鲜血直流。但他身手不凡，左手捂住伤口，右手一个斜抽，加上一个扫堂腿，不仅把流氓手中的刀打掉了，还让他瘫倒在地，爬不起来。小流氓在地上呻吟，屠文田怒目圆睁，捂着伤口的手和腹部全是血，站立监视着倒地的无赖。等到事主、警察和群众赶来，屠文田看到女事主秀丽的脸庞及警察后，精神一松，即刻感到腿软无力，把钱包递给了女青年后，自己慢慢地倒下了……

屠文田醒来后，不明白自己怎么躺在床上，空气里弥漫着淡淡的消毒药水的味儿。正在他四处张望，准备爬起身时，突然来了个白衣护士，快速走到床前说：“你醒了?”并按着他的肩膀柔声地命令说，“不要动！你受伤了，昨天刚做手术，手术很成功……”他望着已脱下口罩说话的护士，似曾见过，却一下子想不起来。

原来被抢包的女事主叫袁静，从长沙湖南卫生学校护理专业毕业后分配在衡阳市人民医院外科工作。那天，她眼看帮助自己追回钱包的恩人倒下，赶紧联系了救护车，载到了自己的医院，立即手术。好在刀口伸入腹部不深，刺破了一截肠子，没伤及其他器官；但由于流血过多，人很虚脱。

接下来的日子里，屠文田养伤，袁静悉心护理侍候。袁静开口、闭口“恩人，恩人”的，他不仅被她叫得心里热乎乎的，而且身体也在她的护理下恢复得很快。通过一段时间的接触、交流、熟悉后，屠文田深深地觉得袁静年轻热情，人又长得标致，比家乡的老婆好出千倍万倍，要是娶她为妻那该多好呀……对了，要让她改一改称呼，屠文田想。

一天，他们在闲谈时，屠文田认真地对她说：“你千万别再‘恩人、恩人’的，叫得我太不好意思了。”

“你是我的恩人嘛……那我喊什么呢?”袁静在这段相处的日子里了解到文田是个解放军年轻的军官，高高大大的他在她心目中已产生不可磨灭的印象，对他既有钦佩之心、又有感恩之情。说实在少女的心呀，已喜欢上他、恋上他了。于是她稍加思索爽快地回答说，“喊你大哥，可以吗?”

“那好呀!”屠文田在这些天里体会到袁静温柔细心，相处中感到愉悦、快乐，她改称我为大哥，那关系不就近了一层吗？他边想着边兴奋地回称她说，“那我叫你妹妹，我还真缺个妹妹呐。”

派出所和部队都来人慰问过，屠文田见义勇为、受了伤还抓住小流氓的事迹使他有了点名气。他在心中暗暗使劲，想把这种“名气”转换成他们俩的“爱恋、爱情”。频繁的接触让事情越来越明朗化了，连外科年轻的医生护士都看出苗头，大胆的还在言语上打趣袁静，经常窘得她满脸通红。遇到这样的场合，屠文田表面上保持沉默，但心里却像喝了蜜糖似的高兴，真是八辈子都修不来的艳福。这就更使他下定决心打报告抛弃妻子，办理离婚，而这件事在四总队已经闹腾得家喻户晓。

屠文田伤愈出院，那天四总队派人把他接回驻地。袁静当天值班只送到外科门口，碍于人多眼杂，他只能按照常规的话说：“感谢袁护士周到、细心的护理，使我恢复得这么好。”

袁静心里一直怀着屠文田是为自己而受伤的内疚，含情脉脉地接过话说：“应该的，应该的。你是为我而受的伤……”

“快别这样说了，”他立即打断她的话，凑近她轻声耳语道，“我会常来看你的。”袁静也盼望能再见到他，微微点头示意，然后目送他离去。

接下来的日子里，屠文田三天两头来看袁静，两人越来越近乎，谈家乡、谈工作，特别是袁静敞开心扉，与屠文田谈论着一切，简直到了无话不谈的地步。有一天，袁静下夜班，正好屠文田来看她，就把他带到宿舍里坐坐。由于同宿舍护士都在上班，房内只有他们两人。

“你随便坐一下，我先去洗个脸，然后我们说一会儿话，上午我要睡觉。”袁静也不等他回话，说罢拿着脸盆毛巾去洗漱间。屠文田应了一声，她已经出了门。他坐在袁静的床沿东张西望，房内有四张单人床，都挂有蚊帐。每个床边摆着一个床头柜，床靠墙放置，中间是过道，床下都放着好几双鞋。进门的角落一边放有脸盆架，正好是四格，另一边门后放着拖把、扫帚。

一会儿，袁静进来随手放好脸盆，屠文田起身拉起她的双手深情地望着她说：“你真漂亮。”袁静羞红着脸低头不语，随他紧捏着自己的手。谁知屠文田激情似火，放开手，拥着她的身子又抱又吻……袁静最初是感恩之情，有过一段接触后被文田的“花言巧语”搞得晕晕乎乎，心里也喜欢上他了；现在让他这么热情地搂着、吻着，甚感快慰，心中不知道怎么办，也就迎合着他的激情。文田是越来越大胆，把她抱上床宽衣解带，袁静还没有想明白是怎么一回事，就半推半就地发生了不该发生的事。

事毕，袁静既害怕，又后悔，双手乱击着屠文田哭喊着说：“你怎么能这样……这要是说了出去，让我如何做人哪！”

屠文田抱着她安慰说：“不要紧，不要紧。我们结婚，我们马上结婚。”其实他心知肚明，家乡有妻子的事还没有告诉袁静，他希望离婚报告能很快地批下来，毕竟自己不是自由人啊。想到这些，刚才的兴奋被一阵莫名的紧张代替，似乎还有一些恐慌。

5

一天，在场建科文昊与穆圣东闲谈，正巧颜有灿来先遣组办事，事情挺顺利地办完了，他就顺道过来看看文昊，三个哈军工同学相聚，自有一番热切的交谈，其间陈伯庭和一大队工程师史家锡也来了。平时开会、见面谈的除了工程，还是工程，这下难得有空闲扯，聊着聊着就扯到了男女婚姻之事……

史家锡问起了穆圣东说："圣东，听说你要复员？你这个'科班出身'，正牌的哈军工建机场专业的，这样岂不是太可惜了。"

圣东思忖了一下，觉得在座的都是些熟人，也就敞开心扉，情绪有点激动地说："还不是婚姻问题。"他回忆着，"在我参军前邻村有一个相好的女孩，我们俩认识了一段时间，很谈得来，她来我家、我去她家，已到了谈婚论嫁的状态。当时共产党地下组织很活跃，刚一解放就动员青年参军。在我决定要参军后，她羞涩、毅然地搬到我家来住，照顾我年老体弱的父亲母亲，二老也挺喜欢她，整天'英妹、英妹'的就像一家人一样，这就解决了我参军的后顾之忧。

"到了部队以后，因为我读过两年高中，算是个'知识分子'，首长要我去考哈军工，结果还真考上了。毕业后与文昊他们一起来了广州军区空军四总队。原想离别了多年，可以回梅州老家办婚事了。谁知打报告后组织部门不批，理由是女方有海外关系，这让我感到尴尬和苦恼。再三申诉，梅州当地几乎家家有人'下南洋'，女友没有问题，虽未婚但已过门在我家长住七八年了，情况比较特殊。但领导说这是政策问题，是组织原则，要我在留队和结婚两者间选其一。

“情况非常明了也很严峻，我反复思考，虽然部队的政策可以理解，这是为了保障队伍的纯洁；但是也不能亏待了对方、磨灭她久久的期盼和一辈子的幸福，我若抛弃女友，那她不寻死觅活才怪。所以我选择了即使只拿一点复员费、自找职业，也要回家完婚。”

史家锡听后颇有感触地说：“我认为你是个有情有义的人，尊重你的选择，要不，这世界上又会多一部悲剧。唉！婚姻是喜事，但在某些情况下也可能是个悲事。你们看，陈工他们俩口子那是恩爱有加的一对，他老婆已经给他生了四个孩子，两男两女，听说第五个又怀上了。”

陈伯庭立即抢白说：“你怎么来扯上我了，一家有一家的‘账’，我们这是将就着过……”

文昊反应灵敏地逼问：“将就？从字义上说就是凑合，难道你们的婚姻是凑合的？”

陈伯庭被问后，缓慢地回答说：“是这样的，刚结婚时，我们也是激情万分、如胶似漆；但生了孩子以后，生活也就是柴米油盐茶，变得平淡起来。加上女人生了孩子、带了孩子后很快就老了，变得婆婆妈妈、变得庸俗，已没有多少情调，缺点倒是多了不少……”

史家锡看陈伯庭越讲越不像话，插上嘴说：“怎么！你们是自由恋爱的，你把一个如花似玉的嫂子搞成了‘黄脸婆’，就要‘休’妻了！”

“那可不行呀，”圣东接上话，“不能像屠文田副大队长那样，认为参加革命有功，妻子不够美、老一点，就迫不及待地弃旧爱、求新欢。他不是闹了好久，逼着老婆离婚。听说已找到一个漂亮的小妞，比他年轻十岁多。”

这下倒把陈伯庭推上“被告席”了，听着他们两个严厉的口气，真的把陈伯庭当成也要换个年轻妻子的人了。

颜有灿出来打抱不平说：“我看陈工不是这样的人。”

“还是有灿有眼力。”陈伯庭不慌不忙地阐述说，“这又回到刚在说的‘将就’、‘凑合’的问题。我的看法是不能像屠文田那样为追求自己的婚姻幸福美满，就不要糟糠之妻另娶新人，这样做是把自己的快乐建立在曾经是相爱的人的痛苦之上，是缺乏道德的。”

文昊听后心中思忖，陈工在工作上有一套，没想到在思想品德上，至少在婚姻观上，还是属于品德高尚的一类，就插话说：“我的理解是夫妻间在激情消退、生活缺少浪漫变得平庸时，免不了发生争吵和矛盾，这时候就要有宽容之心、平常之心，互相迁就和忍让，‘忍让一步海阔天高’，为了心中深爱过的人、为了给双方一个幸福的家，‘凑合’一下又何妨!”

“对，对，对。”陈伯庭挺欣赏文昊的理解能力，接着说，“凑，是聚的意思；合，是合二而一。所以凑合就是两个人走到一起，像一个人那样，共同经历人生的美好欢乐，共同承担人生的风雨艰辛。我想，婚姻如果能达到这种‘凑合’的境界，岂不更难能可贵、令人羡慕。”

文昊带着点调皮语气说：“是不是可以下结论了，圆满的婚姻就要不欺弱、不逞强，互敬互爱，合二而一地‘凑合着过’，即‘凑合着过’的婚姻最为幸福。”说完大家都笑了，觉得他的概括力很强。

这边颜有灿有点不满意他夸夸其谈来归纳什么“凑合”，责问地说：“你在湘南机场经史工介绍与林伶结合，婚姻美满甜蜜，尚在激情阶段，有什么资格谈论‘凑合’呀?”笑声再起。

文昊有点窘迫，调侃着回答说：“我的婚姻当然要感谢大媒人——史工。借用搞建设的原则，这是‘就地取才’，特别声明不是材料的材，是人才的才。”又是一片笑声。

史家锡也插进来说：“不必谢我。至于文昊与林伶，我看还是有缘分。先是我作为局外人发现他们挺般配的，就给牵了一根线；但他俩自已要谈得来、要谈得拢才行呀，否则也是白搭。”

“记得有位作家说过，”颜有灿微晃着脑袋慢慢腾腾地说，“‘于千万人之中遇见你所遇见的人，于千万年之中，在时间的广袤的荒野里，没有早一步，也没有晚一步，刚好遇上了。’我认为文昊他们俩挺符合这位作家的论述。”

文昊思忖，我和林伶两个拥有着绝不相同的人生轨迹，能在湘南机场这个“点”相遇、相交，而且还能深入沟通、万分融洽，这真是难得，必须珍惜。想着想着随口便说：“这个作家的说法实质上就是珍惜，是的，对来之不易的美好应特别珍惜，不言放弃。”

穆圣东跨前了一步问：“说这段话的是哪位作家？我看有点意思，好像也符合我的情况。”

“记不清了，好像是张爱玲。”颜有灿一边回答，一边举了举右手似乎有异议地说，“我有个问题，‘凑合’是褒义词还是贬义词，用这样一个词来表达或者归纳婚姻合适吗？”

“合适，合适。”史家锡提高了一点嗓门说，“人们的婚姻生活千姿百态、多种多样，过了新婚几年浪漫期后，那就是非常普通的日子。若是双方都任性、固执己见，不能迁就对方的缺点，原谅对方的过失，那必然会斗到两败俱伤、分道扬镳，‘凑合’不到一起了。所以除了道德层面上喜新厌旧、自私自利外，在生活上为了芝麻绿豆小事互不相让，背叛了曾经的海誓山盟，使婚姻走到了尽头，破坏了本该属于两个人的幸福，那是不值得的、是要后悔的。所以管它褒义还是贬义，就‘凑合’着过吧，‘凑合’到金婚、钻石婚，那时候老来成伴，相互依靠，不用再虚伪地相互说着、听着年少春衫薄时的甜言蜜语，夫妻关系已经到了‘化境’——高超的境界，那才有意思呢。”

史家锡这番话，听得大家雀跃起来，还有拍着巴掌的。说是闲谈，大家惊奇地发现彼此说的都是一套一套的，简直可以当婚姻“调解师”或者社会学专家什么的。文昊看看时间不早了，便对着穆圣东说：“圣东呀，复员回家后有什么困难，来信相告，我们一定帮忙。”

其他人也一致附议，表示会全力相助，穆圣东点头表示谢意。但是，在白云工地完工时，穆圣东复员回家后却音信全无，大家都知道他是一个要强的人。

6

设计文件“吹风会”，在修建工作程序上从未见过、听过，这是白云机场扩建工程中的特殊工作程序。具体做法是在设计文件上报北京总部待批的同时，向施工单位传达，以便展开施工准备。日后若有变更，又以上级批复文件为准，这是一种没有办法的办法，操作上实在难为了建设四总队。因为这样做虽说已交代了工程的全貌，但不是确定的全貌，最多只是工程的七七八八。当然也实在难为了设计单位，在没有正式批准的设计任务书的情况下，凭上级单位的意图和交代，就展开设计……总之，时间太局促、太紧急，可这完全是国际形势所逼。“吹风会”借用地勤食堂的一个角落，把餐桌拼成一个长方形的大桌，用屏风围起，就算是会议室了。会上有人传达设计方案和思路，有人介绍设计重点及补充；施工人员提出了一些疑问和需要明确的问题，大家还时不时地展开必要的讨论。言论有时平静有时激烈，声调有时温和有时高昂，到了后面你一言、我一语，“吵吵嚷嚷”直到天黑下来，过了下班时间很久才结束。

“吹风会”后，隔天李宝生、陈伯庭和文昊专门约了后勤部机关颜有灿，共同整理“吹风会”的记录，以便形成上报文件，这也算是总队意见的反馈了。之所以专门相约颜有灿，是因为他身兼机关与四总队的工程联络员一职。

四个人坐定，陈伯庭先发言：“我们把‘吹风会’上大家提出的意见理一理，有的再斟酌一下，形成文字材料上报，颜助理你看可以不?”颜有灿急忙点头称是。于是陈伯庭转向文昊继续说:“文技术员,现在就开始,你把会上提出的问题,按会议记录一条一条地‘过滤’。”

“我就先按会议上提出的次序来研究。”文昊翻开记录本说,“上报文件之后再重新拟稿。”在李参谋长和陈工同意后,文昊一条一条地说开了。

“加盖道面厚度计算有两种方法:结合法和隔离法,两种方法道面厚度相差4~6厘米。设计单位考虑用结合法,加盖比较薄可以节省工程量。这种方法施工上要求清洗旧道面、凿毛表面使其能够良好地结合。但是这道工序给施工带来很大麻烦——清洗的水四处乱流、凿下的碎渣很难清干净,所以我在‘吹风会’上提出采用隔离法,在旧道面上铺两层油毡就可以浇捣上层混凝土板,以保证工程进度。”

大家一听是这个理,扩建工程主要是进度,再则清洗、凿毛费工费时,经济上也不一定节省,于是一致通过文昊的建议。

“关于排水工程,”文昊讲述第二条意见,“这是三大队穆圣东提出的,他建议排水设计按五年一遇的频率提高到十年一遇。因为广州市年平均雨量2 000多毫米,特别是台风来时瞬间雨量特大,这样的排水设计可以避免排水不畅导致机场短时间被淹,影响飞机的起飞着陆的问题。即使提高泄洪标准,如涵管直径从50厘米增大到75厘米,工程造价也不会增加很多。”

“这条提得好!”陈伯庭说,“佛山沙田机场建成后第二年就遇到50年一遇的特大降水,该机场因地势低采取强制排水系统，泵站设计小了，结果跑道受淹，后来专题扩建加大了泵站……我看这条应采纳。”其他人也一致同意。

文昊接着说下一条：“木工厂提出弯道部分边缘道面分块的尺寸没有标注，结果要在现场放大样确定尺寸后再加工模板，颇费周折，建议设计图纸提供零板的具体尺寸。”

颜有灿听明白了其中的意思，说道：“这实际上就是要花时间计算，不难，但比较烦琐。我怕让设计单位计算的话，由于人手紧张，会跟不上施工进度的需要。”

文昊赞同地说：“其实方法不难，若能找两个高中生来帮忙由我指导，在现场边算边施工都来得及。”

李宝生看着颜有灿、文昊，心想，到底是哈军工培养出来的，思路敏捷、建议合理，便以指示的口气说：“那我们调剂两个人来计算吧，后勤设计单位工作挺忙的，就不增加他们的负担了。但是有一条，设计单位必须有驻施工现场的代表，及时联系解决施工中的设计问题。这个代表可以不住在现场，说实在的，工地也腾不出一间房子，只需每天来工地上班，就像颜助理当联络员那样。”

陈伯庭说：“这个主意好，这样设计意图下达、施工实情上达，有利于问题的及时解决。”

文昊继续说下一条……

四个人的碰头会把整个上午的时间都占用了，前前后后有 20 多条，责成文昊整理出文稿，经陈伯庭修改、总队领导过目同意后上报后勤机关。

四 千头万绪

1

“万难在开头”，或者说“头三脚难踢”，那可是千真万确。九月中旬，广州军区空军经与广州市政府沟通，联合成立了工程指挥部，挂出了“广州市白云机场扩建工程总指挥部”的牌子。总指挥部下设机场扩建工程指挥部、进场公路工程指挥部和（环市路与解放路）立体交叉工程指挥部。空军建设四总队负责机场扩建工程指挥部工作，明眼人一看就知道，这是个“主角”、“台柱子”，机场扩建工程的成败都系于此，责任重大呀！

在四总队后续人员逐步进场，工程设计“吹风会”后，有关工程规模、技术标准和工期要求的规划有了一个初步的轮廓，各项工作依次展开。对于广州市来说，建设四总队是初来乍到，人地生疏，而机场扩建工程是属“特急、特殊”的工程，因而广州市市长特别要求市政府相关各部门、市属各工业企业、各服务机构一律要“上门服务”，主动去指挥部联系工作；若有耽误或影响工程质量、工程进度的，则要追究相关责任。

我军的传统是“司令部对外”，因而李宝生、陈伯庭及司令部各科室成员是不断地“有朋来访”，以致应接不暇。其中有市规划局、市供电公司、市自来水公司、市搭棚公司、市砂石材料公司、市工程机械公司、市公交运输公司……当然，广州铁路局是四总队专门写了公函去联系的。经过与广州市各机关、公司人员频繁联系接触，地方人员对白云机场扩建工程的支持热情，简直是可圈可点。

市搭棚公司经理岑祖恩带了两三个管理人员和老师傅，了解了工程的性质和紧迫性后，在踏勘现场当即向群众工作科科长胡恩平表态说：“胡科长，对机场扩建工程的认识我就不多说了，这也是市长下达给我们的任务，我想……”他稍加思索继续说，“今天、明天，后天我们就进竹材、进工人开始作业。”

如此干脆让胡恩平有点吃惊，他轻声提醒说：“那当然好呀！是不是要订一个协议什么的……”

“协议可以边施工边商量，”岑经理不等胡科长往下说，就接着明确表态，“工程质量绝对保证，工程进度我也可以调集全公司的力量来保障，绝不会误事。工程费用按必须采购的材料的支出、人工工资、上交税费等来计算，至于其他管理费用、利润……尽量少收或不收。”

这一席话让胡恩平吃惊不小，心想，自从他接手管理总队各机场的暂设工程和征地移民工作以来，地方单位如此紧密配合，不！简直可以说如此“慷慨”、如此全身心投入的仅广州市一家。他当即握住岑经理的手，激动地说：“好呀，好呀！这可真是‘军民一家亲’，咱们一言为定，我们一定配合你们在场内的施工，提供各种方便。”

送走岑经理一行人以后，胡恩平立即向总队首长汇报，吕冀川也很感动，体会到地方政府对机场扩建工程的大力支持。

供电公司和自来水公司也是大力配合，他们在了解现场情况后，明确表示工程方面哪里需要用电、用水，就把输电线路、供水管道架设到哪里；施工中用电、用水数量上绝对保证；另外在工地派驻值班人员，及时排除电、水在使用中发生的故障等。广州市所属各有关单位对扩建工程的积极配合、热情服务，让四总队上上下下无不动容赞叹。为此总队领导告诫大家，一定要谦虚谨慎，与地方人员商量着办事；更要努力工作，以无愧于人民的支持与期盼。

一日晚饭后，天气凉爽无雨，特设科谢洪毅与丁永泰、物资科黄道喜与闫崇进，以及文昊沿着内场公路散步闲谈，少不得讲到工作中的一些新鲜事。

谢洪毅边走边说："今天去市里联系工作，时间很紧张，中午只在小摊子上吃了一碗云吞面，没吃饱，所以晚饭吃撑了。"他不好意思地打着饱嗝接着说，"市供电公司真是积极主动，风格很高，不仅保证满足工地供电量，而且将1万伏高压线架到作业点附近。你们看校罗坪①这么偏远的地点，他们为了防止我们架400伏裸铝线电压降太大，宁肯多架几根电杆引1万伏高压线过去。"

"自来水公司也是，"丁永泰插话说，"为了保障供水管道

---

① 注：校罗坪 为准确校正飞机上的罗盘仪，一般要求在周围环境不影响校正作业的地点建设的单体停机坪，往往远离飞行区。

末端工程供水量和水压，硬是增大上端水管的管径，还增加了一个接力泵，让人感动。”

黄道喜表示有同感，用赞扬的口气说：“砂、石材料公司态度非常真诚。他们把所有供应广州市的石场、砂场的原始资料提供给了我们。因为原有砂石场产量远远不够扩建工程的需要，广州市从未遇到过在这么短的时间内需要如此高质、巨量的材料，这种把手头资料全盘托出的精神实在可嘉。同时还协助我们勘察新石场、新砂场。”

“看来砂源广州市附近可以解决，”闫崇进补充说，“广州地区珠江水系河网如织，所以形成了不少弯道沙滩，就看我们取样试验的结果了，符合标准的即可采用。”

丁永泰突然调皮地发问说：“你们发现来办事的经理和随行人员有什么特点，或者说共同点?”

这一问，一伙人停止了前进，愣在那里想着他的问题，不知道他指哪一方面，静默了好一会儿，没人答得上来。

“是不是来人都比较谦虚诚恳?”闫崇进见没人回答，试探着说，“大家反映不管什么部门或公司都……”

“不是，不是。”丁永泰摇摆双手否定了闫崇进的回答。

这下一伙人更加发呆，谢洪毅忍不住开口说：“是什么呀，你快说，别卖关子了。”

这下丁永泰才不慌不忙地说：“我发现地方人员尽管坐着气派的小轿车来联系工作，可是一开车门，首先伸出来的是穿着拖鞋的脚。你们注意去看好了，他们绝大部分都是穿着拖鞋来的。”

大家听后恍然大悟，有的笑出声来，有的点头称是……

文昊因为没有这个经历，也笑着问闫崇进说："大胡子，你是地道的广州人，为什么当地人来联系工作、办公都不穿鞋？"

"谁说不穿鞋！他们穿的是拖鞋。"闫助理"以攻为守"地反击了一下，引得在场的人都哄笑起来。待大家静下来以后，他继续说，"可能是因为天气炎热。你们看，现在已到9月，但仍像夏天一样。一年中热的天数特多，我的记忆中有一年春节年轻人都可以穿短袖、短裤。"这个说法让大家点头认可，闫助理接着说，"你们很少去市区，那些房子都是进深很深的，自然通风条件极差。比较气派的办公室才摆有风扇或装吊扇，但是这些电扇仅仅是把空气搅动了一下，吹久了也都是些热风。所以逼得人们只好穿个文化衫、西装短裤和拖鞋上班了。"

文昊听后恍然大悟，但还是逗趣地对着闫崇进说："可是你这个地道的广州人，却是皮鞋袜子、长裤衬衣……"

"打住，打住！"闫崇进即刻制止文昊说，"喂，我已经当兵这么久了，部队要求服装整齐这点我懂、也能做到。你竟敢来取笑广州人，也不看看你现在在什么地盘上。"说着要过去"抓"文昊，文昊机灵地一躲闪"逃"到人群的另一侧。

大家被他两人斗嘴和打闹逗乐了，说说笑笑、愉快地度过了一个傍晚，让工作一天的紧张情绪轻快了许多……

2

广州白云机场扩建工程的筹备工作头绪太多，指挥部人员热火朝天的工作干劲，就像广州的气温一样，持续居高不下。怎样才能确切描述出当时的情境？怎么才能说明白他们的才干？怎么样才能记录下这难能可贵的作为和景况……

广州铁路局积极地调集轨道器材、集中施工力量，没日没夜地从机场油库专线出叉，引临时铁路从跑道北端安全道进入机场。临时线由东向西，在机场北端安全道上设置了一个360度的大圆盘，以便车皮90度调头驶入南北方向卸货线。在不到三个月的时间内，从申请、计划、筹集材料和施工，一口气架设了12公里的临时铁路线，其中有2.5公里在跑滑间，即是卸货线。这在铁路史上是从未有过的事情，可称奇迹。场道扩建工程共需钢材、水泥、木材、河砂、碎石40余万吨，只有三个月的备料时间，因而平均每日要有75个60吨的车皮进料。组织车皮在不同货源点进料，将不同的货物卸在不同的地点，严密的车皮编组、货物专列通过市区的交通管制，从油库站台进入临时专线，以及材料车皮送入和牵出机场专用线等，这可是一门很大的学问，需要进行周密的计划和仔细的推敲。但是广州铁路局出色地完成了任务，这又是一个奇迹。

为了获得足够的道面混凝土用的两种规格的碎石，物资科在市材料公司的协助下，派出大量人员沿着京广铁路查看了所有的石场，做了取样送检、考察设备、了解产量和交通条件等一系列工作，做到了心中有数。由于工程要求供货期短而量却很大，只选几个石场的产品根本无法满足需求，所以只要质量合格、装运上铁路车皮方便，能达到一定的数量的采石场均予以采用。省内、省外远近二十多个石场都被确定来供应白云机场扩建工程的需要，如洪桥、冷水滩、樟木头、东坑、新山，最远的竟然到了河南黎家坪石场。整个工程在三四个月内采集了16万立方米的碎石，按要求做到了供货及时、质量合格。

钢材、水泥和木材属国家计划调拨物资，按说白云机场扩建工程是国务院直接下达的特殊项目，供应是不存在问题的。但是需要材料的规格、型号、数量和供货日期等，指挥部要提出申请。在工程规模“吹风会”后已经是1963年10月下旬了，指挥部立马组织力量提出“国拨材料计划”，派专人去有关部门申请，有些材料如水泥希望能马上供货，相当于拿着现钱在商店里购买物品一样。

依照道面混凝土的数量，以及现场能投入的最多人力和机械，经过倒排进度，这个项目必须在1964年元月开工。但是混凝土开工先要有配合比①，必须用所供的水泥做配合比试验，配比试验的试件需要养护，压不同令期的强度，所以水泥供货要求特别紧急，可以说是“现买现用”，这对国拨材料供应来说是从未有过的。通过物资人员的努力和国家有关部门的大力支持，还真的调拨了水泥到工地进行了混凝土配合比试验，给道面施工提供了保障。场道工程所需要的4万多吨各种规格的钢材、4万多吨高标号的水泥和7 000多立方米木材，还真的如期调拨到工地，简直是破天荒的一件事。

当时机场施工逐步走出人工操作，已进入半机械化施工

① 注：配合比　即混凝土配合比，在混合料中大碎石、小碎石、砂和水泥，以及水所占重量，采用不同的组合比例，以求得混凝土最大的强度，这时得出的组合比例称为最佳配合比。

阶段。混凝土施工原来人工操作方法是用一块大钢钣，堆放按几桶（标准桶）大石、几桶小石、几桶砂和几桶水泥配好的混合物，几个人用方锹先干拌几遍，再加几桶水湿拌几遍，拌匀后铲出钢钣倒入模板中，用插棍和木夯夯实。所谓半机械化，就是搅拌用 400 公升混凝土拌和机，夯实混合料用平板震动器（后来还加用插入式震动器）这种操作方法。半机械化施工质量好、进度快，是一大进步。按照施工组织设计，每天需要有 30 余台拌和机作业，配套需要 150 台震动器，加上备用和维修，共需调集拌和机 40 台、震动器 200 台。一个工地要如此多设备是一件大事，有关人员是又采购、又借用，想方设法才完成了任务。

三大队负责木工厂、混凝土预制厂、道面模板加工和排水工程施工。木工厂需要加工不同厚度道面的企口模板 30 余套，每套模板长度总量为 400 ~ 500 米。混凝土预制厂要预制各种直径的涵管 7 000 多米，最大直径涵管可猫腰走过一个人，所有涵管都做成 1 米 1 节。要预制盖板明沟上的钢筋混凝土盖板，每块盖板长 1 米、宽和厚各约 0.4 米，总需 14 000 余块。在涵管未埋设、盖板尚未盖上排水明沟时，可以想象一下，这 7 000 余根涵管和 14 000 余块盖板，光摆放就要相当大的一个场地。

广州市地处亚热带地区，气候湿热，冬季不结冰，可以全年进行户外作业。扩建如此巨大的工程是要靠人去做的，完成机场扩建工程首要因素是人，所以需要大量军工、民工。为此空军调集了武汉军区建设六总队 1 200 人，广州军区抽调了军区工兵一团一营 350 人，广州空军后勤部安排了空军工程兵五团1 000余人等进行支援。广州市组织了各区民工，如荔湾区1 800人、越秀区1 600人、东山区1 200人……连三轮车装卸队都有1 500人。全场军工4 000余人、民工17 000余人(这还不包括场外生产各种石料的9 700名民工)，这么庞大的建设队伍，在极短的时间内需要解决居住的工棚、生产生活的物资保障、施工任务的有序安排，以及在场人员的组织管理、文化活动等问题。中国共产党在旧中国杂乱无章、一盘散沙的状态下都能领导组织人民闹革命求翻身，建立新中国，所以把白云机场扩建工地组织得井井有条，那是共产党解放军的强项。在部队领导和地方党组织密切协调配合下，参加扩建工程的人员都怀着一种自豪感，一种与一切反动派作斗争、为祖国作贡献的精神，不怕苦、不怕累，不计较个人得失，日夜奋斗在工地上，这就使得工程各个项目能保质保量地按期完成。

3

通常九、十月份应该是秋季，而且是深秋了，但广州仍像夏天一样，穿个短袖就可以了。若来一场秋雨，那是又潮湿又闷热。章玉贵是个南下干部，随第四野战军一直打到广州地区，部队就地整编，他就被编入空军建设四总队任参谋。这个出生在河北张家口市的人，尽管随着四总队在广东、湖南辗转了几年，但是对南方湿热的气候还是很不习惯。

那一天，早晨起床后他习惯性地朝外走，想去溜一圈。出门后才发现天空淅淅沥沥地下着毛毛雨，他也懒得折回去拿伞，沿路漫步在场内公路上。章玉贵经过几个工地的“摸爬滚打”，加上自己聪明好学，逐步熟悉了机场建设工作的规律，业务上有很大的提高，在湘南机场后期被提升为场建科科长。随总队进驻广州白云机场后，他感到这项工程时间紧迫、技术要求高、技术人员奇缺，已经处于焦头烂额难以应付的境地。这不，人在溜达，脑海中却在思考着工作。近两天又在为要派人去完善佛山沙田机场使用功能，保证白云机场飞行业务及时转移的事犯愁。他把科里所有技术人员想了一遍，留用人员钱副贵工程师，在旧社会是个中学生，靠自己努力发展成了营造商，后加入了国民党修建机场的单位，解放时被建设四总队吸纳，安排在场建科后被评为工程师。钱工在科里参加一般的工程管理尚能胜任，若单独派驻佛山沙田机场恐怕难以完成任务。文昊技术员是哈军工毕业，又一直参加湘南机场的设计、施工，是科里主要干将，但白云工地离不开他……拿不定主意的他已经往回走了，到了宿舍一摸头发，已经湿漉漉的了。

正走到宿舍门口，一眼就看到陈伯庭，进门后一问，也是在操心派人去佛山沙田机场的事。交谈沟通后，陈伯庭同意他的考虑，钱工不合适、文技术员不能动，但人还是要派，而且刻不容缓，最后他们商量提出派新近毕业的哈军工四期学员朱寿定去。一则哈军工培养出来的人素质上乘，技术掌握全面；二则朱寿定也参加了湘南机场后期工程，算有一定的经验；三则佛山沙田机场离广州不远，也就 30 多公里路程，他们可以经常去看看。

“章科长!”文昊人未进门喊声已提前到了，待左脚踏进门就直嚷嚷，“算弯道道面尺寸的人什么时候可以来呀……”话没说完见陈伯庭也在，好像在商量工作，他便不好意思地红着脸停住了。

章玉贵看到文昊尴尬的样子，笑着说：“你来得正好，我们在研究派朱寿定去完善佛山沙田改建工程，让民航飞机早点转场，腾出道面施工工作面，你看怎么样？”在章玉贵的眼里，早已把文技术员当作科里的骨干。

文昊稍加思索后说：“我这位‘师弟’工作责任心强，在科里也算是技术知识比较全面的人，虽然实践经验少些，但我看可以，锻炼锻炼嘛。”

章玉贵转向陈伯庭说：“陈工，就这么定了吧，等会儿就向他交代，明天就出发去佛山。”

陈伯庭点头同意，看着小文着急要人的样子就说：“小文，两位‘高中生’已经明确了，是建设六总队来的女描图员，明天就来向你报到。我想就在食堂角落占用一张桌子，白天在这里工作，晚上仍住回六总队。”

文昊原来就着急人手少，听说来的是描图员那就更好了，不仅能计算，而且还可以直接上透明图了。于是他满心欢喜地对着陈伯庭和章玉贵连声说：“好的，好的。具体我来安排。”

小文走后，章玉贵和陈伯庭还商量了一些其他事，待陈工离开后，章玉贵立马叫来了朱寿定交代任务。虽然他有点畏难情绪，但在章玉贵的分析启发下理解了科里人手短缺，满怀信心地接受了任务。

章玉贵经请示总队领导同意，第二天派车送朱寿定和两个测量兵，带着仪器、行李去了佛山沙田机场。

4

哲人说："二十岁的人，意志支配一切；三十岁时，机智支配一切；四十岁时，判断支配一切。"三十岁左右的文昊进入白云机场扩建工地后，一头扎进了繁忙的工作，的确是靠着他的聪明才智解决众多难题，并且频出成果，把工作安排得井然有序，忙而不乱。特别是收到林伶来信说她已确诊怀孕了，兴奋得他浑身是劲，几次梦见抱着自己孩子的景象……文昊没有一味沉浸在欢乐中，而是迅速投入到紧张繁忙的工作中。

扩建工程施工总平面图是有全局意义的总图。机场内各施工单位的位置、施工场地要合理布局，不能重叠交叉；不能因布局不合理，使前一个工序影响下一个工序的开展；军工、民工临时驻地也不能相混，而且各项目的工作面不能产生穿插……文昊按这些要求设计绘制了总平面图方案，经陈伯庭修改定稿后，立即绘制正式施工总平面图供上报和指导施工用。

道面混凝土施工平面图要计算划分出拌和机机位，以及砂石水泥材料堆放位置。由于砂石材料场均在平地区，所以拌和机机位都是在平地区靠跑道边或靠滑行道边设置。跑道宽、混凝土量大，所以机位相对短些；滑行道窄所以机位会长一些，以便各机位混凝土量接近。搅拌后的混合料是靠人工用独轮铁斗车推行输送，所以机位又不能太长，以保障混合料送到机位最远处仍能浇捣成道面板，不会因混合料干硬而无法成型。一般跑道100多米、滑行道约200米一个机位。每个砂石料场后部位搭设一个水泥棚，堆放整个机位所需的水泥。有了道面混凝土施工平面图，器材科就可以按图备料。尽管民航仍在日夜飞行，但离开跑道、滑行道边缘10米外就可以堆放约1.2米高的砂、小石、大石，并可向水泥棚内贮存水泥了。

在日夜“奋战”中的文昊终于“领到”了说话末尾带着“呣驾、呣驾”的女描图员，也就20来岁，姓夏名绮菊。他诧异地问起说：“不是要来两位吗?”

夏绮菊怯声怯气地说：“本来是要来两个，还有一个姓雷。但是小雷昨天接到一个电报说她妈妈突然病了，医院发了病危通知书，经请示领导同意她今天就返回我们的老家武汉去了。领导要我向你汇报一下，呣驾。”

文昊嘴上“哦，哦”应答着，心里思忖，怎么如此凑巧，真的是“吃素碰到月大”，转而一想赶紧安排小夏开展工作才是正经事，毕竟好不容易才增加了一个人手。

文昊领着夏绮菊到了食堂后角落，把两张长条餐桌拼成一张大桌子，以便能展开大的蓝图。他详细地说明计算方法、如何核对，以及怎么把算出的数字标清楚、如何描在透明图上，并且示范性地算了一个例子给她看。

夏绮菊个头不高，圆圆的脸，蓄着齐耳短发，眼神挺灵活的，说起话或者笑起来右脸颊上就会显露出一个小酒窝。她的上衣是女式军装，下身穿着一条咖啡色长裤。由于是高中毕业生，有一定基础文化知识，听完文昊介绍，夏绮菊已心领神会，并且按他的方法也算了一个例子。文昊一看高兴了，没想到这个湖北妹子心灵手巧，这么快就掌握了要领。

“对的，对的。”文昊称赞地说，“你接受新鲜事物很快，计算也很细心。方法就是这样，问题是重复烦琐，数字太多，容易产生疲劳。如果算烦了，你可以停下，出去走一圈，清醒一下脑子。判断对或错，没有什么好办法，就是依次再算一遍。发现两遍结果不同只得再算一遍，找到对的！”

“懂了，晦驾。”尽管是初次见面，夏绮菊已经对文昊产生了好感，觉得这个大哥哥似的年轻军官长得帅气，说话很有条理，把要做的事情交代得一清二楚，还特别赞扬了她的灵活和聪明，夏绮菊像吃了蜜那样高兴。从此，她风雨无阻每天上班就来食堂，拼好桌子、展开图纸，一点一点进行计算。文昊隔三差五地过来看看，并校对一两个点，结果完全正确，文昊估计不会因此而耽误施工了，心情便很好。小夏心里也盼望文昊能来，总想搭讪着多讲几句，因为他来时总能从他口中听到赞扬自己的话……

试验室归属司令部领导，但技术业务由场建科管理，主要项目是土方密实度和混凝土强度等试验，以便及时指导施工。关于土方施工方面，从进场开始已经采集了全场各种不同土质做了试验，全面地取得了土工试验成果，可作为土方施工中检测标准使用。但是在混凝土配合比试验项目上就发生了较大分歧，试验室主任姚志祥准备按现有铁模数量做配比试验，按照过往的老规矩，若第一批试验结果不理想（常常不可能“一矢中的”），就会选用不同组合再做试验，逐步接近，求得最佳配合比数据。而文昊认为目前施工准备时间有限，不允许长时间多周期地做试验，希望一次设定多种配比数据，争取一两个周期尽快得出结果用以指导施工。当然这种做法需要增加正方形和长条形铁模，此类铁模是要加工定制的，市场或商店没有现货可以随手买到。另外则要增加做试验时的人手。

一天，文昊有事去试验室，看到试验员用仅有的九个方形和九个长条形铁模在做配比试验。按操作规定三个方形加三个长条形试件算一小组，必须获得三个小组试验成果，才能用于分析得出结论。

文昊看在眼里，急在心中，边分析边对着姚志祥说：“老姚，今天做的试件要养生 24 小时才能脱模，也即一天只能做一套配比试验，所做的三个小组试件按令期分别为 3 天、14 天和 28 天后在压力机上压出抗压和抗折强度数据，才能指导施工。我知道你们配合比设计计划有几十套试验，这样要做到猴年马月呀！”

姚志祥听了文昊说话后感到有点刺耳，回说：“那有什么办法，我们只有这么些设备和人力，大家都在忙又没有闲着。光说说话是得不出试验结果的。”

“我的想法是能不能多搞点铁模，”文昊不理会他讽刺自己光说不干的话语，边思索、边讲道，“工程进度要求摆在那里，当然来不及再去定做加工铁模，但是可以考虑向市里有关单位调剂、借用一些。人手不够那好办，可以多安排些民工，搬搬弄弄干些粗活嘛，技术性工作你们试验室人员来把关。”

姚志祥对文昊的建议没有听进去，思忖着我们已充分利用现有设备，按部就班不停地干着了，你凭什么来指指点点，又是考虑、又是想法……于是他极不耐烦地说："文技术员，我们试验室的人没有闲着，都在干活。至于其他什么的，请科里或者总队去考虑吧!"说着他就去搬弄试件，把文昊"晾"在那里了。

原来姚志祥与文昊有过过节，那是在上一个工地湘南机场。一次有一块填土作业面试验员忘了做密实度试验，结果施工单位在上面又进行了新一层填土作业，文昊发现后立即制止，争执反映到了总队领导那里，后经过反复查实，发现是漏了取样试验，造成返工。为此，试验室作了检查挨了批评，从那以后姚志祥看着文昊总感到不顺眼。

文昊深觉姚志祥别扭，不好商量事情，边离开试验室边用宁波话自言自语说："哪能这么一根筋地讲不清楚，真正是'候自'①!"

谁知这个姚志祥耳朵挺灵敏，隐隐约约听到文昊在说"……真正是只猪"。他立即跳了过来大声说："你怎么骂人呐！谁是猪?"

文昊听到他的大声吼叫先是一愣，后急忙辩驳说："我没有骂人，我是说跟侬讲不清楚，侬'候自'。"

"大家听听，他还是在骂我是'猪'。"姚志祥想煽动群众，抓住不放。

这件事反映到章玉贵科长那里，他一边肯定了文昊的想法，一边向姚志祥解释了宁波话"候自"的意思，做了一些安抚工作。同时命令他们两人第二天就去联系市里有关单位，

---

① "候自" 浙江宁波方言，意即坚持自己的意见，放任自己的性子。

调剂或借用铁模。

5

建设四总队第三施工大队管理着多项业务，如供水排水工程、供电、木工厂、预制厂等等，因而是个人才济济、“专”才多多的大队。在工程方面思路活、点子多，不仅能解决工地上的“疑难杂症”，而且还注意节约，为此得到总队领导多次表扬和嘉奖，在总队范围内声名鹊起，颇具威信，说到他们，人们都会竖起大拇指来赞扬。

木工厂里苏庆生是个老木工，湖北人。解放前自办了一家小型木工制作工场谋生，也算是个老板。后在湖南参加了国民党机场的修建，解放后加入到建设四总队。他从学徒开始，当了几十年木工，现在已经50岁左右了；方头大耳，岁月在他的脸面上刻画下不少皱纹；花白头发剪得短短的，从背后望去，活像在细长的脖子上顶着个“仙人球”。基于几十年的木工生涯，木材方面他是一个真正的专家。譬如各类木材的品质性能、圆木如何开锯以提高出材率；看了构件或成品的图纸，就能设计、制出加工所需的木模；精打细算，注意节省，连锯出的板皮都要充分利用，大板皮解出小方、小板皮截成短木条作为道面立模时的撑挡，再小的板皮就锯成块当作立模时的填木用。总队领导非常看重他，尽管木工厂有厂长、指导员，但工厂的业务方面全由苏庆生说了算，相当于“技术厂长”。虽然大家都很敬重他，但一般都亲切地叫他“老苏头”。他性格开朗，随大家怎么叫，他都答应。在背后大家遇到困难或者不易解决的问题，都会提起他说：“这件事，你找‘老苏头’去。”

这几天从铁路专线运抵了大量原木，老苏头立即安排卸车皮，并要求按原木材质、长短分开堆放。他心中早有盘算，混凝土道面模板需要不易变形的东北松木等长木料，这部分要优先留出；预制涵管木模是一米一节，且是做成圆桶形的，有外模和内模，只需选用一般木料就可以了；至于预制盖板的木模，尺寸比较小，但按照其木模数量大、周转使用次数多的特点，在模板接触混凝土的一面包以白铁皮，既提高了木模使用次数，又使预制品容易脱模。所有这些，老苏头一一作了妥善安排，木材加工工作紧张有序地进行着，特别是一万两千余米长的道面混凝土模板，那可是重中之重，一定要在道面混凝土开打前制作完毕。

每年十月以后正是广州地区季节变化时期，每隔十天半月就会来一次冷空气。当冷空气来袭，不仅凉风习习、气温突降，而且夹带着中雨、小雨；但当风雨一过，天气转晴，太阳一出来，大地又被晒得热烘烘的。这种一会儿冷、一会儿热的天气，搞得不少人难以忍受和适应，于是患伤风感冒的人很多，特别是小孩和上了岁数的人。老苏头平时看着身体挺硬朗，但在这段时间木工厂超负荷地作业、加班加点地赶工，他一直亲临现场筹划指导，忙得每晚只能睡四五个小时的囫囵觉，两眼熬得红红的。那天夜里又遇到起风下雨，他稍不留意，竟让风寒缠身，全身无力、喉痛发烧、昏头昏脑。但他仍坚持着在木工厂车间作业，实在困乏时，就倒一杯白开水，在填写报表的桌子旁坐下，边喝水、边休息。

就在那次冷空气刚过去的第二天，雨停天晴，吕冀川带着场建科章玉贵和文昊等来木工厂，了解安全和生产情况。在走近木工厂前，远远望去，长长的弧形顶盖的工棚厂房很完整，没有出现被风雨吹袭破损的痕迹，吕冀川吊着的心放下来了。进入厂房，带式锯木机正在作业，薄薄的带锯片不停地转着，一根很长很粗的原木正固定在行走架车上，随着架车的推进，原木的一端接触锯片，立即发出刺耳的“尖叫”声，一直到原木一侧的板皮被锯断开来，“尖叫”声才停止。接着调整行走架车，按原木一端的平面上划出的线条，开始锯枋木。当锯片一挨着原木，“尖叫”声又开始了。

圆盘机和刨床等木工器械在厂房后半部，约占用了1/3的厂房面积，工人都在忙着加工木材。圆盘机主要用于截断木材，它的锯片是一个带齿的圆盘，可能是器械构造上的需要，锯片厚度是带锯片的两倍以上，圆锯片的厚度是随着锯片直径而变的，直径越大越厚。厂房内摆放有不同大小圆盘的圆盘机，以适应不同直径木材加工之用。刨床等设备都在紧张地工作着，因而木工厂内锯木机的“尖叫”声、刨床的“嘟嘟”声此起彼伏，迫不及待地相互“争鸣”，环境嘈杂得很。也正因为有这么多美妙动听的噪声，才呈现出白云机场扩建工地的勃勃生机和繁忙的景象。

在一堆东北红松原木旁边，吕冀川见到了正在指导一个年轻施工员如何画线以提高出材率的老苏头和木工厂厂长汤南朋。走近了更看清楚老苏头面颊绯红、精神萎靡，靠近年轻人耳旁边说边比划着，当老苏头抬头看到吕冀川，立刻用手势打了招呼，并指引着他们一伙人从侧门走出木工厂，走到噪声小些的地方停下，老苏头带着沙哑的声音说："总队长，你们来了，我们正在……"

吕冀川忙做手势阻止老苏头汇报，抬高嗓门说："我们看到了你们的工作情况，有什么困难和问题你们提。我现在要问的是你的脸色为什么红红的，是不是病了？"

汤南朋抢着回答说："是的，是的。苏师傅一心扑在工作上，好几个晚上熬夜坚持在工厂，实在太累了，加上这两天忽冷忽热，他就感冒发烧了。我们要他去卫生队看病，他说'不就是伤风感冒，多喝点开水，等忙过这阵子再说，我没那么娇贵。'我摸过他的额头，挺烫的。"

吕冀川明白了老苏头的心思，木工厂离不开他。当即与章玉贵耳语了几句，章玉贵连连点着头离去。

吕冀川反过身来对着老苏头和汤南朋说："我们刚才到厂房前，已看到堆积了不少加工成品，文技术员估摸了一下告诉我，道面混凝土模板有一半多了，涵管模板也不少，看来木工加工工作比较顺利，这和你们的努力是分不开的。老苏头为此累病了，我刚才叫章科长去请个大夫来。汤厂长是否安排老苏头休息几天，我看你们加工工作已走上轨道了。"

汤南朋顺着吕冀川的话，挺得意地接着说："这下好了，总队长下命令了。前两天我们看着苏师傅拖着有病的身子坚持在厂房，实在是担心呐。几次要他去看病休息，结果他反倒跟我们急，说'我是部队里的老职工，你们部队打仗不是说轻伤不下火线嘛，我这么一点头痛脑热的能离开加工现场吗？'"

与吕总队长一起来的人听了都很感动，吕冀川也带着激动的情绪说："老苏头这种工作精神要表扬，大家应该向你学习。但是现在是建设时期，不能把战争时期有关做法和口号直接照搬过来。工作任务很重要，但是人的健康、身体更重要。这方面我作为领导要作检讨，回指挥部我准备与卫生科明确一下，卫生队的医务人员每天要有一半人到工地巡诊，不能坐在办公室等病人上门。"

吕冀川话音刚落，章玉贵不知道从工地哪个地方拦截了一辆装货的卡车，载着卫生队的一个医生和一个背着药箱的护士来到了木工厂……

6

过了几天苏庆生病体痊愈，精神也好了许多，一天下午，因为快要进行老道面加盖，而弯道分仓图上零星板的大小尺寸尚未拿到，他由汤南朋陪同来到了场建科索要图纸。一进入场建科发现科里的主要人员都在，连朱寿定也从佛山沙田机场回指挥部汇报该机场的改造方案，获得同意后正在等美式吉普车送他返回佛山。而且主任工程师陈伯庭也在，好像他们刚商量完工作。正要跨入门槛，陈伯庭就大声叫开说："老苏头！你来了。"说着前来握手，又拉到他身边仔细地看着，"感冒好了没有？瘦了，好像精神还不错。"

"是呀，这次的确拖了好几天，"苏庆生叹着苦经，"过去头痛脑热的，多喝点开水有一两天就扛过去了。唉，现在你看，一点感冒就拖了好多天，看来是老了……"

"你算什么老呀？"陈伯庭抢过话来说，"老不是随便说的，是有着明显的表现，听一位前辈说过，老有四项标准：一是躺着不睡坐着睡，二是欲哭无泪笑有泪，三是旧事不忘新事忘，四是该硬不硬嘴巴硬。这样才算真的老了，当然要老到如此状态，应该是在退休以后了。”

这番言论吸引了在科里的人，大家都围过来加入闲谈。其实黑夜白天连轴转地工作，都想乘机放松一下。

年轻的朱寿定有点不解地问陈伯庭说：“陈工，刚才你说的第四条，什么该硬不硬是什么意思呀？”

陈伯庭招呼朱寿定来到他身边，轻声咬着耳朵说了一通……

朱寿定似懂非懂，听了脸有些发红，不吱声了。大家一阵哄笑。

文昊插话说：“陈工，你可真有一套，我认为在你的‘理论’中还要有‘男、女’之分。”

“这怎么讲？”陈伯庭诧异地反问道。

“我很久之前就有个发现，最近把它归纳出来了，觉得这个发现越来越正确。”文昊拖长着话语、卖着关子说，“一般遇到男同志，只要工作了，20多岁都得称‘老张、老李、老王……’但是遇到女同志，即便是50岁了，也只能称呼‘小张、小李、小王……’最多叫一个某某‘大姐’，你要是不知趣地叫她个‘老张……’她马上就会发火说，‘我有这么老吗？’你们说是不是这样。”

“是！”全科室的人都被文昊的调侃惹得笑出声来并附和着。

“你这个说法最多算是个幽默，”章玉贵急着反驳说，“不能算是对老的讨论。”

钱副贵感叹地说：“唉，应该算是老了。过去两三天不睡都没有关系，只要扎扎实实地补睡一天，就什么事都没有了。现在可好，如若熬一次夜，就累得三天都缓不过劲儿来，这能不算老吗？”

汤南朋也介入说：“是这样的，以前照镜子时是担心青春痘，而现在照镜子时是担心眼角旁的鱼尾纹了。”

“你这么年轻会有鱼尾纹了？”朱寿定边说边走近汤南朋，要去核实他的说法。

汤南朋也不躲闪，迎着他指着眼角。

“哎呀，怎么年纪轻轻的就有了鱼尾纹了，虽然尚属于轻微级的，”朱寿定边看边说，“看来是朝老的方向跨了一步。”

汤南朋申辩说：“哪是什么‘轻微级的’，你想安慰我呀。我已经40岁出头了，怎么还不老呢。”

钱副贵有点倚老卖老地说：“你比我年轻10岁多，还算年轻人。我想说有一件事把我搞得措手不及，挺狼狈的。”他拿起茶杯喝了一口水说，“我从小乘公交车，都是从起始站一直站到终点站，觉得站着视角开阔，方便观看车外的风景。不知哪一天在公交车上一位女青年见到我说‘大爷你坐吧’，说着把座位让给了我。我听了大吃一惊，在公共场合被人称呼为‘大爷’，而且还让座！我想是不是整天跑工地晒黑了，人就会显得老。正在尴尬之间，汽车停站了，尽管还应该再乘一站路的，但我笑着对女青年说，‘谢谢，我到站了。’头也不回匆匆忙忙地下了车。”

听完钱工的尴尬事，大家又笑开了，但不是那种高兴的开怀大笑，而是笑声中带着点无奈和惆怅……

吕冀川正好路过，听到了笑声就拐进了场建科，一进门就说：“如此热闹，这么多人在讨论什么呀？”

苏庆生答话说：“总队长来了，我和汤厂长是来要道面弯道分仓图的，大家见面后说到了老。刚才钱工在说公交车上被人称‘大爷’且被让座的笑话。”

“我也有这个体会，可能人是老了。”吕冀川接上话说，“往事历历在目，过去自己怎么参军、各次战斗经历，甚至连细节都能记得清清楚楚，但现在刚想起要做的事、要去拿的东西，一转身就想不起来啰。所以现在我的办法是想到的事马上就做、就交代下去，不给自己遗忘的机会。”

钱副贵好像又找到一个有力的例子，笑着说：“这符合刚才陈工所说老的标准。”接着他把话题一转，乘机提了个近来思考很久的问题，“总队长来了，我有一个问题。我们革命队伍中有些老人，如林伯渠、董必武、朱德，他们是老前辈、是领导，在革命队伍中可以继续干下去。可是像我们这样的即将老了、干不动了，不知怎么安排呀？”

吕冀川听出钱副贵的顾虑，沉思了一会，挺认真地回答说：“这件事目前上级还没有明确表示，可能到现在年老的干部还不多吧。但是，我想党和部队肯定要考虑我们这些即将老去的同志，一定会有一套办法，应该会‘老有所养’吧。”

领导说话到底有分量，听得钱副贵、苏庆生点头称是。

陈伯庭心中感激钱副贵提出了自己想提的问题，听吕冀川回答后心中一块石头落下了，颇感动地说：“我们在革命队伍中渐渐成熟，必然与‘老’齐头并进，这是客观规律。但是我们千万别老得无知，老得一穷二白，老得一事无成，老得食古不化，也算不枉此生了。”

大家纷纷点头称是，露出认可、赞许的神情。

吕冀川也兴致勃勃地接着说：“既然说到老，又说了一些有文采的话，我再补充几句。我们应该是在工作上老谋深算，在作风上老成持重，在革命上老马识途，在意志上老骥伏枥。这样是不是更完善?”

话音刚落大家拍手叫好，一片愉悦的笑声。

文昊早就听说吕总队长是大学一年级时投奔革命的，再经过革命战争的锤炼，工作、说话真是有水平。敬佩之心，油然而生。

吕冀川感到该“收场”了，就说：“咱们闲扯放松了一下，下面就散了，该干什么就干什么去吧。朱技术员，刚才我路过小车班看到美式吉普回来了，说要去加油，这会儿应该加好油了，你抓紧回佛山，你的任务很重呀!”说着他走出了场建科，朱寿定也匆匆跟出去赶车了。

苏庆生对着文昊嚷着说：“文技术员给我图纸吧。”

“好的，”文昊答应着，“你们去资料组办个手续就可以领了。”说着带老苏头和汤厂长走出场建科，指了指资料组的位置。

文昊返回科里时，人群已散去，屋子里显得空荡荡的。刚才关于“老”的议论，实际上是人生的哲理，还在他的脑海中盘旋着，久久不能平静。人们常说少年纯真烂漫、青年自负轻狂、中年达观泰然，而到了壮年——老年的前期，就平凡世俗了，像陈伯庭、钱副贵和老苏头开始操心着、也该操心着“老有所养”——人生后期的事了。

人的一生中呀，有两件事情我们不能决定：出生和死亡。还有一件事也不全都由我们做主，那就是生命的过程。因为未成年时需要有人监护替我们做出抉择，而老态龙钟时又需要有人为我们在力所不及的事情上代劳，上海的家里来信说年老的父亲已是这样。人生的过程真的不应该平平淡淡，无论是事业还是爱情，如果做不到轰轰烈烈，起码也要有声有色、热热乎乎。

人的一生可以称作是生命的过客或者流星。流星划过天空，是一个释放光热、剧烈燃烧、璀璨闪耀的过程，照亮自己，也照亮他人，尚有余热，就照亮社会、照亮乾坤。生命的过程由时间构成，也由时间限定，歌德说“时间是我的田产”，但即便是大地主，拥有的田产也不会无限。因而必须像个守财奴一样在时间上精打细算，这才是智者所为。也就是说短暂才使得生命格外宝贵，要让短暂的生命活出价值来，这才是生命真正的意义所在。

文昊感慨着，岁月的年轮不知疲倦地长出了一圈又一圈，伴着我们在生命的道路上一天天变老，不管伟人凡人、富人穷人都被赋予同等“待遇”，那就是死亡。所以，一定要生活得充实，过得有意义，何必苦苦追求永恒，但愿自己心中有陪伴一生的一个不老的梦……

7

混凝土构件预制厂又是另一番火红的景象。两台 400 公升混凝土拌和机一字排开，其后是碎石、砂的堆场，最后面是水泥仓库。拌和机前方出口地面上各铺着一块大钢钣，使得洒落在地面上的混合料很容易用方锹铲起，有了钢钣也不易弄脏混合料。平时只开一台机，另一台作为备用；但在高峰期时也把两台拌和机悉数开动。拌和好的混合料用单轮铁斗车输送到预制场地，靠东边的一块空旷场地是预制盖板明沟上的钢筋混凝土盖板，现场有浇筑好的盖板在洒水养生，也有刚装好木模准备浇灌的；靠西边的空旷场地同样堆放着预制混凝土涵管，也有成品、正在养生的涵管和等待浇灌的涵管木模。

钢筋混凝土盖板是盖在跑道边缘的明沟上的，它既允许飞机在其上部滑行而不能有所破坏，又要设有孔洞使跑道上的雨水径流能流入明沟。由于在不同部位飞机荷载不同，故在跑道两端500米地段盖板的配筋量要大于中部的，而且该段的盖板也厚一些，因而盖板预制和安装时必须区别对待。

混凝土涵管品种更多，既有直径大小之分，又有素混凝土管和钢筋混凝土管之别。一般直径30厘米、50厘米的为素混凝土管，75厘米直径的为单层配筋混凝土管，100厘米以上直径的是双层配筋混凝土管。

混凝土预制技术上由老技工彭豪友负责，他可是一个号称“小诸葛”的人物。彭豪友是河南驻马店人，从小逃荒来到了南方，什么行当都干过。路过湖北，在武昌一个小型汽车修理厂当过小工，由于勤快热心，把所有的老师傅侍候得满心欢喜，加上为人好学，而且爱发问、多动手，在那种“教会徒弟饿死师傅”的年代里，大家还都愿意教他一手。没两年，彭豪友已经能够操控车床加工个小零件、摆弄一下电焊机焊个铁件什么的。他为人细心，拆开一个部件清洗后，还能照原样给它装回去，深得众师傅的称赞。之后又路过湖南，在郴州一个建筑工地干过活，从而懂得了“一锹水泥和两锹砂的水泥浆”比“一锹水泥掺四锹砂的水泥浆”颜色深、结实牢靠；在地上摆四根同样高的木档子、放入几条粗钢丝，将一锹水泥、两锹砂、四锹小石子，加水拌和好的混合料倒进去，拍拍实，表面用抹子抹平，两三天后就成了一块“石板”。

那年，修建佛山沙田机场，彭豪友在众多的民工中显露了他的聪明才智和实干巧干的本领，被收入建设四总队三大队当职工，几个工地下来，三大队就把他提升到最高级别——八级工了，实际上是将他当一个工程师在使用。

这不，在白云机场扩建工地上，由于工期紧、混凝土预制加工量特大，所用的木模损耗率惊人，而且还经常“跑模”，不是制不出成品，就是影响预制构件的质量。彭豪友看在眼里，急在心中，思忖着这样干下去既浪费木模又影响加工进度，怎么能完成任务呀……

当时着急的还有一个人，那就是穆圣东，他也同时发现了这个问题。一天他们俩在涵管预制场地相遇，穆圣东先焦急地说：“彭师傅，现在这样预制混凝土构件的方法不对头呀，既没有进度又没有质量。”

“穆技术员，我也正在烦闷，”彭豪友无可奈何地回答说，“过去几个工地都是这么做的，做出的构件都是好好的，这个工地犯了什么‘冲’！真伤脑筋。”

“这有什么冲不冲的，你别迷信。”穆圣东边开玩笑边驳斥着说，“我分析了一下，为了保证混凝土密实度，这个工地不是像过去用插钎捣固，而是采用先进的插入式振动器。这个振动棒可了不得，振动力很大，按原先加固形式的木模受不了，所以大量跑模。”

彭豪友立即接上话题说：“是这个理，用机械捣固，木模应特殊加固。这两天我也在考虑，一种办法是木模外用8号铅丝绕圈加固，另一种干脆用钢带做成专用的匝扣把木模匝紧。铅线拆模后就丢了，浪费较大，采用铁匝扣的办法，可重复使用。”

“这就是‘半机械化’带来的问题。”穆圣东一听彭豪友分析，正中下怀，高兴地说：“你说得有道理，我想抓紧做副铁匝扣试用一下。另外，预制涵管的内模也要改进一下，内模应包一层薄铁皮，这样既容易脱模，又能使涵管内壁光滑，减少排雨水时的阻力。”

彭豪友听后像遇到了知音，欢喜地说：“哈哈，大技术员呀！我们都想到一起去了！我已经在准备材料，立马动手。”

这几年相处中，穆圣东和彭豪友带着各自不同的人生经历相聚在建设四总队三大队，但是他们俩一见如故，都爱动脑分析施工中遇到的困难，都能从分析中得出正确的解决办法，而且想法一致，或者说极容易一致，非常默契。由于这种默契，两人成了无话不谈的好同志、好朋友。

彭豪友接着以关心的口吻说：“穆技术员，家里情况怎么样，你还是要离开四总队、离开部队吗？那多可惜。”

“实在是没有办法，”穆圣东一听这么温暖的问话，心事重重地回答说，“最近我未婚妻来信说，我父亲前几天不小心跌了一跤，造成髋骨骨折住院还动了手术，所幸手术成功，目前正在恢复中。父亲要我快些回家，他疼爱和怜惜未来的儿媳妇，到底是未成婚就已侍候二老十来年了。但未婚妻知道我的为人，要我以公家事为重、以工作为重，家里二老她一定能侍候好的。我想等白云机场扩建工程完工后再复员离开部队吧，谁叫我是共产党一手培养出来的……”

往后的日子里，穆圣东运用他学到的知识为木模的制作进行了必要的力学分析和数字计算；彭豪友充分运用他动脑、动手的能力，很快完成了木模加固和钢内模的改造，使预制混凝土加工工作走上了正常轨道，完全可以跟上整个工程的工期要求。而且他们俩还琢磨研究出预制涵管所用的钢模，既大大提高了模板周转使用次数，也使预制混凝土涵管成型美观、内外表面光滑、总体的质量得到极大提高。

五　繁忙有序

1

阳光每季都有，但夏日的阳光张扬炫耀，过于炙热地烘烤着大地，令人生畏；秋天的阳光仿佛是红肿的眼睛，伴着萧疏的氛围带点悲意，让人哀怨；而冬季的阳光畏缩胆怯，连寒冰都不予惧意、雪花也拒绝忍让，完全是个摆设；只有春日，阳光透彻地照耀着，融化坚冰、驱除严寒，用无比的热情感染大地，用坚定的信念抒发豪情，用其独有的蓬勃向上的精神引领世间万物欣欣向荣、尽情生长。

1964 年广州的春季显得那么漫长、那么可爱、那么令人难以忘怀，连日的温暖甚至把 1963 年的 12 月都吞噬进了“春季”。她见证了广州市白云机场扩建工程翻天覆地的变化，人们齐心合力、奋发图强，工地是日就月将，天天在变样。这可是有目共睹的，大地可证，星辰叹绝。

佛山沙田机场改建工程传来捷报，已完成了跑道道面修补、候机室扩建、导航设备完善、进场公路“裁弯取直”等工作。那天，由广州军区空军领导牵头，汇集总指挥部、中南民航局、广州市政府、广空司令部后勤部、建设四总队、佛山沙田机场当局等有关人员，严肃认真地进行检查验收，确认其符合民航飞行要求，当事各方签字盖章，尽管过程中有所争论，但尚算顺利。

傍晚，章玉贵返回工地指挥部时，文昊迎着他关切地说：“科长回来嘞，还算快的嘛，一天搞定，看来验收工作顺利，转场有望?”

“唉，不容易呀，”章玉贵应了一句说，“文技术员，你先引你的同学颜助理去一下保密室，他要存交文件。”文昊立即带领颜有灿走向保密室。

路上，文昊说：“怎么，听章科长的话，好像不是很顺当?”

颜有灿回忆说：“是不太顺当，有时争论还相当激烈。”

说着两人已从保密室返回场建科，章玉贵见了问道：“文件交接好了吗?”

颜有灿回答说：“手续都已办完，请科长放心。”

这边文昊还在沉思民航飞行转向沙田机场的事，继续说：“听你刚才说，民航人员讲话还算客观……”

“什么呀，那是开始时说的几句。”颜有灿详详细细地说，“民航局适航处，好像是个处长发言说：‘佛山沙田机场改造工程初步完成后，我们进入现场安排了起降和小航线飞行，飞行中盲降设备信号正常，飞机进入下滑角度能捕捉到所需要的着落指示信息；跑道道面平顺、粗糙，飞机滑行，特别是雨后滑行安全有保障；候机室尽管面积过小，但旅客进港、出港流程尚能按规定操作，没有交叉不安全因素；进场公路加大转弯半径后，旅客大巴行驶顺畅……’紧接着适航处发言者话锋一转，‘但是，盲降设备未接备用电源，一旦主电网停电那是很危险的。候机室实在太小，还不到广州白云机场面积的1/3，而按目前的客流量白云机场候机室都嫌小，所以沙田机场的候机室肯定不够用。跑道两端值班用战斗机的警戒坪①距联络道太近，大型客机滑行经过时安全距离不够；夜航灯光设置是采用军航标准，达不到民航的要求，灯光亮度昏暗、灯具布置过稀；关于飞行空域，这是个老问题，现在沙田成了军民合用机场，航路拥挤的矛盾更加突出，会更加影响民航提高正点飞行率。'你听听，所提的都是些棘手的问题。"

文昊听着，感到了问题的严重性，急于想知道如何处理、结果如何，便焦急地说："这些问题不好应对，怎么办？"

章玉贵见到文昊着急时挺认真的神态，感到好笑，但他没有笑出来，立即回答说："当时会上你来我往地讨论了好一会儿，有时的确争论得很激烈，我现在不讲详细过程，只告诉你一个处理的结果。"接着他言简意赅地说，"盲降设备的备用电源确定由后勤部提供——一台移动式野战油机，使用后收回；候机室面积没法再扩大了，但可利用屋前屋后空地，搭建像样一点的临时性的棚子，扩大使用面积；警戒坪上值班飞机的停放问题，经过反复计算，即使按民航当前最大翼展的飞机滑行通过，留出安全间隔，尚能放置两架值班战机，广空司令员当场拍板，同意改四机值班为双机值班，但要飞行部队协调好，停得稍远的飞机能紧跟着出动；沙田机场夜航灯光相比民航的标准，'档次'是低了一点，但是空军飞行

① 注：警戒坪　军用机场跑道两端建的小型停机坪，停四架作好起飞准备的战机，一旦警报拉响，可立即发动迅速滑向跑道，起飞迎接战斗。

员不是用得好好的吗？当然民航飞行的安全性要求更高些也是可以理解的，但目前一时半会儿没法改进了，所以请民航总局通报广州有航空业务的各民航分局，谨请夜航时多加注意。”

听到这里，文昊又插话说：“实际上，走夜路灯火通明可以走，点支火把不也是走吗？当然走时得格外提神小心点。听说前几年空军没有条件装夜航灯光，民航现在称为助航灯光，在跑道两边摆一路马灯，不是也起飞、着陆了嘛。”

“是的，我也听说过用马灯作为夜航灯光的事。”颜有灿附和着说。

“航管的事一直跟民航有‘纠葛’”，文昊忧虑地问道，“不知是如何解决的?”

章玉贵接着说：“是的，最大的问题是航空管制问题，但是这一条国家有规定，国土上的空中管制由空军负责，民航方面对此好像一直‘耿耿于怀’。国内任何一个飞行器升空，都需要向空军航管当局申请，说明起点、终点、航路、高度、日期、时间，得到批准后才能飞行。当然，事关国家领空安全问题，马虎不得，而且只有空军拥有监测手段——各种性能的雷达。所以当时广空司令员很严肃地回答说，空中管制国家有明文规定，一贯以来都是照此执行，如果民航方面有其他想法，可以专题书面请示中央军委、国务院。”

“好，好！那么到底何日转场，腾出白云机场，好让我们有施工的工作面呀？”文昊感到主要的问题都已解决，欣慰地说，“另外，朱寿定工作结束了吧，他何时返回?”

颜有灿挺正经地对文昊说：“转场日期也是‘讨价还价’，

争论了好一会儿。吕冀川总队长代表机场工程指挥部提出12月1日转场，以便尽早提供施工场地。民航中南局代表说转场工作很复杂，需要作多项准备，最快也只能在12月6日进行。大家各说各的理，僵持不下。最后，还是广空司令员与副司令员兼中南民航局局长私下商议后明确，12月3日正式转场，各方面都不要说什么困难，有困难想办法去克服，否则要我们这些领导干什么！"

"是这样的，当时气氛非常严肃，"章玉贵接着说，"司令员的话很有分量，有点谁如果不按此执行，谁就离开领导岗位的味道。经这么一说，各方都鸦雀无声，一门心思去考虑如何落实12月3日安全转场的事了。另外，朱技术员这次完成任务相当不错，我告诉他白云工地人手紧张，要他尽快结束收尾工作，过几天就可以返回。"

2

空军建设四总队的编制和组成有它的特殊性，说它是部队吧，却没有几个兵、没有连队、也没有班排实体建制；说它不是部队吧，列编是个师级单位，有总队长、政委，有司令部、政治部、后勤部，有三个大队，每个大队配备了大队长、政委、工程师、技术员、由义务兵培养成的施工员、财会人员、生活管理人员和职工等。别以为一个大队只有几十号人，成不了什么"气候"、干不了什么大事，它却可以独立执行任务、可以独当一面。一旦施工任务下达，总队即与地方政府协调，征集大批民工作为主要劳动力，一个施工大队可以带领、管理几千上万个民工完成各项施工任务。

土方施工时，大队管理人员按设计图纸组织民工各个中队、小队进行挖土填土工作，而填土质量由大队控制。完成的土方工作量按定额计算，技术人员核实具体数量，开出结算单，民工凭单子到大队财会组去报账领钱。道面混凝土施工的技术性比较强，技术人员就要手把手地、一个一个地教会他们操作每道工序，因而道面混凝土试打阶段很长，而试打阶段也是要给予民工生活补贴的。待每道工序的操作人员都能独立工作后，就正式进行道面混凝土施工，同样依照定额，按完成的工作量去报账领钱。

所以有人调侃四总队修建机场的情况时说："建机场那是最简单易行的事了，只要有三张'纸'就能办成，一份设计图纸、一封给地方政府的公函纸、一张支票纸。"有了图纸知道要建什么样的机场，公函可以要来几千几万的民工，一张支票就有钱了。实际情况却不像所说的那么轻松，每个工地开始时，技术人员都要手把手地教会民工每道工序的做法。土方施工尚简单些，因为民工中绝大部分是农民，对于挖土、推车是里手。但是道面混凝土施工，特别在试打中，管理人员，尤其是大队技术人员十分辛苦、操劳，繁多的工序都要一一教会他们。空军一级机场道面混凝土量约有 8 万立方米，二级机场也有3 万 ~4万立方米。待到一个机场建成，这些民工也就成为熟练的混凝土工了。但当一个机场工地竣工之后，这些掌握了一定施工技能的民工又解散返回乡里，面朝黄土背朝天，恢复了种田的"农籍"，所掌握的混凝土等手艺全都没有用了、荒废了，很是可惜。经过几个机场的实践，这种循环式的浪费引起了上级的注意，也引起了有识之士的思考。有人积极向领导和上级建议，何不招一批义务兵组织工程兵连队，有几年服役期的士兵在部队期间一般会遇到两三个机场的修建工程，因而可培养和积蓄具有熟练技术的各种工序的操作手，使之不断提高技术、精益求精。

组建空军工程兵部队也是形势所逼，刚解放时为了保卫胜利果实，防止蒋介石反动派的反攻和骚扰，号召群众——主要是农民来修建机场，大家情绪高涨得很，甚至于只要供饭吃就行，什么待遇、工资都不太计较。但是随着全国形势逐渐稳定，台湾海峡西岸建成了不少空军机场，中国人民解放军空军有较大的发展，国民党空军经过解放军防空部队的坚决打击，多次“有来无归”后就不敢再横行霸道，龟缩在台湾，对大陆沿海地区空中骚扰次数骤减，处于相对平静的阶段。在这种形势下，人们迫切需要发展生产、改善生活，因而参加大型国防建设——修建军用机场的热情有所减退，再要动员大量农民离乡背井参加机场施工，连地方干部都感到十分为难。因而也要求部队领导考虑招兵组建工程兵部队的问题了，不能再依靠大量的民工，用“人海战术”、“群众运动”来建设、完善空军的机场网①，保卫祖国的领空了。

当然，要组建空军工程兵部队是一件非同小可的事。先是由总队领导、广空各级机关行文报告，说动空军机关和首

① 注：机场网　国土防空主要项目之一。机场网由一线机场、二线机场和三线机场组成，形成前线、后方纵深配置，有利于飞行部队机动、转移，以利于防空作战。

长；再由空军向总部——总参、总政、总后申请；后经由总部提请中央军委批准，下达空军工程兵组建命令。整个过程是非常严肃认真的，容不得半点马虎。终于在 1963 年春末，中央军委批准建设四总队试点，先招 200 名工程兵战士，组建一个工程兵连队。待条件成熟后，再扩招成三个大队，一个大队四个连队、一个大队部。

空军工程兵是个施工任务相当艰苦繁重的兵种，所以兵源招募一般都安排在经济不太发达、生活水准低下的农村。建设四总队第一批 200 名士兵就是从河南、安徽和湘西农村招来的。他们来到部队后经过三个月的军事训练，穿上军装、列队走个队形，还真有点军人姿态，人见人爱，给建设四总队增添了新气象、新活力。

3

那是 1963 年暮春，建设四总队接到了解放军总部下达的先招 200 名新兵组建空军工程兵的命令，为这事建设四总队忙开了，吕冀川与王光华已多次商榷，决定召开总队党委会传达组建命令、确定人选、落实招兵任务。

总队党委会确定了几条原则：一是要选好连长，这是组建连队的关键。新兵连连长要政治上可靠、带过兵，最好掌握一般的施工技术；要年轻体健，在“摸爬滚打”方面能做个表率。

二要从目前施工大队中抽调优秀的施工员，在新兵连中当班长。

三是新兵连暂时由司令部军务科直接管辖，财务、物资由后勤部直接供应。

建设四总队有了兵，再配备上各种机械设备、运输车辆，就不是个“空架子”了，就不需要集结大量民工才能修建机场了。具有实力的四总队，部队面貌即将改变，而且是一个巨大的改变。那些天连衡阳地区的天气也有巨大变化，一会儿炎热，一会儿凉爽；一会儿红日高照，一会儿乌云压城、狂风雷鸣，暴雨中有时还夹带着冰雹。春日的天，娃娃的脸，说得一点也没错。而在这阴晴不定的春日之后，迎接它的是一个红红火火的夏天。

在连队组建过程中还真的物色到一个理想的连长人物，那就是施工三大队技术员罗小年。

罗小年，湖南湘乡人，父亲罗祖恩是个木工，识字，还能看懂些建筑图纸，为人聪明勤劳，带了一帮人在湘潭地区建屋盖房。那年，罗祖恩在湘潭北郊帮人盖房，入冬前已上了大梁，而且盖了瓦，工程接近尾声。快到除夕，他们一家人仍租住在附近农舍里，老婆又要临盆，回不回老家便成了问题。这次生育与以往不同，因为接生婆提前来看过，说是个男孩，理由是孕妇肚子尖尖地凸起，而且走路的步态异样……罗祖恩已经有了五个女儿，现在即将有儿子，尽管起了“疑心病”，但也开始重视，马虎不得。担心老婆路途上突然要生孩子，罗祖恩决定：今年就不回老家了，留在当地过年。那年除夕是十二月二十九日，一早老婆感到肚痛难忍，罗祖恩急忙请来接生婆，但是过了一两个时辰，还不见小孩落地，急得接生婆团团转、满头大汗。怕母子出事，她只好如实告知罗祖恩说："是难产，得赶紧送去长沙大医院。"罗祖恩不知从哪个熟人那里搞了一辆敞篷的货车，他叫人帮忙把老婆抬到车上，拿了两三床棉被又铺又盖，径直送到了长沙湘雅医院。老婆进入产房，他与大女儿等几个人焦急地在产房门口候着。罗祖恩心中思忖着，怎么生了五个女儿，个个在生产时都很顺利，这次却难产？好在离长沙比较近，及时送到大医院，否则后果不堪设想……精神极度紧张的他口中反复不断地念叨着：菩萨呀、观世音菩萨保佑呀！伢子唉，伢子快出来吃辣椒啰！这真是十分难熬的时光，产房门口充满了焦虑的情绪和罗祖恩微动双唇喃喃细语的声息……

可能是湘雅医院是所历史悠久、拥有多位名家，而且医疗设备相当先进的医院；也可能是菩萨真的保佑，因为老婆是个经常烧香拜佛的人，观世音菩萨会"记得"她的；还可能是自己的小声呼喊让孩子感应到了，到底是湖南人的种，对于湖南人来说，辣椒是多么的重要，甚至是必不可少的。突然，产房门打开，传出孩子响亮、悦耳的哭声，一位穿着白大褂的医生出门就说："病人家属在吗？是个男孩，母子平安。"

罗祖恩立即拥上前去，不知道是没有听清，还是想要大夫再确认一遍，他半张着嘴，两手拉着大夫的胳膊，直瞪瞪地望着，半晌说不上话来。

"是个男孩！母子平安！"

"喔、喔，母子平安。"罗祖恩激动地重复着说，"谢谢大夫！我可有儿子了，谢谢大夫。"

接下来的日子是过得又高兴、又窝囊。高兴是终于有了个儿子，况且是由难产而转危为安，这说明儿子命大将来会有出息；窝囊是正好过年，老婆要坐月子。平时家里生活都被她安排得妥帖周全，这下可就乱了套了：年货没有备齐，想要什么正好就缺什么；家里常用的器皿也找不着；老四、老五经常哭闹着喊妈，搞得罗祖恩心里烦透了。幸亏丈母娘来帮忙调理，还有大女儿、二女儿可以使唤着买个东西、找个用具、洗个尿布什么的，凑合着过个大年。

老婆坐在床上问道："伢子已出生好几天了，你给他取个啥名字?"

"男孩子还不能取太富贵的名字，将来不好养。"罗祖恩思考着说，"他是除夕二十九生的，是小年，就叫小年吧，'罗小年'可以吗?"

湖南历来是个有文化底蕴的省份，小年又是个独苗，所以从小就上了私塾，两年后改读文明小学。在读到高中一年级的时候，小年已长得高高大大，是个小伙子了。父亲罗祖恩急于为家中添丁增口，所以大张旗鼓地要为小年张罗亲事，而且已物色到了女家，对了八字，尽管女孩大小年两岁，但却有相夫发家的好命，听了就让人高兴和期盼。于是通过媒人，送了聘礼定了亲，择了黄道吉日，准备完婚。

但事与愿违，罗小年因为酷爱念书，而且嫌自己年龄小便不愿意结婚。小年开始是告诉母亲自己尚小还想读书，不想成亲，但是口头反对没有效果，成亲的大事还在有序地进行着，搞得小年整日闷闷不乐、愁眉苦脸。本来天天上学是小年最快活的事，男生女生在一起读书，说说笑笑是挺有趣味、挺有意思的一件事……但"好事不出门，坏事传千里。"

这不，小年要结婚的事不知怎么搞的在同学中悄悄地传开了，从而使得罗小年“声名鹊起”。经常有同学三三两两在背后指指点点、议论纷纷，有的同学甚至会当面问他“你要结婚成家了”？有不少同学看到他经过时，故意喊着“新郎官，新郎官”，由低音渐渐转向高音。搞得小年是哭也不是、闹也不是，脸上红一块、白一块，万分尴尬、无地自容……

但无巧不成书，此时中国人民解放军渡江南下刚解放了长沙，罗小年听说过解放军作战神勇，把国民党反动派军队打得落花流水，心中向往着这支史无前例的部队。加上“新郎官”的事情搞得他心烦意乱，不知如何办才好，于是他下定决心，来个一走了之。

当解放军发现有一个“大孩子”不知从哪里开始跟着部队走，就几次劝解他不要跟着，赶紧回家，但是他斩钉截铁、再三表态要参军当一名解放军战士。当时部队正在南下行军，时有小型战斗发生，战士们怕追随的“大孩子”出事，还得花精力照顾着他。连队指导员问明原委，与连长商量后，经请示营部同意，就让罗小年参军了。在连队，罗小年算是文化程度最高的，连长、指导员把他看成宝贝似的，称他为“知识分子”，让他当了个连队临时文化教员。好在小年是个活跃爱动的人，在学校时就是校篮球队队员，唱个花鼓戏演个小节目都会热情参加。因而他在连队也充分发挥了特长，休整时筹划个篮球比赛、行军中编个快板词鼓舞士气、过年过节组织个联欢晚会，他都搞得像模像样。部队一直南下到了广东，在进入广州地区时遇到整编，连队很舍不得地把这个“知识分子”送到了广州军区空军建设四总队。

到建设四总队后，罗小年被安排在施工三大队，通过参与几个机场的施工，他慢慢掌握了排水工程施工技术，当了个排水专业的技术员。他领着几个义务兵施工员，带着民工进行明沟、小桥涵洞工程施工作业，工程质量和进度也能达到总队的要求。

4

群众工作科胡恩平一进入工地就操心着征地移民的大事，开始估摸知道机场向北扩建，延长2 000米左右，为此他自己已在北部周游过两三次了，但只能算是一般的了解。在广空后勤部工程“吹风会”后，大致知道了工程规模，他就迫不及待地找场建科要求在现场明确征地范围。一天早上一上班，他就去了场建科，因为是刚上班，场建科人员尚未去工地，他一进门就打着招呼开门见山地说：“章科长，你好，工程‘吹风会’已开了两三天了，是否安排测量队将征地范围在现场放出来？”

“你好，‘胡大科长’光临寒舍，”章玉贵迎着胡恩平打趣地说，“先请坐，这两天‘大科长’的事我也挂在心上，现在的问题是一切还没有个准数，将来要是有变化了怎么办？”

胡恩平点点头说道：“我也考虑过这个问题，但是任务这么紧，时间不等人。我想先按‘吹风会’的规模办着，我给地方政府预先声明，征地范围日后上级批复若有变化，以批复为准。”

“那可以，你有思想准备就好办。”章玉贵回答得很爽快，马上转身对着文昊说："文技术员，你就尽快安排测量队去现场放样吧。看看，把'大科长'急的……"

"去你的，还在贫嘴!"胡恩平满意地轻推了一下章玉贵的左肩。

"是！我这就去通知。"文昊接着话茬对着胡恩平说，"胡科长，咱们择日不如撞日，今天让测量队准备一下，明日一早就去现场放样好吗?"

"好！好!"胡恩平很欣赏文昊办事利索，边答应着边走出了场建科。

第二天，测量队队长任涛海、测量技术员周松林带着好几个测兵，背着经纬仪、扛着花杆、拿着插钎和指挥旗、用白帆布包装着锤子，塞得满满的木桩以及红油漆等用品，按着上报方案的征地范围去跑道北头实地放线。同去的有胡恩平、文昊等，路上一众人边走边说。

胡恩平对着任涛海询问道："任队长，听说进场后你们很辛苦，这么热的天，你们还坚持在白天把全场测量控制网都建立起来了，好多时候都是送饭到现场吃。"

"是这样的，"任涛海回应说，"我们一进入工地就立即去省测绘局索取有关白云机场大地三角控制和海拔高程控制的资料，然后建立了机场自身的平面三角控制网和高程控制系统。工期紧、工作量大，既要野外观测，又要内业整理资料和进行平差计算。当然内业可以加个夜班，只是人辛苦一点，但外业就只能充分利用白天的时间了。所以我们一起床就到现场进行外业观测，早饭送到工地，轮流吃饭；中午气温高，热浪气流会导致经纬仪、水准仪的读数误差较大，只好休息；

下午出工后一直干到天黑，所以晚饭也只好送到工地轮流吃。”

“我听说你们打着手电搞测量，”文昊用赞扬的口气说，“这可是一个创举。”

周松林接上话回答说：“也不能说是创举，这种做法在湘南机场就开始了。一次，跑道南头道槽填方已接近设计标高，但到底填够了没有，要有准确的数据，以便决定第二天是继续填土还是平整表面。当时那块工作面测量面积比较大，眼看天黑了尚有很大一片面积未测完，我突然急中生智，叫人去拿手电筒。因为是测水准，电筒照着我架好的水准仪，读测点数据时只要用手电照在标尺上就行，就这样我们获得了外业测量资料。然后连夜整理，第二天一早交给了施工大队，没有耽误工作。白云机场规模大多了，工作量也增加了许多，所以我们就充分运用和发挥了这个经验，早起晚归、披星戴月，使得外业观测时间延长了很多。形容一下吧，一号电池就用了不少，废电池都积了快一水桶了。”

“你们真是辛苦了！”胡恩平心中没有底，试探着说，“现在测量工作进展如何，今天去跑道北头可以放样吗？”

“没有问题，”任海涛回答得很干脆，自信地说，“全场平面三角网控制已完成，误差在允许范围内，要不今天我们哪敢跟着科长去北头放样。机场高程控制系统的作业尚在进行，现在先抓紧南半截老道面部分，因为即将在老道面上‘盖被子’——打道面混凝土了。”

说着说着一行人已到达场区北端，文昊翻开所携带的图纸，递给了周松林，简单地交代了几句。

任海涛往前凑近一步看着图纸说："胡科长，文技术员，我看这样，你们把图纸留下，我们按图放样，等完成后请你们来核对验收。"

"好的，好的。"胡恩平谦逊地说，"我想看一看你们是怎么放样的，学习学习嘛。"

任海涛立即说："欢迎欢迎，那我们就开始工作了。"

测量队的人架起了经纬仪，从机场三角控制网的一个控制点瞄着方向用钢尺丈量距离，由于地形高低的变化，钢尺还要举到水平测出的距离才行。立出的界桩还要从不同的控制点再引出并校对，误差在允许的范围内，这个界桩才算确定。半永久性界桩是用长约 50 厘米的木桩设置，用红油漆涂上标记，整整一个上午也就放了几个点，最多算是东边一侧吧。

看着胡恩平、文昊陪了这么长时间，任海涛有点不好意思地说："胡科长，文技术员，我看这样，你们有事就去忙，这样陪着我们，实在于心不忍，我们会按图在实地放界桩，到时你们来核查就行了。"

胡恩平感到测量队放界桩还挺精细复杂，一个上午放不了几个点，有点着急地追问说："任队长，你们何时才能放完，我已经约好了民政局同志后天来看现场。"

任海涛与周松林商议了一会儿，周松林回答说："行！胡科长，我们抓紧时间争取明天完成，不耽误你后天来看现场。"

听到回答后，胡恩平心中一块石头落地了，文昊也把手中的图纸交给了任海涛。

测量队没有食言，队长身先士卒，带领着技术人员和测兵，充分运用他们成功的经验——早出晚归、披星戴月，争取了更长的外业工作时间。他们头戴草帽，身着长袖衬衫和军长裤，脚穿野外用的工作靴，背带军用水壶，迎着广州特有的强烈阳光和不愿退去的炎热工作着。每次外业测量后都是汗流浃背，上衣是湿透了，连裤腰头也不例外。午饭后得赶紧洗了上衣，以备明日有穿的；裤腰头只能晾开阴干，下午还得穿，等晚上回来再洗。汗湿的衣裤若有一次忘了洗，再穿时那就“苦”了，不仅硬邦邦像一张皮似的，而且衣裤上尽是白花花的盐渍。经过了一天的劳累、紧张，终于在第二天傍晚完成了征地范围界桩放样的工作。

当晚收工集队时，任海涛满意地看了看全体人员说：“大家辛苦了，我们终于按时完成了征地范围的测量工作，希望大家继续发扬艰苦奋斗的工作作风，搞好其他各项任务。中午我已经征得参谋长同意，晚上伙房给我们煮绿豆汤，而且要放白糖。现在收拾好仪器、工具，准备收工，注意不要遗漏插钎、木桩等小物品。”

“好呀！”累了一天的年轻人终于释放了工作压力，参差不齐地放声喊了起来，“回去喝绿豆汤啰！”

返回的路上，得到队长表扬的测量队员们，背着仪器、扛着花杆，好像是一群不知疲倦的小老虎，放声高歌，歌声嘹亮有力。当路过北区工棚时，歌声吸引了在晚饭后休息的民工，大家争相走出工棚观看。

“是解放军测量队，”从扛着的花杆认出是测量队的一个民工说，“他们怎么这么晚才收工，这天都已经黑了。”

另一个民工接着话说："你看他们多精神，晒着太阳干了一天的活儿，唱歌还那么有劲儿，一个个朝气蓬勃。"

一个像是民工干部的人感慨地说："到底是解放军，觉悟高、干活出力，是学习的榜样。"

5

经过场建科核实后的征地范围既有图纸，又在现场定下界桩标明了具体的位置，胡恩平就正式约定了市民政局梁与欣副处长共同勘察现场。是日，梁与欣带着区宝松科员，约了公社、大队与生产队干部一同前去现场勘察，一群人熙熙攘攘，边看、边指划、边谈论，好生热闹。要占用的土地中有菜田、水稻田、甘蔗田和坟地等，树木中有果树、榕树、小叶桉、大叶桉和马尾松等，另外尚有好几户一定要拆迁的社员住家房屋。

征地移民工作细致烦琐，不同的田地有不同的补偿、不同的树种也有不同的价格，征地范围内坟地尚需登报声明十日以上。即使这样，日后清理现场时仍能发现相当数量的无名坟地。征地中每户要有一张表格，分别列出各家各户赔偿的项目，以及每项的数量、赔偿单价和合计总价。遇到拆迁那就更加复杂，要测量房屋的面积，分辨建屋用的材料，面积还得分人员居住面积，辅助用房面积，如猪圈、茅厕、柴屋堆房等。田地上还长有作物果实，需按成熟程度，定出各种青苗补偿费。树木不仅要区分树种，还要视其大小给予赔偿。特别是果树，结果多的大树和刚栽植不久的小树，在赔偿价格上差异也很大。

在整个征地范围内走了一圈以后，大家集中在一棵大榕树下，各自选合适的地儿，坐的坐、站的站，有的讲话议论，有的沉思聆听，有的聚堆抽烟，有的低头盘算。阳光从树叶的缝隙中射入，微风习习、树影婆娑，阳光的亮点在人们脸上身上游移。神态各异的众人，远看像极了一幅油画，可取名为“大榕树下的社员精英”。

征得梁与欣同意后，区宝松提高了嗓门招呼着大家说：“静一静，静一静！”他击着手掌，从左侧顾及到右侧，又从右侧看到左侧大声说，“现在请市民政局梁与欣副处长讲话。”稀稀落落的掌声响起。

“同志们！”梁与欣清了清嗓门，稍待了片刻，等大家安静下来后开始说，“同志们！今天为什么请大家来这里，原因大家都已经知道，因为白云机场要扩建，范围就是我们刚才看过的地方。那么机场为什么要扩建呐？这是伟大领袖毛主席、党中央和国务院的战略部署。大家知道，美帝国主义它想独霸世界，容不得新中国人民翻身作主人，它和它的走狗国民党反动派不仅在国际上遏制我们、封锁我们，而且还蠢蠢欲动嚷嚷着要反攻大陆。在北方，苏联赫鲁晓夫修正主义集团背信弃义，撤走专家，破坏我国经济，妄想孤立我们。毛主席、党中央和国务院英明地决定扩建白云机场为国际机场，是要与巴基斯坦国通航，扼制帝国主义和修正主义想封锁、想困死我们的罪恶行径，在南面杀出一条血路来，建立一条空中走廊通向国际。大家说支持不支持呀？”梁与欣慷慨激昂的讲话，再加上这鼓动人心的一问，马上获得回答：“支持，支持！”尽管喊声参差不齐，也不够响亮，但大家的情绪已经高涨起来。

“对呀，应该支持。因为这是关系到我们国家与帝国主义、修正主义和反动派作斗争的大事，大是大非面前绝对不能含糊！”梁与欣继续说：“刚才大家看了现场，在这个范围内的田地池塘、房屋瓜棚、坟地宅基一律都要征用拆迁，不仅一点都不能保留、遗漏，而且要尽快办理手续，不能耽误机场工程施工。希望大队、小队协助每家每户确定土地等级、房屋构造质量，丈量核实数量，按赔偿标准一一列出。”

“同志们，一定要以大局为重，以阶级斗争为纲，斗私批修，实事求是地抓紧工作，让帝国主义、修正主义和反动派看看中国人民团结一心的英雄气概！”

掌声响起来，这次比刚才的更整齐、更响亮。

区宝松站了出来，补充了一些具体做法和要求，并对一些干部和社员提出的问题一一作了答复，会议到此结束，大家熙熙攘攘地散开，各自办自己的事情去了。

社员群众的觉悟的确很高，征地移民工作进展得比预想的顺利许多，绝大部分农户能按照有关政策、标准办理好手续，而且办得比较迅速，这让梁与欣和胡恩平甚是欣慰喜悦，当然也发生了一些特殊的情况和事例。

粗看跑道北延长部分都是些上好的菜地、水稻田，地形稍高处有些甘蔗地，但仔细一查实却发现有不少坟地。好在市民政局干部有经验，从征地移民工作开始就连续登报发布公示和声明，说清了地点和征地范围，告知市民前来登记办理移坟手续。绝大多数坟地有人来登记，核实后可以领到一笔款子自家去迁移，也可委托所在地公社、生产队去办理。但最后还是有十几座坟墓无人来登记，也没有墓碑，可能年代久远，后代已无人照看了，这些无主的坟地就由民政局安排人员按当地的风俗予以搬迁。直到后来工程施工，实施砍树除草皮工序时，还发现和挖出了七八座平时极不显眼的、不知是哪个朝代的祖茔，当然都是些“历史悠久”的、无人来登记办理的孤坟，群众工作科也都一一妥善处理了。

在一处稍高的土地上种的是甘蔗，长得还挺茁壮，但尚未到收割时节。与社员谈妥了青苗赔偿价格后，如何处理这些甘蔗倒成了问题。拿去市场卖吧，当兵的不能做买卖，而且这些尚未成熟的甘蔗也没人会买；给社员本人吧，他也不要，甘蔗长在地里不太在意，而砍下来后却要堆好大一堆，颇占地方。这一时又想不出什么法子，真是煞费心思。最后还是胡恩平动了脑筋，他到总队机关和施工单位吆喝了一声：机场北端砍下了一大堆甘蔗，大家可以去扛来吃，免费供应！不到两天还真的被拿光了，但是大家一吃就直呼“上当”，原来外观看着长得很长很粗的甘蔗，其实尚未成熟——不够甜；但是各单位的年轻人还是很高兴，工地生活本来就枯燥乏味，现在有免费甘蔗供应，尽管含糖量不高，但仍然啃得津津有味，“磨牙清齿”又好玩又兴奋……

征地过程中也遇到两三处与南洋华侨有关的田地，都是些宅基，尚未盖屋。好在他们在当地有亲戚，就委托亲友办理了征地手续，代领了相关款项。其中一位梁姓的华侨专门写来文字声明：为了打破美帝国主义对我国的封锁遏制，支援祖国社会主义建设，今无偿贡献自家的宅基。一时传为佳话，让人们甚为感动。

社员古啟北的房屋面积却发生了纠纷和争执。在他的住房、偏屋厨房、猪圈茅厕都已登记完毕后，他提出还有没有丈量的面积，待众人到实地一看，尽是些基槽、基坑，有些已下了石料砌成屋基，大部分只挖了沟槽和坑。古啟北申辩这是给明年要结婚的儿子盖的屋，材料都已备下，应该予以赔偿。这可是件棘手的事，最后反映到梁与欣那里，请示如何处理。

第二天，民政局干部来到古啟北家了解情况，他一看来了大干部，再次申诉说："局长同志，我儿子明年结婚，屋都下了基础，料也备齐，马上可以盖起来，所以应按标准给予补偿。"

"这位是民政局梁副处长，"区宝松边介绍边纠正着说，"你仅仅砌了一点屋基，大部分还是基槽，怎么能算房屋呢？"

"处长同志，"古啟北终于盼到一个大干部，又重复申辩说，"我儿子结婚要用的屋，都备好了料，马上可以盖起来……"

事前生产大队向民政局介绍过情况，在土改时古啟北先被划成"富裕中农"，后经过核实为"漏划富农"，"成分比较高"。区宝松看着他胡搅蛮缠就打断他的话，严肃地说："白云机场扩建，目的是与"帝修反"作斗争，你怎么能在阶级斗争的风口浪尖上做有利于阶级敌人的事。你要'斗私批修'，以阶级斗争为纲，是房屋就是房屋，不是房屋就不是房屋。要不要生产队开会大家来评论评论！"

古啟北一听要召开生产队会议有些胆怯了，因为自己成分高，生产队曾经开过批判会，大家还对着自己喊过口号“打倒地富分子！”那段日子，古畝北还记忆犹新。

区宝松看到古畝北脸上闪过一丝惊恐，虽是一刹那的事，但感觉到事情有解决的希望。他用缓和的口气接着说：“在大是大非面前你要站对阶级立场，不能做让“帝修反”感到高兴、让广大人民感到痛心的事。这些墙基的确不能算房屋面积，但是考虑到你儿子要结婚，在迁建搬到新市镇时，可以分给你儿子一份宅基地。你备的料还可以用上，不会浪费，你好好考虑考虑。”

区宝松“有理有节、又硬又软”的说法，使得古畝北再也无法纠缠下去，态度软了下来，沉思了一会儿无奈地说：“梁处长，刚才区同志说要以大局为重，我也是个明白人，那是要支持的。”他估摸着无法获得房屋的赔偿，但能为儿子争一块宅基也好，想清楚了继续说：“政府能多给一份宅基地，我儿子能盖房结婚，这太好了，我同意拆迁。”

另一件麻烦事是关于社员古炳坤的。他有一片树林，其中果树以荔枝树为主，树龄有八九、十几年不等，已属于高产的时期，其他有杉树、马尾松等。那天去核实树木的数量，突然发现多了许多新插的树苗，而且古炳坤非要坚持按成树点数，双方僵持不下，现场登记工作无法继续进行下去。待反映到市民政局后，那天，梁与欣、区宝松等到了现场一看，发现杉树苗很明显是刚栽种几天的，甚至砍了马尾松树枝插在荒土中也算一棵树，让人又好气又好笑。

区宝松见状后细声细气地说：“这位阿叔，我刚才转了一圈，您的荔枝树长得不错，收成还好吗？但是有部分杉木是才栽的树苗、有的马尾松也只是插了根树枝，没法按一棵树的价格予以赔偿。”

古炳坤伸手递烟哭丧着脸申辩说：“领导同志请抽烟。我是按照政府发展生产的号召，扩大树林的种植，你别看那些树细一些，也都是长成的了，所以应该按树木给予补偿。”

“我不会抽烟，谢谢。”区宝松礼貌地推开古炳坤递过来的烟卷，继续说，“毛主席教导我们要实事求是，凭我的经验，那些种上的杉木尚未长出新根，不信我们可以拔两根看看。”

古炳坤没想到领导同志经验如此老到，思忖着杉木苗才栽上两天，怎么可能长出新根须来，碍于面子，他嗫嚅地说：“树就是树，你们去拔它干啥。”他不让人去拔树苗。

区宝松看到第一回合已经“获胜”了，接着又严肃地说：“至于那些松树树枝也是才插了一两天，可能匆忙，不少还没有插正，怎么也要按树来计算呢?”

古炳坤眼看赔偿的希望不大，也不再坚持了，仍嘟囔着：“树就是树，松树就是插枝能活的嘛……”

征地移民工作是件挺麻烦、挺啰唆的事，通过一件件地解决，进展尚算顺利。但是靠机场西北端的十来户人家却闹出了惊动机场的大事。他们聚集在生产大队的大队部，打出纸牌，上面写着“我们要生存！我们要活路！”这件事传到了新市镇派出所，在上报区公安分局的同时安排民警到现场维持治安，防止事态向坏的方向发展。尽管国家宪法明确规定公民有集会、游行的自由，但人们心中对此事不太支持，好像也不太习惯。消息传到市民政局，当梁与欣得知此事时，深感纳闷。因为该处田地的拆迁赔偿已每家每户签了协议，整个过程还算顺当，没有发现什么不妥。于是立即派人去调查了解情况，通过走访参加示威的社员，召开各种座谈会后终于查明了真相。原来生产大队部几个队委，包括大队干部、会计等克扣了政府的赔偿金，数额上比所签协议上不仅要少，还将私留资金随意挥霍。同时为了应付上级，限令社员先搬迁，以后再给分钱。这下逼得大家心中无底、恐慌不安，所谓“官逼民反”，只好打出标语牌聚集在大队部讨个说法。市民政局根据所掌握的情况，当即指示公社派员接管大队征地移民工作，检察院也立案，在证据确凿的情况下发出了逮捕令，从而平息了人们的怒气，还大家一个公道。社员们领了赔偿款，高高兴兴地完成了搬迁，大部分还办了喜酒，放了鞭炮。

6

1963年12月18日，国务院批准了刘亚楼（空军司令员）、曾生（广州市市长）和邝任农（空军副司令员兼民航局局长）的请示报告，下达了广州市白云机场扩建工程的设计任务书。这可是扩建工程一个重要转折点和里程碑，因为原先全面铺开的各项准备工作尽管进展迅速、顺利，但总是存在一种不确定性，总是有点缩手缩脚、生怕有变的顾虑。当时人们——特别是领导的心理状态是，既有自信按上报的方案展开各项准备工作，但又有点提心吊胆，生怕南辕北辙，造成大的变动。另外，由于有了国务院下达的工程设计任务书，空军后勤部随即下达了广州市白云机场扩建工程“开工令”。当时的情景是，工程扩建指挥部上上下下，无不兴高采烈。眼下目标明确，终于可以放开手脚大干起来。这真像十月怀胎，准备做娘的已经制作了许些小肚兜、小衣衫和小鞋，但是内心还是担忧生养结果。尽管拖延了一些时间，但最终是生了，大人小孩平安，而且生了个龙凤双胞胎——批准任务书、下达开工令。“龙凤呈祥”呀！合家欢乐、庆幸，沉浸在浓浓的宽慰之情中，这种情景、这种心态非笔墨所能形容。

广空后勤部修建三分部是负责广州军区空军所辖地区机场和战备工程任务的单位，其下属工程设计室是这次白云机场扩建工程的设计单位。在上级仅提出对新机场“憧憬式”的使用要求和要达到的功能、目标的情况下，设计室场道组组长董荣卿焦虑万分，“第六感”告诉他“天将降大任于斯人也”，这不仅是难题，而且是个特大的课题。任务是建国际机场，但手头上却没有相关资料，国内修建的空军一级或二级机场规模、标准那是参考苏联的有关标准实施的。设计室内有位主任工程师俞鸿斌，他是国民党留用人员，虽然经历过多个机场的设计施工，但也尽是些解放战争时期国民党前线作战机场，规模不大、设施简陋，他同样感到了扩建白云国际机场的任务之棘手。

董荣卿是浙江杭州人氏，1949 年杭州解放时是高中二年级学生。父亲是位教书匠——中学老师，由于常年有病被辞退在家，靠积蓄度日，经济拮据、生活艰难。当时董荣卿凭着对革命的向往，并为家庭生活所迫，参加了解放军，在连队当了文书。1952 年上级指示，要选一些有文化底子的干部战士去考试，董荣卿参加并一举考中了哈尔滨军事工程学院，当年 8 月赴哈尔滨入学读书，成为该院第一期学员。毕业后分配到广州军区空军后勤部修建三分部设计室当了技术员，在当时台湾海峡紧张的情势下，他与同来的三位同学立即投入到广东兴宁机场的修建工作中，因工作出色，两年后被任命为设计室场道组组长。

董荣卿中等身材，细眉小眼，脸稍长、嘴略大，鼻梁正直，皮肤白皙，有眼疾——据说在夜晚他的视力是“筒式”的，没有远光，经常闹出笑话来。夜间部队行军或列队走路，若他前面走的人员跳跨一步，董荣卿因视力较差也会跟着跳跨一步，其实路是好好的，没有积水或路障。平日里同志们常以此说笑他，但他性格和顺，任凭大家笑闹，不以为然。

接到白云机场要扩建成国际机场的任务后，董荣卿就想方设法到处收集有关资料。他们走访了广州中南民航局，想收集国际民航有关机场设施的标准和民用航空各种机型的资料。由于当时美帝国主义的封锁遏制政策，中南民航局也未与国际民航组织有业务联系，因而有关资料极少，收获不大。与上海虹桥机场方面联系，但他们也是处于同样的境遇，答复是“这方面资料奇缺”。于是请有关方面的人员在香港收集，好不容易找到几本年代较久的英文书籍，当即请人翻译，但由于翻译人员不具备专业知识，因而闹出一些笑话。如机场飞行区出现“的士道路——TAXI　WAY”，经董荣卿揣摩推敲后改为“滑行道”，是飞机起飞前和降落后滑行的道路。事后只好由他陪着一句句读出原文的意思，再依照有关机场专业知识来进行翻译，相当费劲。

机场飞行区的扩建，关键是跑道长度，依据民航客机的重量大小、飞行速度和起飞时“爬坡”能力而定；道面厚度是依据飞机重量、起落架上轮胎数量和轮胎胎压情况而定的。董荣卿经与大家商议并潜心考虑后，决定在跑道长度和道面厚度方面设计采取“富长优厚”的处理方式。手头上有关机场的标准具有浓厚的苏联色彩，随着航空事业的发展，民航肯定朝机型更大更重的方向发展，所以在跑道长度和厚度方面留有一定的余地，能应付日后民航客机发展的需要。但事物的发展是辩证的，飞机制造商在新机型向大、向重发展时要考虑目前世界各国机场状况，至少要使飞机在各国比较大的、主要的机场都能起飞着陆。如果新型出厂的飞机非要另建特大机场才能使用，那它的普遍性就存在严重缺陷，估计很难有生命力，无法生存下去。通过多方面反复思考，最后设计成跑道长度3 600米，最厚的混凝土道面40厘米，或者是折合成此厚度的钢筋混凝土道面。现在方案被批准了，设计室和董荣卿等人实在是高兴，排除了心中一个巨大的担忧。

广州白云机场扩建指挥部这几天也沉浸在喜悦之中，因为下达的设计任务书内参数都采用了上报的方案，与广空后勤部设计室在“吹风会”上所“吹”的、所说的基本一致，因而所做的各项准备工作均有效，可以继续做下去，对工程进展也有莫大的帮助，这真是件令人感到十二分高兴的大好事。

吕冀川因势利导召开了扩大的总队办公会议，司、政、后各部，各科领导，以及连以上干部参加，会上诸位科长汇报了各项施工准备工作进展情况、存在的问题以及建议如何解决。会议中大家实事求是、畅所欲言，吕冀川、王光华、李宝生时不时插话，补充情况、分析原因，既严肃又生动。吕冀川等大家发言完毕，也摸清了各项准备工作所达到的程度与预先掌握的情况出入不大，他就与坐在身边的王光华轻声嘀咕了一小会，面向会场开始了总结性的讲话：

“同志们，我来说几句。国务院和空后下达了工程设计任务书和开工令，明确了白云机场扩建工程规模和实施时间。我们没有什么可以等待、也不需要等待，现在‘球’已踢到我们脚下，就看我们如何应对。从下达的工程设计任务书内容来看，一方面说明我们上报的项目基本符合上级的要求，另一方面也说明上级对我们工作的支持。由于没有什么需要变更的，所以摆在我们面前的形势就是甩开臂膀，大干苦干，争取主体工程——道面混凝土工程尽快开工。我刚才与王政委商量了一下，再给大家 20 来天时间，作最后的准备，力争 1 月 5 日道面混凝土开打。”

总队长讲话后会场一片宁静，因为大家都在盘算自己所承担的项目能否按时准备好。王光华见大家或低头思索或小声议论，就开始点将说：“李宝生同志，你们司令部怎么样?”

“政委同志，我代表司令部全体同志表态，”李宝生霍地站立起来，理直气壮地回答说，“我们一定按时完成各种准备，保证 1 月 5 日道面混凝土开打。”

“好，坐下。”王光华听了李宝生的回答后很高兴，因为司令部在准备工作的项目上占了大部分。然后他转过脸直接对着胡恩平，由于政治部与工程开工直接有关的就是群众工作科的征地移民和民工管理，王光华说，“胡科长，政治部就你的科表态好了。”

胡恩平立马站起回答说：“保证能按时开工，请领导放心。”

接着又问了后勤部，他们主要是负责材料、机械设备和生活方面的保障，回答也是肯定的。

王光华最后对着大家严肃地说：“同志们，军中无戏言。刚才各部门都表了态，也就是说立了‘军令状’！我倒不是一定要用军令来约束同志们，实在是国际形势容不得我们松懈、马虎。扩建白云机场是反对帝国主义、现代修正主义以及印度反动派联合反华的政治任务，党中央、国务院把这项光荣任务交给了我们建设四总队，这是对我们的信任。我们一定要鼓足干劲，力争上游，保质保量地提前完成机场扩建工程，向毛主席和全国人民交出一份满意的答卷。大家有没有信心呀?”

“有!”会场上全体人员回答响亮。

“有没有决心呀?”王光华接着再问。

“有!”回答声更加洪亮。

7

说是还有20来天的准备时间，实际上各部门各单位都紧张得很，好像夜间紧急集合要开拔，大家都在急促地穿衣、打背包、扛枪支，动作敏捷，谁也不想落得“最后一个”或者“迟到”的坏名声。

木工厂老苏头最近是天天熬夜，几十套道面模板尚有五套还在紧张地加工着。尽管混凝土施工有试打阶段，而且不是开工当天就上齐所有机位，但是每个机位都要提前一周来领取，以便立好模板，还要进行校模、复模。另外每个机位配有一套跳板马凳，当然它不像模板那么要求尺寸准确、加工仔细，但是它所配的数量不少，制作上也特别讲究结实牢靠。

混凝土预制加工厂也是忙得不可开交，特别是直径150厘米钢筋混凝土涵管，就是那个猫着腰可以过人的管子，它设计在现有跑道的北部穿越，因而要开挖北安全道，掘到设计深度，埋下管子再回填平实，以便在上面进行延长部分新混凝土道面的施工。三大队穆圣东正在仔细核对各种涵管、预埋电缆管的制作日期、养生令期，明确能否搬运、下埋，并一一标记清楚。同时他还要编写《白云机场涵洞工程施工操作规程》，按说这是机关场建科的"活儿"，因为人手紧张，他也就"能者多劳"了，所以也是天天熬夜。

说到场建科，他们也正办着几件紧要的事。试验室提出的道面混凝土配合比要审定，为此陈伯庭牵头组织场建科、一二施工大队的技术人员研究了几次才最后确定。由于现场道面用的水泥供货有三个厂家，所以经讨论后批准了相应三种主用配合比。文昊忙于校对夏绮菊已计算的弯道零星板尺寸，并晒图下发，他还要编写《白云机场道面混凝土工程施工操作规程》，待审定后赶在道面施工前下发。《白云机场土方工程施工操作规程》由钱副贵工程师执笔，延长部分土方工程也要抓紧施工，以便在铺设道面基础后能衔接上旧道面加盖混凝土施工。场建科还负责场道施工中各单位协调联系事宜，组织施工现场会、现场值班等，因此章玉贵是整天在工地上到处跑，发现问题及时解决。

特设科谢洪毅忙于水、电线路的检查，安排丁永泰编写《白云机场安全用电施工操作规程》，也要下发各施工单位。联系市供电局，提出开工后工地用电保证措施，组织落实道面混凝土开工后水、电维修组和巡视路线。维修组在工地巡视时要拿着高 3 米的小旗子（显得挺滑稽好笑），电的维修组是橘黄色的方旗，水的维修组是蓝色的三角旗，十分醒目易找。他们检查了工地临时供电 300 千瓦备用发电机组，并多次进行试车。

物资科黄道喜从南向北一个一个机位检查砂石材料和水泥的备料情况，别看各机位材料堆得方方正正挺整齐，根据经验，混凝土一开打很快就能消耗尽。所以他组织了收尾材料调剂小组，有两部大卡车、几十辆人力三轮车和几十个民工随时待命。由于各机位依据道面混凝土工作量计算堆放的材料不可能不多不少，一个机位混凝土浇筑接近尾声，肯定会多出或缺少零星材料。当缺少少量砂石水泥材料，那么情况就会非常紧急，因为拌和机不能停下来等料，混凝土也要连续浇筑完整块道面板才行，所以当一个机位快要完成时要正确估计材料不足的数量，调剂小组应及时组织运送。

机械运输大队的拌和机、震动器等尚处于“养兵千日”的阶段，大队里的机械操作手，特别是负责检修的师傅们，对每台机械进行调试、空运转多遍，而且几乎都很正常。根据过去工地的经验，一旦混凝土开工，这些设备就要满负荷地运转，那时说不定什么故障、毛病就会出现，每每都会把维修设备的师傅们弄得焦头烂额。所以他们除了掌握设备的构造和熟练快速的维修技能外，还得列出一张单子要大队领导储存零备件，特别是那些易损件。机械运输大队也组织了两个现场维修小组，一个修拌和机，一个管震动器。前者擎着 3 米高的红色方旗，后者举着绿色的三角旗。

总队后勤部卫生队根据吕冀川的指示，除留部分医务人员在卫生队坐诊外，大部分要下到工地现场。道面混凝土施工期间，不仅有医疗组擎着 3 米高的红十字旗巡视，还专门准备了一个 4 米长 3 米宽的活动工棚，内设有一张简易病床、一些药品和医疗设施，随施工进程而转移地点，活动工棚顶部插着一面红十字旗。

建设四总队招收的新兵连，在连长罗小年的带领下已进行了军事训练，立正稍息、着装列队、变换队形、行军操练以及夜间紧急集合等，已训练得有模有样。每当工地放电影时，新兵连每位战士都会左手拿着一个活动小凳，列队前往，步伐整齐一路歌声。到了电影场，在电影开幕前，拉歌这一项他们可是主角，歌声嘹亮、充满青春气息，拉歌风趣有力，真是招人喜爱。道面混凝土施工即将开始，连队领齐了各种工具，由当过施工员的班长带着大家按所分工序操演着各种动作。尽管各位班长传授得十分认真、卖力，到底是对着“空气”比比划划，没有“真枪实弹”的操作。班长说着要领、战士们做着动作，像在演戏，真不知正式开工后会出什么洋相，这是罗小年近段时间一直忧虑的问题。

广州军区工兵一团一营战士个个人高马大，据说大部分是山东、内蒙古等地入伍的兵。这是个拥有良好军人素养的部队，尽管他们善于野战工事的开挖修筑，接触过钢筋混凝土作业，但是对于机场工程的修建还是第一次。不同的专业，各种标准、操作不尽相同，所以营部认真组织全体人员学习相关《操作规程》，请建设四总队施工大队的工程师、技术员前来上课讲解，并且每人手里拿着工具凭空做着动作，想尽快掌握各道工序的要领，真是煞费苦心，真正做到了“不打无准备之仗”。同样，建设六总队和四总队的施工大队，都按照所承担的机位，依据施工工序组织好了民工队伍，领了工具，给他们讲解了操作要领，然后一遍一遍地演练着。

四总队一、二施工大队还分管着机场北部延长部分的土方工程施工，开工令下达后，各大队按所分区域展开了施工准备作业，包括砍树、挖树根、铲草皮，水田、菜地与池塘放水，清除各种已赔偿过青苗费的作物，拆屋、挖掘宅基，偶尔发现有遗漏的孤坟，便告知群众工作科按当地习俗妥善迁移安置。这期间的天气，按季节算正是广州的冬季，其实广州地区气候只能按雨季、旱季两个季节来分，这时正是旱季，雨水少，平均气温 10 摄氏度，最低也就 4 ~ 5 度，恰是土方施工理想的季节。一、二施工大队全面展开工作，最大限度地投入施工力量，务求在南部老道面加盖混凝土工程结束时，做到完成北部土方和道面基础工程，以便能衔接上北部延长部分的道面混凝土施工。

六　开工命令

1

1964年1月4日上午9时，广州市白云机场扩建工程总指挥部在工地临时礼堂召开大会，宣布白云机场扩建工程正式开工。尽管这仅仅是个仪式，但也是必要的，而且相当隆重，所有参加机场扩建工程的军工、民工的各单位派代表参加，建设四总队科长、大队长以上干部参加了会议。会上总指挥部指挥长、广州市市长曾生宣读了国务院下达的广州市白云机场扩建设计任务书并致辞，广州军区空军后勤部领导宣读了军委空军后勤部下达的广州市白云机场扩建工程开工令并讲话，接着由机场扩建指挥部指挥长、建设四总队总队长吕冀川讲话表决心。大会开得紧凑、简要，不足一个小时就结束了，但是会议精神很快就传达到工地各个单位。

章玉贵散会后返回科里，一看满屋子是人。穆圣东是来校对《白云机场涵洞工程施工操作规程》的，看样子是刚校对完毕。夏绮菊是来听文昊布置延长部分道面弯道零星板尺寸计算的，尽管只有夏绮菊一个人在计算，但由于她工作态度极佳、干活利索，完全跟得上道面施工进度，因此文昊也没有再提增人之事，实际上工地各单位人员都很紧张。闫崇进比章玉贵早一步跨进科里，他是来索要最终的材料数量表，文昊轻声说要他稍等一下，在给小夏布置完任务后，就找出新材料表递给他了。

章玉贵走到他的办公桌旁并没有坐下，站着就说："大家放一放手头上的事，我传达一下总指挥部开会的精神，小穆、小闫和小夏也不是外人，也是都要知道的，就一起听吧。"接着他简要地传达了会议精神。

这时陈伯庭进来了，一看这个架势像是在开会，就说："我没事，你们继续开会，我也顺便听听。"

章玉贵打过招呼后接着说："会议精神就是这些，下面讲一些其他的事情，欢迎陈工参加。"面对大家他关心地说，"这一段时间大家全身心地投入施工准备工作，加班加点、不辞辛劳，真的是辛苦嘞。现在准备工作已告一段落，我希望大家注意身体、关心健康，因为接下来的工作会更繁忙。傅工年纪比较大，尽量少熬夜，有些事情科里的年轻人要主动多干点。我想还应该表扬文技术员，他手头上工作量很大，但能够坚持跑步锻炼，保持旺盛的精力。大家既要将全部精力投入到机场扩建工程中，也要保持身体健康，'身体是革命的本钱'嘛。要注意在繁忙的施工中学会'偷懒'——休息，要注意在紧张的日程中强迫自己体育锻炼。做到在工作中保持健康，在健康的状态中干好工作。既完成扩建工程任务，又都要健健康康、无病无伤。我想说的就是这些，下面看陈工还有什么指示?"陈伯庭连连摇手，章玉贵接着宣布说，"散会了。"当时已近下班时间，尚余十几分钟，大家似乎意犹未尽，沿着健康问题议论开了。

夏绮菊每天来科里，与大家厮混熟了，她为人热情大方，又年轻口快，马上开腔说："文大哥工作可多了，还每天坚持跑步锻炼，身体棒棒的，可可爱了。"说完大家都笑起来了……

"革命队伍中要称呼'同志'，不能称兄道妹的。"文昊有点不好意思地轻声纠正说。

"为什么不能叫大哥，你和我大哥可像了。"夏绮菊只一股劲儿地说，"我在家大哥对我最好、最疼我。我想不明白，你工作那么多，还能挤出时间活动，不知道是怎么坚持的?"

"这件事我知道，"穆圣东插嘴说，"老文在哈军工读书时有一年体质很差，得了神经衰弱什么的，晚上严重失眠……"

"反正快下班了，难得有空闲，就随便聊聊。"文昊回忆说，"那是预科学习结束分入空军系机场建筑专业后不久，得了个怪病，晚上睡不安，满脑子都是那些功课呀，俄文单词呀，迷迷糊糊挨到天亮。起床后精神恍惚，结果上课时注意力集中不了，昏昏沉沉，甚至会打瞌睡。我自己采取各种办法，拧大腿、拉耳朵，都没有效果。一段时间后，老师同学知道了我这个毛病，都挺着急的，邻座同学故意碰撞我让我清醒，甚至有一门课老师特别交代，'文昊同学，允许你站着听课。'可是我连站着都会瞌睡，你看急死人不!"

"那是为什么呀?"夏绮菊听得很投入，不解地说，"那你赶紧找医生看病呐。"

"是呀，那时我常往门诊部跑，"文昊接着说，"大夫给我开安眠药、扎针灸等，但是都不见效果。有一天，学校医院内科主任到门诊部坐诊……"

"我们哈军工所属的医院挺棒的，"穆圣东插话说，"有

300 张床位，还能做大手术哩。”

文昊继续说：“我还记得是个女医生，详细听了我的情况后对我说，‘这位同学你这是学习太紧张了，属于动静失调、神经紊乱，我这里给你开点药按时服用。但是我要建议你从现在开始，每天参加体育锻炼，一定要活动一个小时，坚持一段辰光会有效果的。’从那以后我就强迫自己参加体育活动。”

“那后来怎么样呀？”夏绮菊着急地催说，“你快讲，快讲。”

“哈军工院子挺大的，占了整整一条文庙街。”文昊回忆说，“每天早晨起床后沿着文庙街跑一圈，大概有 3 000 米吧。那时学院学习苏联经验，上课是‘六时一贯制’，即上午要上六节课，到中午一点多钟才能吃午饭。”

“同学们都饿得肚子咕咕叫，”穆圣东补充说，“但仍要坚持着听完课。”

“是的，”文昊继续接着说，“但是这种上课方式我认为也有一个好处，就是下午全部自习，时间很完整。学院规定，因为我们是大学生了，下午时间可由学生自己安排，所谓‘培养独立工作能力’，我就规定自己要体育锻炼一小时。学院的条件挺好，茶水室放了一张乒乓球桌子，我的乒乓球技术就是在那时候练出来的。教学楼地下室摆放着运动器械，什么双杠、跳马、垫子、举重杠铃和哑铃等，都挺齐备的。我就坚持每天活动，出一身汗，这样过了一段时间，晚上睡得着了，上课精神也好了许多，终于摆脱了那个怪毛病。事后我想，是不是‘因祸得福’，养成了自己保持体育锻炼的习惯，可能会终生受益吧。”

“噢！原来是这样，”夏绮菊又发问说，“那你怎么会得这种病的呢？”

“喂，喂！”朱寿定听到这里，笑对着夏绮菊开腔说，“你是‘记者’采访呀，哪有这么多问题，让我的师兄答都答不完，想写传记还是新闻报道？”说得大家都笑了。

“你这个人怎么也是‘师兄、师弟’的，”夏绮菊尖刻地反击说，“要称同志，不能称兄道弟的。”听着他俩斗嘴，大家笑得更开心了。

“后来我分析了一下，”文昊不想冷淡了她的好奇心，继续说，“当时学员大队干部——我们的年级主任怕我们学不好，不断地总结、介绍学习经验，什么早晨起床后背俄文单词；走路的时候要思考一下学习上的难题，看能否把它解决；晚上上床后要过‘电影’式地系统回想一下当天的课程；什么好多‘闪亮的思路’就是出现在神秘的一刹那，等等。你们想象一下，睡在床上把一天的学习内容回忆一遍，脑子处于兴奋状态，这还能睡得着吗？通过这件大事，我发现自己是个乖孩子、是个听话的好孩子。”大家被他对自己的定义逗乐了，嬉笑不停。

钱副贵笑着说：“文技术员的体会是对的，一个人不能整天用脑子，要有劳有逸。我就是这样，早上打一套太极拳，傍晚散散步，保持身体健康、精神饱满。”

“文大哥，”夏绮菊刚吐出三个字就打住，改口说，“原来文技术员同志还有这样的经历呀，现在工作精力旺盛，身体锻炼得棒棒的，肯定会长命百岁，真是好好伟大噢！”说着大家又笑开了……

陈伯庭听了那么久，也就着话题说道："我发现有的人好动，注意体育活动；但也有人好静，认为人的精力不能消耗过多，要静养为主。大家可能不知道，有一次我去木工厂找老苏头，有人诡异地用手指了指他的宿舍，我轻轻地推门进去，只见他盘腿坐在床上，腰板挺直微闭双眼，两手自然下垂放在膝盖处，呼吸匀称，一动不动地打坐。当时我就悄悄地掩上门退了出来。"

"这可是新闻，"闫崇进跟大家一样听得目瞪口呆地说，"我只从电影或小说中知道庙里和尚经常打坐，想象不到我们生活周围也有这样的人。"

"是的，"陈伯庭继续说，"事后我问过老苏头是怎么一回事，他告诉我说，小时候他家附近有座庙宇，他因为好奇经常去那里玩，一来二去就熟了，就问老和尚为什么要这样坐着，一动也不动的，不难受吗？老和尚告诉他这是养生，还教他怎么个坐法，不仅身子不能动，而且脑子里也要静下来，不准胡思乱想。由好奇而学着做，慢慢地他也就学会了，从那以后，他很少生病吃药。这说明世界上人的生活是多种多样的。"

文昊接着分析说："现实中人的生命长短是没有标准的，没有什么度量器具可用来衡量一个人的寿命。既然没有标准，也就无法寻找达到长寿的一种科学的、唯一的做法。为此衍生众多的养生之道，都是有道理的。因而 100 个人就有 100 种活法，100 种活法都有它存在的理由。但是我觉得不管是什么活法，只要对自己工作有利、对健康有利、对心神情绪有利就可以了。”

“你的说法有点道理，”钱副贵赞同地说，“各种不同活法可以互相借鉴、交流，以便找到一种适合自己的。打太极拳就是在10年前一场大病后医生建议我学的，学会后感觉可好了，因而一直坚持到现在。当然不必勉强一个人非要采取某一种活法不可，这方面只能启发引导，让其慢慢去琢磨。”

章玉贵提醒大家说：“我们这是开养生研讨会呀，超过时间了，去吃饭吧。穆技术员在我们食堂吃吧，检查一下我们的伙食。”

“不了，谢谢，”穆圣东婉拒着说，“三大队不远，三步两脚就到了。再见。”说完他就回去了。

场建科里的人也散了，大家似乎感到有点收获，明白了一些什么。这可能是“主攻战斗”前的平静，大家相聚时神情松弛地、随心所欲地、豁朗开怀地交谈着，议论着……白云机场扩建工程的参与者并不是工作狂、苦行僧，他们热爱生活、懂得生活，他们内心埋藏着对美好生活执着的期盼。实在是工地进程太紧张，各种项目压得他们喘不过气来，但只要有机会、有点空闲，这种期盼就会强烈地表现出来。

2

1964年1月5日是个晴朗的日子，清晨，新兵连连长罗小年早早地起床了，洗漱完毕后把要做的事情又想了一遍。因为道面混凝土今天开工，工地指挥部决定全工地试打在新兵连实施。这既是荣誉，说明领导重视新兵连，但也是压力，这些新战士别说打过混凝土，连见都没有见过。尽管这几天分工序、拿着工具进行了操练，但都是“纸上谈兵”，或者说“对空操作”，不知今天会有什么闪失，要出什么洋相。好在各班长都是施工员出身，应该能够把持得住吧。另外由于是全工地试打，各单位都会派人前来观摩，一想到到时候在众目所视下，这些新同志是否会紧张、失控出事，罗小年心中甚是忐忑。

开过早饭，连队集合，清点人数后，值班员一排长石中春转身向着罗小年敬礼后大声说：“报告连长，队伍集合完毕，请指示。”

罗小年还礼后说：“稍息。”

石中春转身向着队列发出口令：“稍息！”

罗小年跨上一步，从左到右巡视了一下队伍后，感觉大家精神饱满，脸上都是一种跃跃欲试的神态，心中闪过一丝欣慰，然后大声说：“同志们！”

全体人员即刻立正，表示敬意。

“稍息！”罗小年还礼后说，“总队安排在我们连试打，这是对我们的信任，也是我们的光荣。大家已经记清楚了操作要领，并且做了多次演练，但是，今天却是‘真枪实弹’，容不得半点马虎。我相信，只要认真去做，今天的试打一定能成功。大家有没有信心呀？”

“有！”队伍中发出洪亮的回声。

“好！”罗小年严肃地下达命令，“出发！”

队伍迈着整齐的步伐，一路高歌来到了跑道南部机位，在拌和机前方立定，一排长石中春发出口令：“各就各位，解散!”全连人员散开，有去后仓（拌和机后方堆放材料部位），有留在中仓（拌和机跟前），大部分散开在前仓（拌和机前方要浇捣混凝土的大片面积）。

罗小年先去了后仓，问后仓负责人三排长唐永清拿到当日配合比没有，唐永清回答说已告知各个司磅人员。罗小年来到了小石秤旁（磅秤挖坑埋平于地面，使得双轮料车易上磅过秤），小石司磅正在校正秤，只见他拿一个重 1 公斤的秤砣，把秤的标杆拨到 1 公斤处，将秤砣放在秤板中央和四个角，看秤杆抬到中间悬空位置没有。经过校正后，把秤砣按每车小石的重量挂好，就可以称料了。司磅人员既负责秤的正确称重，又要在每车材料过磅时加加减减，使得每车重量达到配合比所要求的份量，保障混凝土配合比的准确执行。砂、大石和水泥均是如此这般，做到配合比正确无误。

罗小年检查完后仓来到了中仓，拌和机司机已经到位，正在检查机械和电气开关。拌和机是用多根枕木架高的，以便出料时运送混凝土的独轮铁斗车能伸进出料口接料。拌和机后面进料斗是经过改装的，进料斗下部装有铁轮，可以沿着加装的滑轨往下滑，进料斗可伸入拌和机料斗坑，使料斗与地面平齐，便于各种送材料的双胶轮车将料倒入斗中。中仓都挑选了个头大的、有力气的战士来推独轮运输车，这种独轮车装满混凝土混合料后可重了，问题是独轮在车前端，抬起车把后要靠腰部力量来稳住车身，保持平衡，一不留神就容易倾翻。由于独轮运输车的前轮是铁的，所以必须在硬地上推行，因而满载后要在专设的木跳板上走。这种木跳板宽 40 厘米，架得能跨过道面模板的高度。为此就有上坡道和下坡道，特别是上坡时必须提前加速，否则不一定上得了跳板。一般在上坡或转弯时还容易发生翻车。遇上翻车就苦了，要把撒在跳板上的、干净的混合料一锹一锹铲起，而贴地弄“脏”的料不能用于道面板，但也要清理干净，不然洒落的混合料硬化后很难铲除，非常麻烦。

最后罗小年来到了开阔的前仓，也是浇筑跑道加盖道面混凝土的地段，是个关键部位。它的工序多、质量标准高，也是容易出质量事故和工伤的地方。他看到每道工序都有人拿着工具等候着，一副严阵以待，想要立即能投入“战斗”的神态，这让他感到了这些年轻战士的可爱。

上午 8 时许，总队领导和机关人员来到了机位，各施工单位前来观摩的人员在军务科长马文冲的指挥下，三五成群地站在不影响施工作业的位置。罗小年尽管内心相当紧张，但尚能控制着自己，从容地前来请示吕冀川，能否开机。得到肯定回答后，他转向拌和机朝着中、后仓大声地喊了一声，“总队长指示，试打开始。开机!”

后仓早已称好了料，依照大石、小石、水泥、砂的顺序依次倒入拌和机料斗中。拌和机操作手用力压操纵杆，让料斗缓缓沿着钢轨上升，当料斗接触拌和鼓时，在钢丝绳的拉动下，料斗翘起成竖直方向，斗内的料即被倒入鼓中开始搅拌。同时鼓边有一个凸轮会使料斗连颠三下，并发出很响的颠动声。伴随着水泥灰尘的飞扬，拌和机操作手在颠动声中同时翻转砂表①，这是种自落拌和方式的拌和机，搅拌时间为90秒。拌和机内混合料搅拌够时间后，就开始出料，这时中仓推铁斗车人员早已排好次序，相继接到混合料后推向前仓。

前仓人员一早来上班时，立模工序操作手在测量队的配合下，已经把道面板四个角点的高程修正并支撑牢靠，再在仓内老道面上铺上纵向和横向两层油毡，然后架好跳板。当推车手胆大心细地上了跳板，七拐八弯地到了要浇筑的道面模板内，依照平仓手的指挥方向倾倒混合料，然后推着空车从道基上返回，去运送下一车混合料。平仓手拿着方锹或耙子，先用方锹选一些大石比较少的混合料，放到企口模板边部，由捣固手拿着钢钎将混合料捣入企口，保障突出的企口部位混凝土饱满，以便与邻板咬合，增加道面板的承载能力。随后平仓手要把每仓的混合料整平，而且留好虚高，使得震实后的混凝土正好达到所要的厚度——不高不低，这可是一项考验技术加经验的工作。平低了需要使劲刨松面层再补料，重新震动；平高了要挖去超出部分，但是要刨动震实后的混合料可就难了。刨挖平后还需重新震平、整平，但这种修修补补非常影响浇筑道面板的速度。所以一个机位的产量，很大因素取决于平仓手的操作水平以及平仓过程是否顺当。

平仓完成后，震动就开始了，一般每个机位配两三个平板震动器。平板震动器很重，得由两个人抬着。由于操作时

---

① 注：砂表 是一种“哑铃式”封闭玻璃瓶，两头圆鼓形，中间通过一个细孔连接着，内装入一种颗粒均匀特殊的细砂。当砂从圆鼓的一头流入另一头，刚好是所要求的时间，建机场工地常用90秒和40秒的砂表。

要进入混合料仓内，所以他们都穿着长筒胶鞋，身前挂着长到脚面的大围裙，因为一旦震动起来，那些水泥浆到处乱溅，所以震动器操作手还得戴着防风镜、口罩和工作帽。起先他们是戴常用的白纱布口罩，很是闷气，后来采购到那种“猪八戒”式口罩，戴上后非常滑稽可笑，但呼吸畅通多了。平板震动器每震一板要 40 秒，也是用翻转砂表来控制的。可能震动器与震实后的混合料会产生一股附着力，两个人要用很大的气力才能将其从混合料中拔抬起来，加上穿着不透气，所以震动操作手一天工作下来，连胶鞋里都可以倒出不少汗水。一板一板的震动后，混合料表面留下凹凸不平的痕迹，因而要用震动器边震边走拖一遍，便于做面工序的展开。

做面的操作手要先用富有经验的眼光目测混合料面层，稍偏低就补些细料；若稍偏高的就要挖去，有时挖多了，挖成大石裸露，还得补些细料用方锹拍出灰浆，甚至还要用震动器拖震一下。所以做面工序希望平仓工序的操作是“宁低毋高”，因为补比挖易。这时候测量队要复核道面板四个角点的高程，遇有偏差就要立即扶高或压低木模，使四个角点的高程符合设计要求，或者说它的误差在允许范围（2 毫米）内。然后用震动压尺（一种比道面板宽度稍短的整条长方木，中间部位装有震动器）边震边走，在混合料面层过一两遍，能在面层提浆，又让其平整。接下来用两端装有手柄且长过模板的直径为 100 毫米双无缝钢管制成的滚筒，把它搁在模板上来回滚动，见到偏低的部位要边滚边补混凝土细料，若偏高就刮去余浆。再下一步用特制的橡胶带以模板为准拉平表面，待表面混凝土收浆硬化一些后（约个把小时，视天气情况而定)，再用特制的刷子将道面表面刷毛，以增加道面粗糙度、提高摩擦阻力，防止飞机滑行时，特别在雨后滑行时产生“水漂”现象[1]冲出跑道，造成难以想象的后果。

做好面的道面要阴干，当阳光强烈照射时要盖养生棚，防止直晒造成的道面表面龟裂。然后盖砂、洒水养生，要保持养生用砂始终湿润，直至14天以后清除养生砂，道面就可以承受外力了。

相比于钢筋混凝土而言，不配置钢筋的混凝土称为“素混凝土”。当天试打是专门选在一块有钢筋混凝土板的地段进行的，要求配置双层筋。施工时，在铺有双层油毡的道槽内，先薄薄地撒上一层混合料，厚约3厘米，然后人工去抬底层钢筋网，那是一种平直钢筋焊接好的、中间部位比较密集的网，摆好后随即倒入混合料平仓。在混合料离面层标高尚差5厘米时，去抬面层钢筋网，那也是一种平直钢筋焊接好的，相比底层钢筋网的网格要更大一些。然后平仓使混合料达到虚高，余下的操作与素混凝土板都相同了。

试打工作进展得很顺利，但也让人劳力费心，各道工序原来都背过相关要领，曾记下要这么动作、要那么操持，实际一做还是有不同的感受，总是觉得手笨脚拙、机械生硬。好像第一次去见丈母娘，手脚不知道该怎么放才是，感到浑身的不自在。

---

① 注：“水漂”现象　雨后跑道道面积有一层薄水，飞机在高速滑行下，这层薄水形成的水膜，会极大地降低飞机轮胎与道面间的摩擦阻力，容易产生飞机刹车无效而冲出跑道，甚至酿成事故。这种水膜形成高速滑行飞机的漂移，称“水漂”现象。

浇捣了三块道面板后，罗小年觉得每位操作手都初步熟悉了工作内容和相关要领，达到了试打的目的。随即请示总队领导准备关机，余下时间让大家开个小会，相互切磋、交流经验，以利再“战”。来观摩的各单位人员看到新兵连组织有序、忙而不乱，尽管是试打，各道工序操作得井井有条，也感觉到连队有一批技术骨干（班长）是试打成功的关键。于是转而联想到自己单位也即将试打，大家都思考着还要再补充准备些什么，还要再交代些什么……

道面混凝土试打在各单位陆续展开，没几天全场30来台机位相继开工，若在老跑道上走一圈，那个架势、那个情景直叫人激动万分。到处都可以看到后仓不断地推料板车在喂料斗，水泥灰在飞扬；中仓独轮铁斗车“你追我赶”来回穿梭；前仓各道工序一环紧扣一环地在运作。到处都听到拌和机进料时“咚、咚”声和拌料时石子与鼓身钢钣的撞击声；到处都听到平板震动器在“嘟、嘟”地震动，站在附近你会感到大地也随着一起在颤抖，而溅起的水泥浆四处喷射；经常看到有人急促地跑着去找游动着的高挑的小旗，可能因为拌和机故障、震动器烧了线圈、水龙头爆裂、电闸保险丝断了，或者是有人不舒服病了；到处都看到做面的工人用钢抹子在赶浆抹平混合料，小心翼翼地刷毛道面，好像女儿出嫁前要给她化妆一样，仔细、轻盈地“涂脂抹粉”。

光荣的、伟大的“通天之路——南天门外大街”就是由这么推着一车一车的混合料（按机位平均日产量、每次载重150斤计，每辆铁斗车每天送料需走25里路，当然空车返程也是25里）、捣固着一条一条的企口缝、抬拔着一次一次的平板震动器（同样按平均日产量，每一块平板震动器每天需抬拔700余次）、挖补着一锹一锹找平用的水泥浆、刷扫着一排一排使道面粗糙的纹路等造就而成的；就是用这些极其平凡、极其粗俗、极其费力、极其不优美的姿势构筑形成的；就是人们在水泥灰飞扬和水泥浆溅射的环境中，起早贪黑、日晒雨淋、每天一身臭汗，浇筑一块块混凝土道面，最终修建完成的。

参加白云机场扩建工程的军工、民工、战士、职工，每天都在道面混凝土施工现场重复着这么一系列的动作，重复着同样的辛苦和劳累。每天清晨为开打前准备工作的顺利而高兴，白天为拌和机、震动器很少发生故障而心情舒畅，傍晚为清点后发现浇筑完成了目标，或者比昨天又多出两块而欣慰、喜悦。这里没有风姿绰约、没有神态自若、没有气质优雅，这里的人们是一群普通的人、一群应该被铭记的人，也是日后无声无息地消失、融入到芸芸众生中的一群人。

3

一天，一位干部模样的中年男子，急匆匆地赶到场建科，劈头就问："我问清楚了，场道施工是你们负责管理。现在不是旧道面加盖，打混凝土吗？怎么有人用大锤、钢钎在挖老道面，是不是搞破坏？我在现场再三询问，锤道面的人也说不明白。我要他们停下，安排人看着，赶紧来找机场指挥部，问清了是你们科管。"来人说话利索果断，是个管事的主儿。

"这位同志请坐，不知如何称呼？"章玉贵谦和地迎上答话。

“我叫区源平，”来人回答说，“原来在市政府办公厅秘书处工作，现在安排在总指挥部负责联系协调事务。”

问清凿挖道面大致位置后，章玉贵要文昊尽快翻查图纸。

“区秘书，”才一会儿，文昊就解释说，“设计图上标明该处要预埋电缆管，所以只好开挖旧道面，待埋设后再回填，其上部要求加盖钢筋混凝土，在技术方面采取了必要的措施。”

“噢，原来是这样的。”区源平搞明白原因后说，“那可不好意思了，我马上去现场告诉他们继续工作。”

章玉贵接上话说：“区秘书到底是政府干部，警惕性高，难能可贵。按照设计旧跑道上还有几处要预埋夜航、通信等电缆管道，旧跑道头北部还要埋设一条大排水涵管。”待区源平离开场建科后，章玉贵安排文昊速去现场进行处理。

等文昊赶到现场后发现穆圣东也在，预埋电缆管的工人继续开挖着，文昊当即询问详情。

“老文，是这样的，”穆圣东叙述说，“昨天大队安排预埋电缆管开工，下午民工已经来挖旧道面了。今天一早大队领导召集技术人员和施工员开了个早会，来工地迟了一点。正好市里干部路过，一问，这些民工谁也说不清为什么，只知道要凿、要挖，这不，已经挖了好长一段了。等民工回大队说有人命令停工，我就赶紧来了。”

“误会，误会。”文昊宽慰地劝解说，“没事了，抓紧施工吧。老穆，那条 150 涵洞要尽早安排施工呀，它的施工周期特长。”

“是的。”穆圣东接着回答说，“昨天同时安排了计划，已经在土跑道上和平地区同时开挖了，你放心吧，不会耽误跑道道面施工的。”

原来跑道延长后，把原本通过北端的排洪沟截断了，那是疏导机场东部白云山麓的山洪流到机场西部河涌的必经路线，经计算必须设计直径150厘米大的涵洞来替代原有排洪沟的泄洪功能。这也是四总队施工过的最大直径的涵洞，难度相当大。

真是无巧不成书，一天，文昊和穆圣东在150涵洞工地商量着施工方案，区源平也正好转到该处，打过交道的熟人相见，显得有几分亲切。

“你好呀！区秘书。”文昊发现区源平走来，先打招呼说，“今天又来工地转转?”

“文技术员，你好。”区源平搭腔后说，“我有两天没转到这里来，怎么这里开挖了这么一条又宽又深的大沟槽，能给我讲讲你们的打算吗?”

“这是应该的，”文昊接过话说，“先给你介绍一下，这位是三大队技术员穆圣东同志，我们是同学。”文昊转过脸介绍说，“老穆，这位是市政府区秘书。”

区源平和穆圣东互相握手问好。

文昊接着说：“你刚才的问题由穆技术员来回答吧。”

“是这样的，沟的宽度由管子加上壁厚外径有170厘米，下部基础还要宽出一些，两侧要下人去操作，所以沟槽有4米来宽。”穆圣东比较详细地介绍说，“而涵洞的埋深取决于跑道部位必须埋设的深度。由于跑道上滑行的飞机重达200吨、甚至300多吨，涵洞从下面通过、形成如此大的空洞，涉及飞机滑过时道面会不会塌陷的问题。为此技术上采取以下措施，首先涵洞必须埋得深些。通过计算知道，涵洞埋得越深飞机荷载传到那里就越小，当然施工难度也越大，而且下游自然排水也有困难，所以考虑各种因素要找一个平衡点。其次150钢筋混凝土涵管配置要双层筋，增加承受外载的能力。另外加强涵洞基础，也做成钢筋混凝土，避免不均匀沉降形成纵向断裂。预制涵管是一米一节，因而施工中做好节头，防止渗漏水那是非常重要的，不然渗漏出的水泡软了土基，会产生局部沉降，那后果不堪设想。我啰啰唆唆说了这么多，是不是挺烦人的？"

"不！有意思，有意思，穆技术员给我上了一课。"区源平饶有兴趣地回答说，"我在想，跑道部分有飞机滑行，会有一定的荷载，但其他地方飞机不去，怎么涵管都做成一样的呢？"

文昊听了思忖，这可是位爱动脑子的主儿，不可小觑。同时一位非专业人士能提出如此深入的问题，让他不由得感到敬佩。他回答说："是的，外表上是一样，但内部配筋就相差很大，还是穆技术员继续回答吧。"

"是的，老文说得对。"穆圣东心想这个区秘书不简单，能发现问题、提出问题，这就已经解决了问题的一半。于是，他面对区秘书继续说："预制的150涵管在结构上有两个品种，埋设在跑道下部的配筋是特别增加的，你看就是那些摆放在原跑道端一头涂了红色油漆的那一种。用这种标记来避免运输、埋设作业中混乱、错用的情况。涵管内钢筋配置是依据其埋入后所承受的外力，以及在吊装时的外力来考虑的，一节涵管重达四五百公斤，一不小心就会在吊装时破裂。所以吊装时哪边朝上、哪边朝下，连钢丝绳套在什么部位都有明确规定。”

“今天真是有幸，能听到你们的介绍和讲解，谢谢。”区源平很高兴地说，“修建机场真是一件很科学、很有学问的事。今天我还要去北头转转，以后有机会再向你们学习。”

“不客气，不客气。”文昊与穆圣东异口同声地回答，文昊接着说，“以后在工地常见面，我们再随便聊。老穆，我也要返回了。”说完他们目送区源平朝北头走去，文昊也离开现场折回指挥部。

这些天穆圣东又是预制厂、又是150涵洞施工现场来回跑，目的是让吊车司机和安装人员熟悉技术上的要求，千万不能错误操作，那会造成涵管破裂或内伤，甚至吊装上不安全——砸着人员、砸坏设备。直到吊装、运输各工序做得相当规范时，穆圣东心里才稍微踏实一点。那条又宽又深的沟槽中挖出的土方堆在北侧岸边，可能因为土挖松了体积增大，堆得又宽又高，而这些堆着的土是要留作回填用的。沟槽南岸摆放涵管等，作为施工用地。好在沟槽所处位置土质很佳，加上是在旱季雨水少，两边土坡稳定，没有出现垮塌现象。

一天，施工员武鹏拿着测量资料前来请示。这个武鹏是1955年第一批入伍的义务兵，四川达县人，个子不高人挺机灵；当兵多年，对工程施工业务方面比较熟悉，穆圣东平时也蛮信任他，把任务交给他可以放心。武鹏操着四川口音开腔说：“穆技术员，150涵洞已经有20多米挖到要求的深度了，这里是测量队提供的原始记录，按照计划该打钢筋混凝土基础了。”

“昨天我在现场感觉到是差不多了，”穆圣东边看测量记录边说，“这件事咱们得抓紧，开挖这么大、这么深的一条土沟，晾在那里时间一久总不是个事情。现场拌和机已试车，沙石、水泥材料已备齐，水电也接通，明天就打基础，你去通知吊车司机一上班就到作业地点。”

“要得，”武鹏顺口吐了一句四川话，“我这就去通知。同时也告诉拌和机司机和民工队。”武鹏机灵地把事情都想周全了。

第二天天气真是美妙极了，红日当空，看来老天爷也来帮忙了。150 涵洞工地今天显得分外热闹，汽车吊来了、拌和机轰隆轰隆地在试车，沟底人头涌动、岸边人声嘈杂，形成一幅动人的立体景象画。

穆圣东早早来到了现场，当他依次检查各项准备工作并感到比较满意时，看到陈伯庭在文昊陪同下也来到了工地。他过去打了招呼后简要地汇报了准备情况，在陈伯庭的认可下，他告诉武鹏可以通知开工，伴着一声高调的“要得”，武鹏很快地消失在人群中。

这边固定好四个脚架的汽车吊缓慢地转动了吊杆，把摆放在南岸边基础用的长块钢筋网轻轻吊起，转身后慢慢放入沟中，沟底施工人员趁钢筋还悬在空中时，推动调整位置将其放入两侧模板的中间，并用准备好的水泥预制块间隔着垫起钢筋网，让它悬空而不是贴地放置，然后解开吊索，汽车吊升起吊杆。那边拌和机也已开始拌料，将拌好的混合料运送倒入一个一端带有尖嘴出口的长方形大料斗中，再由汽车吊吊入沟中，倾倒在基础模板内。混合料齐平模板后，用平板震动器一板一板地震实。然后测量、修正模板使其标高符合设计要求，再通过边震边拖弄平表面，最后用铁抹子以模板为准将表面抹平。不到一天时间就按计划完成了初段基础施工。

陈伯庭、文昊他们在现场看了一会，觉得进展挺顺利的，就跟穆圣东交代了一些事情，随后便沿跑道向北去看土方施工情况，一路上边走边说。

陈伯庭感慨地说："穆技术员很有组织能力，你看，基础施工被他安排得井井有条、不慌不乱，这种施工让人觉得放心。"

"是的，"文昊接着话说，"老穆在学校时学习可认真了，由于是调干生，文化基础差一些，因而就加倍努力，学得非常刻苦……"

当150涵洞钢筋混凝土基础养生达到要求时，穆圣东他们就准备下管子了。是日上班时，又遇到个好天气，150涵管摆放在沟槽南侧成一条线，在涵管与沟槽岸边留出了汽车吊的路。汽车吊已在该路段上，拌和机操作手也已试车完毕，测量人员在基础上放出中心线并标记在基础顶面，各类人员也到齐并已各就各位，穆圣东便通知可以开始安装。只见吊装工人把已套在一节涵管上的钢丝绳的另一头，套在汽车吊的吊钩上，吊钩慢慢上升使绳索拉直吃上力，待工人离开后吊钩提升，在一个戴着安全帽、佩戴红袖套的工人吹着不同哨音的指挥下，涵管离地，吊臂转向沟槽上方，缓缓下放，稳稳地落在基础上。然后脱开钢索，升起吊钩转向岸上吊装下一节涵管。吊装两三节涵管后，司机将吊臂放置在车顶钢架上，逐个收起撑脚，行驶到合适位置再安装四个撑脚，继续吊装。在沟槽底部已准确就位的涵管两侧浇捣管枕混凝土，使其稳固。吊装 150 涵管第一天的工作量很顺利地完成了，开了个好头，在四总队建立以来这是第一次。下午收工时，大家心情舒畅，因为他们做了前人没有做过的事情……

在管枕混凝土养生到期后，开始做涵管接头。这可是个细致的活儿，施工员武鹏挑选了几个做事认真的民工，先把接缝的周边清理干净，用少许柔软的散麻塞入缝隙下部，再用高强度水泥浆塞入缝隙，然后在接缝处用水泥浆做一个宽约 20 厘米、厚约 4 厘米的管带，从外部封死接缝——这种做法称为“硬接缝”。难道还有“软接缝”？还真是有的，那是用一层油毡浇一道沥青，一般“三毡三油”把接缝包起来。对于涵管基础允许少量不均匀沉降的、小直径的机场道路下部的涵洞就采用这种做法。

一天，武鹏去找穆圣东，当他敲门跨入不大的宿舍兼办公室时，一眼看到穆圣东正在缝补军外裤，顿时惊呆了。

“穆技术员，”武鹏奇怪地叫喊说，“你还有这一招‘技术’呀?”

“来，来。”穆圣东招呼着武鹏说，“那天在工地不小心钩破了，好在没伤到皮肤，今天就来处理一下。当兵的洗衣补衣、炒菜做饭应该样样都会，当然做得好不好那是另一码事了。你来找我有什么事?”

“是这样的，我有一个想法不知当讲不当讲。”武鹏怯生生地问说。

“讲，讲。我们之间可以随便讲、随便问。”

“是这样的，”武鹏大胆地说，“那天我好奇地猫腰走进150涵管里一看，可能我个子小，里边还是挺宽敞的。走着走着，我发现接缝处露有麻丝，有的能拔得动，有的不行，所以我想……”

“在管内再塞缝。”他们俩异口同声地说出，然后击掌、相视大笑了起来。穆圣东思忖，真是个好后生，不但工作责任心强，而且肯动脑子……

想法一致就有利于行动，武鹏挑选了两个矮小些的民工进管塞缝。操作中发现两侧和下部很容易就塞满了，而且能把补的水泥浆外表面抹光；难的是顶部，要挺胸昂首来塞，缝料一下子又进不了缝内，掉落的浆比塞入缝内的多得多，当然慢慢多塞几次也就成了，真是费尽了心力。

区源平一去二来跟大家都熟了，那天他又找到场建科，进门就喊：“早呀，章科长！”

章玉贵回头一看立即迎上来说：“你早呀，区秘书。文昊快去倒杯水。”

“不用啦，千万别客气。我知道工地条件艰苦，咱们就说事吧。”

“那好，”因为比较熟，章玉贵也直截了当地回答说，“请坐下说，什么事？”

区源平开始陈说：“还是150涵洞，有一天我们路过一看，好大一个洞口噢，小个子简直是随意出入。我在想建成后洞口是怎么处理的，不会很容易进出吧？”

工作很主动的文昊在听说 150 涵洞时已去资料柜找出设计图纸了，翻到洞口那一页凑近来边指划边说：“洞口处安装有钢筋网格，洞口前设有跌水井，看来主要是防止小型动物闯入。”

区源平认真看了一会儿图纸后说：“这可不太安全。美帝国主义和国民党反动派早就探听到我们在扩建白云机场，他们哪会善罢甘休；国内那些阶级敌人对扩建工程也是虎视眈眈，所以我们党提出要以阶级斗争为纲那是非常正确的。150 涵洞洞口设计如此简单，不怕阶级敌人来搞破坏？譬如说进洞给你装点炸药爆破了怎么办?”

对于这样的分析，章玉贵与文昊面面相觑，无法回答，但觉得有道理，设计上的确没有考虑防止破坏的措施。愣了一会儿，章玉贵回过神来说：“区秘书分析得有道理，这是设计思路上的欠缺，我们立即同广空后设计室联系，请示修改设计，加强洞口的防护。文技术员，你去找一下现场设计代表，沟通一下。”

“是。”文昊立即答应着说，“我这就去找他们，今天下班即可把问题带回去。”原来因机场工程指挥部要求，设计室派有现场设计代表，不是固定某一个人，而是天天有人轮流在工地，解决设计方面发生的问题。

4

机场北部土方工程施工准备工作进展神速，这不，树也砍了、房也拆了、塘和田中的水也放了，整个现场一目了然。本来机场北部地形变化不大，比较平坦，没有大挖大填的工作面，所以土方施工很快就到达跑道道槽土面标高。由于道槽土基技术标准比较高，土方施工“卡壳”了，几乎处于停顿状态。负责土方工程施工的一、二大队反映跑道道槽遇到了软土土基，提请机关实地研究解决。那天，陈伯庭邀集了场建科科长和一伙技术人员组成的“大队人马”前去一大队施工现场，并请二大队瞿世毅等技术人员同来，相当于开了一个现场土方施工技术“研讨会”了。

按照操作规程，当挖至道槽土基面（称原地面）时，若能承受12吨压路机辗压两遍没有“不良反应”——如不均匀沉降、“翻浆”①、甚至塌陷，那就可以在其上部铺垫片石基础。但是当前情况是大批已达到设计标高的道槽土基原地面辗压达不到《规程》的要求，好大一部分是表面“翻浆”，有少部分因土面太软甚至上不了压路机，怕有塌陷的可能。大家围着道槽七嘴八舌地议论开了。

钱副贵根据他的经验分析着说：“依据实验室土质分析报

① 注：“翻浆” 土方工程施工中一种弊病。各类土质均有一个最佳含水量，在这种状态下辗压土方能达到最佳密实度，即能够压实。但当土中含水量超过最佳含水量时，被辗压的土方会出现这样一种状况，在压路机轮下土方表面下沉，但当压路机轮辗过后，土方表面会反弹起来无法使土方压实，成了“橡皮土”的现象，称为“翻浆”。

告所提供的资料，当地土质属黏土、亚黏土，由于原先机场北面大部分是水田和那种泡着水的菜田，所以土质含水量过大。过去我在湖南机场施工中也经常遇到这种情况，不能算是问题，只要有晴天，晒它几天就可以辗压了。”

“钱工的分析是对的，”一大队史家锡应声说，“在湖南工地我们遇到不少这种情况，晒它几天、十来天，在土中水分含量合适时，上压路机一压就成了。但是那时工期比较长，我们等得起。这里是白云机场，工期这么紧，哪能等着它晒干呢，实在是拖不起呀。”史工发言实事求是、相当中肯，不少人点头称是。

议论出现了冷场，大家思考着这种严峻的现实，似乎空气凝固了、人们的嘴巴也僵住了，有搓着双手的、有抓后脑勺的……不仅仅是时间上等不起，因为广州虽说已进入“旱季”，但是过那么十天半个月也会来个寒流、冷空气什么的。给你下个一两天雨，雨量可能不大、时间可能不长，但对于这种软土施工，老天额外再给增加些水分，那可真是雪上加霜、屋漏偏逢连夜雨了。

“我有一个想法不知道行不行，”文昊有点缺失信心、怯声怯气地说，“这种含水量过大的土质对工程来说无非是影响土基的承载力和土基的稳定性。我记得在湘南机场施工遇到过类似的情况，那是一种湖南典型的红色黏土，也是在道槽部位，是一个小局部，面积不大，也因为含水量大而压成‘橡皮土’。那时也是因为工程不能拖、而且数量又不大，就下决心挖去‘翻浆’的红土，换填大片石，再上 12 吨压路机后不仅承载得起，而且很稳定。”

“是这样的，”瞿世毅接着话说，“那次是发生在我们二大队施工区域，文技术员担任总队机关与我们大队的联系人员。当时正好我在休假，回来后听说这件事，我还直夸文昊处理得当、果断利索呢。”

朱寿定技术员疑惑地说：“文技术员说的挖去软土换片石取得了成功，但那是小面积的，现在看来是大面积的地区要换，哪里去筹划那么多的大片石呢？如果能找到含水量适中的好土，可以换土逐层夯填起来，也能保证土基工程质量。”

“这个地区都是平平坦坦的，”章玉贵科长分析说，“机场范围内很难找到适合填土的好土。问题还在于填土要分层夯实，进度很慢，一旦下场雨，填土区被雨水一泡，不又成了含水量大的软土了？过去工地有过这种经历，换了好几次土才填成功，看来这个办法需要斟酌，我看至少在这个工地不现实。”

朱寿定很快接上话说：“还有一个问题，如果挖去软土下面仍然是软土，那怎么办？要挖多深呐，把地球挖穿？”大家被他又幼稚又幽默的话语给逗笑了，严肃的氛围出现了一丝轻松。但是由于问题没有解决，大家回过神来后又继续思考。

“关于飞机荷载传递深度问题，我曾经算过，”文昊思索着介绍说，“不过那时算的机种偏小，现在可以按使用的大型机种重新算一下。但荷载传递曲线特性是不会变的，即混凝土道面承受和扩散最大部分的压力，随着深度增加荷载影响会很快变小，我算过的那种飞机的结果是影响到道面下不到2米。”

陈伯庭听着大家的发言，心里直犯愁，思考着如果用片石换填软土的方案，他估摸了一下得好几万立方米。还有没有其他方案可以选用，这个决心怎么下？

“我看这样，这是一件迫不及待、耽误不起的大事，”陈伯庭心中犹豫但掌控着议论方向，明确地说，“两个大队尽快统计一下当前发生‘翻浆’的软土土基的面积，文技术员用设计的机种重新计算一下荷载传递影响曲线，另外大家再考虑一下还有什么处理方案。我们今天下午……不！明天，明天上午吧，我们这些人都参加，在指挥部会议室接着讨论。”

真是天有不测风雨，人有旦夕祸福，世事难料。当日下午吹起了东北风，云层变厚、天色变暗，上午天空还湛蓝无云，转眼下午就变得灰雾蒙蒙。厚重的云雾不仅是悬挂在天空，更是压在人们的心头，参加扩建工程的的干部、技术人员是看着天、揪着心，压抑郁闷，那种无可奈何的心情，实在难以形容。果不其然，傍晚后天空就纷纷扬扬飘起了细雨……

第二天还在下着小雨，指挥部会议室早已坐了不少参加开会的人。章玉贵一上班就率领着科里的人赶去了，进门后他与文昊找了个后排位子刚坐下，一二大队工程师就各派人给文昊送来了一张纸，文昊接过后向两位工程师点头示意。之后他环视了一下会议室，好家伙来的人可真不少。除了昨天在现场议论的各大队技术人员外，总指挥部来了人，军区空军后勤部也来人了，有设计室主任工程师俞鸿斌和当天的设计代表董荣卿等，文昊见到了颜有灿，二人远远相视招了招手。除此之外，总队和物资科都参加。从参加会议人员来自众多单位看，就知道这次会议的重要性、紧迫性和特殊性。

会议由吕冀川主持，陈伯庭主讲。首先陈伯庭介绍了跑道北延长段土方施工情况，并把昨天的现场情况以及议论的各种观点详详细细地重述了一遍。接着，他公布了现场土质试验成果——颗粒分析和物理特性，并介绍了土质含水量与压实度曲线关系，以及最佳含水量值。然后深入分析了天气对土质含水量的影响，并提出当前唯一可行的改善软土地基的投抛大片石施工方案……林林总总讲述了一个多小时，在讲话结束时，陈伯庭让场建科再作一些补充说明。

章玉贵站起身说："昨天现场碰头后，我们回去计算和汇总了一下，现在由文技术员向大家汇报。"

"各位领导、同志们，"文昊虽然手中拿着几页稿纸却没有看，站起来就说，"道槽土方施工情况陈主任工程师已经详细介绍了，昨天下午我们按将来使用的大型飞机核算了一下，飞机荷载传递深度可达到 2.5 米。除去混凝土道面 40 厘米、片石基础 30 厘米，也即换土深度需要 1.8 米。另外，刚才两个大队统计了跑道北延线道槽需要处理的软土面积，我加了一下约占道槽总面积的 1/4，从而得出跑道道槽约需大片石（或叫块石）3.8 万立方米，再推算滑道、联络道道槽可能出现的软土面积，总共宜按 5 万立方米的数量来备料。"

会场里骚动了起来，大家交头接耳，议论纷纷。

吕冀川曲起食指轻轻击敲着桌子，示意大家安静，然后他开始说："同志们，情况是严峻的。回忆我们刚到工地绕场踏勘时就看到了北部的水田和特殊的'一沟水一垄土'的菜地，当时就听到场建科同志在议论，'那么多水，肯定会出现软土土基'，现在果然出现了这种情况。前两天我问了文技术员他们原来是如何考虑的，文昊告诉我，当时制作石料计划中准备了 5 000 立方米改善软土土基的片石。现在看来是远远不够的，情况比想象的严重得多。当然话要说回来，如果预先计划了几万立方米片石而没有出现那么大面积软土需要处理，那也是不得了的事，几万立方米可堆成一座小山，那全是不能吃、不能喝的家什！”会场上响起一片笑声……待大家安静下来，他继续说，“所以面对现实，我们只能向前看，想方设法去迎接困难、去解决问题。我希望大家不要在下面议论，请一个一个地发言。”

会议室突然平静下来，出奇的平静，好像时间凝固了、地球都不转动了。这都是软土给闹的，过去施工中这仅仅是一个小问题，一个大队技术员、施工员都能轻易处理解决的问题，现在倒成了一个大问题，一个特大的问题，把这么一屋子领导、技术人员变成“哑巴”了，大家都焦虑地静坐着……

“怎么啦，思考得不够成熟，还不好发言？”吕冀川等得有些不耐烦后说，“你们不主动发言，我只好点将了。请军区空军后勤部设计单位先讲一讲。”

设计室主任工程师俞鸿斌缓缓地站起身，清了清嗓子开始说：“我来说说，前几天现场设计代表已经把道槽土方施工中出现软土的情况告诉了我。在南方到处有水田、水塘，所以施工中遇到淤泥、软土那是经常发生的，但是白云机场扩建工程比较特殊，一则软土面积特大，二则施工时间特短，使得矛盾尖锐突出。我们相信建设四总队有经验、有能力解决这道难题，作为设计单位我们要求满足土基的承载力和稳定性即可。”

吕冀川听后心想，到底是旧知识分子，说话四平八稳。说是支持抛石方案吧，没有明确表态；说不支持吧，他提出的两个条件抛石方案都能满足。联想到陈伯庭同样是主任工程师、留用人员，但责任心就强多了，他敢于拿主意、勇于承担责任。暗暗庆幸四总队没有“摊”到那么一个主任工程师。

吕冀川回过神来继续点将说：“一大队史家锡工程师说说。”

“这么大规模、这么高规格来讨论道槽软土处理这可是破天荒的第一次。”史家锡说话挺幽默，会场上有轻轻的笑声出现，但他却表情认真地继续说，“所谓‘软土’，就是黏土或者亚黏土含水量大了一些，若能将含水量减少到最佳含水量，它就是好土。过去施工中遇到，处理非常简单，晒干些或换那种干一些土来填实即可，土方施工就是这么‘土里土气’的。但现在晒干没时间、想换也无好土，只能抛大块片石了。当然我们只要有石料、有人力保证，一定能完成任务。现在球踢到了物资部门，怎么在短时间内筹划到大量大片石，这是症结所在。”史家锡说话既实在又风趣，而且抓住了关键，会场上众人的目光不约而同地在寻找或转向了物资部门。

吕冀川比较满意史家锡的发言，赞许地示意他坐下，然后迅速转向物资科长说：“黄道喜科长说说。”

黄道喜早已料到今天的会议实质上是针对物资部门的，好在已考虑了一些预案，因而胸有成竹地站起来说：“前两天已听到风声，道槽土方施工出现了软土，好像主要的、仅有的办法就是抛大片石。广东及其附近石头是多得很，问题是短时间内能否开采出这么大的量，在要求的时间内能否输送到白云扩建工地。我们了解到东南方向樟木头石场已形成生产规模，而且可以进行铁路运输，这是我们的首选。另外形成生产能力的有狮山石场、东坑新山石场等，但是运输却要依靠公路。当然我们会继续了解具有生产规模和运输条件的新石场。如果总队下了决心，请总指挥部和地方政府大力支持并下达生产供货任务，我们会竭尽全力组织片石进场，满足土方施工的需要。”

听了黄道喜讲话后吕冀川心中又是一个满意，“凡事预则立，不预则废”，看来问题的解决有门儿，原来物资部门未雨绸缪、已有准备。他扭过头与王光华、陈伯庭耳语了几句，陈伯庭表示他没有什么要讲的，请总队长下决心。

接着吕冀川面向与会者作了总结性的发言：“同志们，下面我只重复、明确几点，一是由于时间紧迫，跑道延长部分道槽软土处理采用抛大片石以稳定土基和提高承载力的方案；二是已经进场的 5 000 立方米片石立即分给一、二大队领用；三是政府机关、总指挥部以及广空后勤部机关来参加会议的代表，请你们把会议情况马上向领导汇报，总队机关各对口单位会后立即行文报告，请政府、总指挥部大力支持片石开采定点和组织进场的工作；四是总队物资部门迅速抽调人力采集片石、组织进场，抓紧办手续和沟通工作，避免出现生产、运输上的‘卡壳’现象，做到‘今日事今日毕’。下面请政委讲话。”

王光华起身言简意赅地说：“同志们，今天的会议开得很好，不长，但很有效果。白云机场扩建工程能否高质量地按进度完成，目前最大的绊脚石就是，能不能及时组织片石生产和进场。千万别小看这几块片石，这可是关键，这就是大事，这就是重中之重，这就是政治，大家切勿掉以轻心！会后各单位抓紧行动、落实，我们是要论功行赏的！今天的会议就开到这里，散会。”

散会时没有掌声、没有喧哗，人们静静地散开，空气中充满着凝重、严肃的气息。

5

临近春节，冷空气隔三差五地光顾广州地区。冷空气一来不仅会降温，而且必不可少地带来几天雨水，时长时短的雨天让人难以预料。但是1964年春节期间情况异常特殊，广州地区尽管时不时遇到寒流或冷空气南下，却很少有雨意，大半是雨雾蒙蒙，或者下点雨丝，这是一种一般在春季时常出现、被老百姓称为“毛毛雨”的雨。气象学可是一门大学问，大家对于这种天气无法解释，又百思不解。也有人归结于冥冥中存在一种力量——天意，对，是天意。古代小说中不是常出现“天助我也”的词句吗？唉，这么巧，让四总队给遇到了。当然对于参加白云机场扩建工程的人来说，是异乎寻常的喜悦，他们利用这种“好天气”抓紧施工，特别是道槽软土处理项目。但是搞工程建设的人是一群唯物主义者，并不认可这种唯心主义的“天意”、“天助我也”，关于对付雨天施工，他们扎扎实实地采取了许多极其严谨的措施。

首先要集中力量一块一块地进行处理，而不是“遍地开花”，即投入尽可能多的劳力迅速完成一个坑的软土挖掘，然后及时抛石回填，甚至是挑灯夜战、连续作业，以减少基底暴露时间，避免可能有的雨水的湿润浸泡。其次，软土坑口边缘挖有截水沟，避免下雨后地面径流汇集到坑内，另外坑底要形成一个斜坡，并在坡的低处挖有集水井以利抽排。除此之外，还准备了各种口径的潜水泵，这种泵的特点是有多深的水就可以抽排多少水，不像常规水泵要求水深必须淹过水泵吸头的一定高度后才能抽水。开挖软土坑前还要预估它的体积，在准备、堆放好需抛数量的片石后再开挖等。按照这些措施——当然并不是每条都要用上，一、二施工大队抓紧利用这“天赐”的好天气，恨不得一天当两天用地投入到软土处理工程的施工中去。

不管是白天或是黑夜，你只要一踏入北部土方施工区，就可听到那嘹亮的粤语劳动号子……

行呀、行呀，慢慢行呀；小心抬起，别砸脚呀。

行呀、行呀，慢慢行呀；机场有难，吾辈相帮。

行呀、行呀，慢慢行呀；菜田下面，烂泥猖狂。

行呀、行呀，慢慢行呀；我抬大石，往下抛呀。

行呀、行呀，慢慢行呀；地基结实，飞机过呀。

行呀、行呀，慢慢行呀；建好机场，哈哈笑呀。

当人们进入北部土方施工区，就能看到民工们汗流浃背地抬着大石，还有大量平板三轮车装载着大石来往于道槽土基内外，若是从空中鸟瞰，像极了“蚂蚁搬家”般密密匝匝，一刻不停地穿梭的景象。

机场扩建指挥部领导和机关人员抓住重点不放，几乎每天都要去工地，及时发现问题、解决问题。一天，吕冀川约着王光华，在场建科人员陪同下来到了工地。看到民工们用双轮板车从平地区把卸在铁路线边上的片石运到跑道道槽边，再两个人一根抬杠、唱着号子把大片石抬到软土坑边沿，土基较硬的地方就用三轮平板车倒运。人群不断往返，这股气势让王光华回忆起淮海战役他负责民运工作时，那些民兵、老百姓推着独轮车，肩扛人抬地运送粮食、弹药支援前线的情景。中国的老百姓蕴藏着无穷的力量，解放战争靠他们、建设新中国也是靠他们，再回溯到中国革命的各个阶段，都是靠他们推动着历史的前进……正当王光华思绪万千时，突然看到一老一少抬着大石，年轻人走在后面，明显地把抬石套绳拉在靠后的部位，而且他走路有点瘸，再仔细看年轻人套着一双破布拖鞋，有一只脚好像还包着什么。

等到他俩卸掉石头后，王光华赶到跟前询问说："年轻人，你贵姓呀，脚怎么啦？"

"他姓欧，是我的儿子。"那个年纪稍大的民工抢着回答说，"前两天不小心脚让大石头碰了一下，他觉得问题不大，所以坚持来上工了。"

王光华关心地说："去医务室看了没有，怎么没有穿双像样的鞋呢，这位大叔如何称呼呀？"

"不客气，不客气。我叫欧志勇，这是我大儿子大雄。"欧志勇回答说，"来工地他就穿着布鞋，这不有一段时间把鞋都穿烂了，也没有时间去买……"说话间王光华他们发现有不少人穿着已破的鞋，也有人光着脚在干活，看来鞋的问题具有普遍性。王光华与吕冀川耳语几句后，对欧志勇说："这位大叔，你们能父子同来参加机场工程建设，实在让人感动，你们辛苦了，我代表指挥部谢谢你们。"

"不敢，不敢。"欧志勇抢着说，"我们是同辈、同辈。至于修机场是我儿子再三坚持要来，他说与美帝、反动派作斗争，年轻人也应出一份力。"

"你们的行动激励着我们，"王光华感动地说，"我们一定好好向你们学习。关于鞋子的问题，指挥部一定设法给以解决。你是哪个中队的？能否请你们队长来一下。"

"好的、好的。"欧志勇一边回答，一边环视工地，民工间相互传着话，一会儿就把民工三中队古广仁队长找来了，欧志勇父子继续去抬石头，离开了。

第一施工大队管辖的民工三中队是个模范中队，在队长古广仁的领导下，月月超额完成任务，经常受到各种表扬。这个中队成员来自越秀区，有工人、营业员、教师、高中毕业生，也有部分是无业居民、闲散人员，而古广仁来自街道办，职务是副主任。组建工作非常困难，来自社会不同阶层、档次，各行各业的人相聚于一个队里是件很不容易的事，何况在城市里很少有人参加过这种劳动强度很大的重体力工作。这些"手不能提，肩不能挑"的城镇居民，劳动一天下来后便无精打采、腰痛背酸，连饭都不想吃、澡都不想洗，只求尽快躺下休息。古广仁看在眼里、急在心中，他不断地跟大家做思想工作，宣传工程的重要性，大会讲、小会讲，集队时讲、个别情况也讲，让每个人感觉到身负的光荣伟大的重任，能参加白云机场扩建工程是一种骄傲，是千载难逢的机遇，是日后老了向儿孙们回忆的资本。另外，他尽快熟悉队里的人员，与大家促膝谈心，了解大家的喜悦与苦衷，合理安排生产劳动，调配好伙食，照顾体弱人员，因而这个队长在队里很有威望，能够把大家团结起来。

古广仁一来就认出了文昊，因为经常在工地相见，一起说过话，便先打着招呼说："文技术员，你们来了。"文昊急忙相互间作了介绍。

王光华询问了民工队的情况，古广仁回答说："我们中队来自越秀区，总共198人，大部分是市民，全队有一对父子、两对兄弟同来的。刚才欧志勇父子是一对模范，重活苦活抢着干，和大家的关系非常融洽。儿子欧大雄那天脚被砸了一下，还坚持搬运石头。是我硬扭着他去医务室擦了药，但包扎后他继续干活。"接着他话题一转说，"首长找我不知有什么指示，我干得不对的地方请批评。"

王光华听后觉得这个队长干练、机灵，表扬地说："抬运大石是个重体力活，你们中队的人斗志昂扬、表现不错，要感谢你这位队长领导有方。"

"不敢当，不敢当。"古广仁抢过话说，"修机场是为了与美帝国主义、蒋介石反动派作斗争，群众阶级觉悟很高。我可没做什么，只是每天安排具体工作、下达任务而已。"

"是这样的，"王光华切入正题说，"今天我们到工地发现不少民工光着脚干活，都解放这么久了，还如此艰苦，况且很不安全。所以我们决定给大家发一双解放鞋。请你统计一下你们中队人员每个人穿鞋的号码，尽快报到一大队，待一大队汇总各民工中队后再报给指挥部。"

“好呀，好呀。”古广仁一听高兴地喊了起来，心想我一直在发愁的问题终于解决了。在工地施工穿皮鞋吧，那太贵族了，划不来；穿布鞋吧，太平民了，而且不牢，对付不了几天。现在能发解放鞋那可太好了，解放鞋穿着合脚、舒适又耐用。他激动地说：“感谢首长的关心，我马上去统计号码，尽快报上去。”

尽管民工们付出了千辛万苦，限于条件他们在工地的生活却极其一般。居住的工棚是搭棚公司用竹子搭成的，墙用竹篾席围成，一定间隔开一扇那种可以用竹竿撑开的窗，窗扇也是用竹篾席做的；棚顶用双层油毛毡铺盖，可以想象得到当太阳直晒后棚内温度之高，用“热如火炉”来形容是一点都不夸张。而雨天经常是外面中雨，棚内小雨，很是烦人。棚内两边靠墙架立着长长的通铺，每位民工分有一个单人的铺位，两个铺位间用一块不高的木板隔开，每人配发一顶单人蚊帐。铺位稍长一些的，可以留出靠墙的一截作为放置个人物品之用。每 200 人左右为一民工中队，设有队长、指导员、副队长和司务长进行管理。每中队为一伙食单位，配有几名炊事员，伙房也就是一个做饭的工棚，没有食堂。晴天就从伙房窗口轮流打了菜，各自到饭桶中盛了饭，在附近空地蹲着、站着吃；雨天只能躲到工棚内，在床上、铺前挤着用餐了。工棚门外平行地用砖砌了两个长溜溜的洗漱台，接有自来水管子。厕所离住的工棚有相当长的距离，也是一个用竹竿篾席搭成的旱厕，尽管粪坑挖得很深，仍是坑底蛆虫乱爬、尚未进厕就闻到臭气熏天。民工们往往是点燃一支香烟去出恭，也有人训练到三五分钟拉泡屎，速度惊人。

民工队一般不接受来客访问，因为实在是没有条件“款待”。但是这么多人员，总是有些亲朋好友，或是特殊情况前来找人的，遇到这种事相当尴尬，吃饭还好办，借副碗筷去伙房打饭；若来的是兄弟、父子要过夜，就勉强在自己的铺位上挤一挤；伤脑筋的来客是自己的妻子，偌大的工地到处是工棚，哪里去找什么客房。当然“富有者”可去附近新市住小旅馆，但大部分经济拮据的也只好挤在自己的铺位上。平时，每夜在大工棚内咬牙、放屁、梦话不断已经够热闹的了，这下可好，蚊帐一下、黑灯瞎火的，任他们俩去搞什么“怪异动作”、“地动山摇”。不过，相邻铺位的人却感到很不自在、很不是滋味。女同胞要“方便”，也只能跑到几个民工队共用的，也是竹竿搭建的、小小的女厕所了。

当时尽管三年自然灾害趋近尾声，但市场上物资仍旧稀缺，各种高价食品依然行销，对于普通老百姓来说一般是不敢问津的。广州市政府安排有关部门大力组织各种物资的供应，以保障扩建工程顺利进行。在这样的大环境下，古广仁领导的三中队狠抓食堂的伙食，的确是关键之举。他安排了一个得力人员当司务长，合理购置菜蔬肉食，常买些既营养又便宜的猪头肉、猪下水；买菜即使走远点也要货比三家；荤素搭配合适，不断调换花样，充分发挥炊事员的积极性，让中队民工吃得饱、吃得可口，从而使大家在如此大劳动量的工作中，体力还能得到充分的保证。

民工们怀着满腔热情，为了祖国、为了毛主席，日夜奋战、与老天爷抢时间，硬是抬呀、抛呀，用了大约一个月的时间，搬运了五万多立方米、每块重一二百斤的大片石，把延长部分道槽软土置换了。所以说白云机场延长部分的跑道是建筑在他们用大片石填实的基础上的，更是建筑在民工的肩膀上的，这可一点不假，一点没有言过其实的成分。民工们默默奉献、苦干实干的精神，应该在机场建筑史上浓浓地写上一笔，应该在广州市地方志上占有其光辉的一页。

6

古广仁善于交际，跟施工大队、医疗室以及民工大队干部都熟悉、都谈得来。这不，他知道一大队工程师史家锡好吃些有营养又稀奇古怪的食品，爱吃的程度相比广东人有过之而无不及。史家锡有一个理念，人的身体、健康就是靠吃来支撑和维持的。我想吃什么说明身体缺什么，很自然的事；想吃辣了，说明体内缺“辣”，一辣出汗，身体每个毛孔就通畅了，舒服啊。人生就是要有一种瘾，要适度“中毒”，恰到好处的“坏”，不然有什么乐趣？他自已就因为好吃并且什么都吃地过了几十年，所以身体结结实实，从来不生病。他经常挂在嘴边的话是“我们长年累月在工地，面对着土丘、洼地，土方、混凝土，生活单调乏味，再不热衷和操办着吃一点，那也太没有生活情趣、太不爱惜自已、太苛刻自已、太对不住自已了……”说到这一段他会渐渐加重语气、声调逐步提高，不断地“太……太……”挺有意思的。他始终认为人在吃到令人愉悦的食物时，身体反而会分泌出一种使人振奋、健康的“激素”。

前几天史家锡对着古广仁念叨能否搞只兔子。古广仁回中队后向司务长交代过此事，谁知有一天，司务长不知从哪里弄到了一只剥了皮的兔子，古广仁用手掂着匆匆赶到一大队现场指挥所工棚，未进门就喊着说："史工，史工！你看我给你带了什么来？"

史家锡一看是只挺肥的兔子，高兴地堆着笑脸说："好呀，好呀！古队长真有办法，这是从哪里买到的，多少钱？"

古广仁知道史工的脾气，他从来不吃白食，平时帮他捎带些猪尾巴、猪蹄子、鲜蘑菇什么的，他都坚持问清价格付钱；你若不收钱，他不仅跟你急，而且日后不要你办任何事了。事后古广仁了解到他是留用人员，当然工资不低、用钱也挺大方。所以古广仁每次都照实地收钱，这次也不例外。史工付钱后，叫统计员去冲洗兔子肉，砍成小块放在锅内炖着，他就忙着到工地解决施工出现的问题去了。史工那套烹饪工具和调味品，什么汽油炉、铝锅、砧板、刀、油、盐、酱、醋等一应俱全，够开一个简陋的小灶了。

史工在现场遇见了陈伯庭和文昊，商谈了一阵工程进度和技术问题后，就请两位到现场指挥所工棚内坐坐。尚未进棚就已闻到了一股炖肉的香味，陈伯庭开着玩笑说："老史呀，今天小灶是什么山珍美味呀？"

"一只挺肥的兔子，闻到香味估计熟了，快进去尝尝！"史家锡热情地邀请他俩，大家知道史工好这一口，而且好些人吃过他的"特色佳肴"。于是陈伯庭与文昊也不推辞，进入坐定，史工招呼统计员盛出兔子肉，每人一根筷子，插着一块肉，到盛有酱油的小碗里点一下就吃开了。

"文技术员，你就代我多吃一块吧。"陈伯庭这么吩咐着。

史家锡看着陈伯庭不敢动筷子，关切地说：“怎么，胃还是不太好?”

“是呀，”陈伯庭愁容满面地回答说，“胃经常痛，有时还相当厉害，痛得满头大汗，弯着腰、压着它都没有用。”

“没有去看病、吃药?”史工焦急地追问。

“到卫生队看了。”陈伯庭无可奈何地说，“他们开了些药，什么胃舒平、还有一种香港出的好药胃仙友，吃了暂时管用，但还是经常犯，无法根治。医生说我这是什么十二指肠溃疡，要到大医院去动手术。现在工程这么紧张，哪能离得开呀，撑一段时间再说。”

文昊看在眼里，思绪又飞远了，早就听陈工说过他的胃病是因为常年在工地生活不规律造成的。再加上病了之后又没有好好照看，又好几口酒，拥有一斤八两的惊人酒量，这样折腾下来，胃得了病而且越来越厉害。好在年轻时身体很棒，所以还能挺得住。记得有位作家写过一段经历说，年轻时很想吃花生，却无钱买；待有钱时已经老了，嚼不动花生了。文昊想到现在自己工资不高，夫妻分居两地，父母在上海已年老，每年有一点存款全花在探亲和铁路上了，哪有可能趁年轻想吃什么就买什么？经济拮据不富有，就用最经济适用的办法、最低的代价来保持身体的健康，例如注意生活规律、加强锻炼、不抽烟、不喝酒等，这应该是可以做到的，至少使自己现在没病没痛生活得滋润些。至于能否“长命百岁”，那可是众多因素决定的，目前想不明白，也不去想那么多、那么远了……

“文技术员，文技术员！”听到陈伯庭的喊声，文昊这才回过神来，“你在想什么，是在回味好吃的兔子肉呀?”

大家哄然大笑，文昊尴尬地回答说：“不是的，不是的。”

陈伯庭继续说：“刚才从现场看，软土处理进展还算顺利，最近老天也帮忙，雨天少，所以更要抓住时机。但是片石供应仍不够充分，要不两个大队还可以多开些工作面。你回去后再到物资科催一催，看片石供应进度能否再快些。”

“好的，回机关后我立即去办。”文昊干脆地回答。

七 春节前后

1

1964年2月13日是农历甲辰年大年初一。从1939年开始，国民政府宣布废除旧历（阴历、农历），推行新历（阳历）。对于以农业立国的中国人来说，由于他们是依照农历“节气”去劳动生产、去生活的，人们脑海中对旧的历法仍难以割舍。另外，还由于各种原因，大部分生活在农村的人对新历印象不深、甚至没有印象，认为元旦（圣诞节后新历1月1日）是外国人的节日而有所反感。但是传统的东西不得不接受时代的挑战而有所变化，所以大家也在逐渐接受新历。然而有一种观念和做法是始终保持的，那就是农历十二月要进行一年的盘点和总结，人们需要在享用、团聚并休整后迎接新的一年，在中国老百姓心目中农历正月初一开始的春节，仍是一年中最需要庆贺的、最大、最重要的节日。人们不远千里返乡一聚，共享天伦，过个团圆年。辛苦一年，尽其所有吃好、穿好、玩好、休息好；难得有闲，走亲访友，问寒问暖，以解平日的思念；盘究已过的岁月，筹谋未来的希冀……这些就是春节的由来、内涵和意义。不是好多对联的横批要写“欢度春节”吗？怎么能不欢度！

春节将至，参加白云机场扩建工程的人们和全国人民一样翘首以待能欢欢喜喜过个年，能歇一歇去看望年老的双亲，能与两地分居的爱人孩子相聚，能与热恋多时的丽人成亲……实在是有太多太多牵动人心的祈盼。正当工程扩建总指挥部领导难以下决心如何度过这个佳节，实质上是敢不敢放假时，收到了周恩来总理、陶铸书记和刘亚楼司令员的指示，（扩建工程）“越快越好”，（必须）“按期完成——只准搞好，不准搞坏”。党和国家领导审时度势，从国际政治环境、从与帝修反斗争的需要所作的明确指示，作为扩建工程的直接指挥者——总指挥部只有坚决贯彻执行，就此严肃地作出决定：反复宣传国务院领导的指示精神，做到参加工程的施工人员人人皆知；协调方方面面的关系，特别是场外配合单位，保障设备、材料及时进场配合施工进度，以及施工人员生活资料的供应；采取各种措施加快工程进度，工程质量要百分之百达到标准；春节不放假，各项工程按计划继续施工，组织和调集各种文化队伍、电影放映队前来演出、联欢，让全体施工人员在工地“欢度春节”。

全工地到处在宣传国务院领导的指示精神，整个扩建工程如火如荼地进行着。道面混凝土加盖项目通过试打约30台机位陆续上马，施工逐渐步入正常。场建科包括试验室作为质量监控单位，加紧巡视、取样试验，不敢懈怠。数量上是一天一统计，每天下午收工前后统计员对机位挨个数数、标图；质量上按规定浇捣一定数量混凝土取一组试件。除每天巡视发现问题及时纠正外，一周一检查一评比，还有一个流动红旗，评上第一名可悬挂一个星期。

道面混凝土表面质量包括平坦度，即道面平整程度，用3

米直尺平放在道面上检查缝隙不能大于 3 毫米（相当两根横摆的火柴梗），相邻板高差不能大于 2 毫米，表面无麻面露石等。表面质量各个机组每天自查，施工大队三天一查，全工地每周抽查，记录存档。

保证道面混凝土质量的关键是保证搅拌 90 秒和震动 40 秒，这可涉及强度，是内在质量。但是这些“关键”却控制在多个操作手的手上，“人多手杂”，难免有疏忽的地方。

一天，场建科开科务会，谈论质量管理的事情，章玉贵主持会议，先由试验室汇报取样试验情况。姚志祥先作了总体情况的汇报，说：“全场机位都已试打完毕并正式浇筑道面混凝土，到目前为止每个机位至少取了一组试件，绝大多数的抗折、抗压强度都合格，只有施工二大队 14 号机位试件抗折强度只有每平方厘米 40 公斤（$40kg/cm^2$，标准为 45），抗压强度也只有每平方厘米 250 公斤（$250kg/cm^2$，标准为 300）。现场在哪一仓取的样已做记录并报告了屠文田副大队长和瞿世毅工程师。至于原因，我们分析是为了抢工提高产量，加大了水灰比、缩短了搅拌时间而造成的。”

“我在工地检查中发现搅拌和震动时间都是足够的，”朱寿定发言说，“刚才说的 14 号机位经常是混合料偏稀，我向他们指出搅拌时加水多了，而屠文田副大队长告诉我原因是拌和机水箱漏水。当时我就急了，‘那要修呀，这样会影响混凝土强度！’屠大队长答应说要修。”

“你是如何检查搅拌和震动时间的？”文昊问道。

朱寿定回答说：“我走到各机位看着他们都翻砂表，而且我用手表大致核对了是有 90 秒和 40 秒。”

文昊笑着说："小朱真是个本分人，很可爱！你出现在人家面前，一个'督察大员'来检查质量，他们哪敢缩短时间抢工呀。"说得与会人员都笑了，文昊接着说，"我是身在前一个机位检查下一个机位，远远看到他升起料斗，'嗵！嗵！嗵！'三下后看手表计时，当他开闸出料时，再看表够不够90秒。震动器也是这样检查。从我检查来看大部分是够的，要是发现哪个机位缩短时间，我就会走到跟前直接找操作手指出。这样检查无形中给他们一个压力，必须随时保证正确操作，不能马虎。"

章玉贵即刻表态说："文技术员这种检查方法比较实事求是，反映真实情况，应该推广。至于14号机位强度试验不合格的事，问题比较严重，明天是每周的现场指挥所会议，作为机关科室我们把各项资料准备好，如实汇报，请领导决断。现在各机位正逐步走向正常，产量也已跟上来并能保持稳定，所以我们更要加强质量检查。会开到这里，会后把数量统计表、质量检查表复写好，一、二大队，六总队，工程兵五团，陆军营，新兵连每个单位一份。"

第二天，又是一个晴朗的天气，不少机位施工人员天一亮就赶到了工地，想趁清晨凉爽抓紧开机。这是一种非常理智、非常聪明的安排，避开了中午的炎热，免得施工人员体力消耗太大甚至中暑。另外接近中午气温高、日光直晒容易使刚浇筑的混凝土表面失水过快，产生不均匀收缩而形成龟裂。如果及时养生，有些微细缝隙还可以消除，但若处理不当，会发展成相互连通的大裂缝，后果非常严重，是很忌讳的。

上午 9 时，参加现场每周例会的人员陆续来到总队的现场指挥所。那也是一个活动棚子，可以随时转移到新的施工地点，由于它是总队的，“级别”比较高，所以比大队一级的要大出一倍左右，需要 6 ~ 8 个人才能抬着走。例会一般由陈主任工程师主持，总队领导视议题需要与否参加会议，但是在白云工地的领导来参加会议的次数比较多，这不，吕冀川就早早来到了指挥所。参加会议的有机关各业务科室、各施工单位，看到人员已到齐，陈伯庭招呼着大家说：“现在开会！按照顺序先由场建科汇报这周情况。”

朱寿定技术员负责统计工作，他把复写好的一周进度统计一边分发给各单位，一边介绍说：“这一周进展比较顺利，陆军一营、新兵连名列前茅，具体都在统计表上。”

“你说完了？”陈伯庭心想到底是个参加工作不久的年轻人，不敢过多分析、阐述。

“完了。”朱寿定回答。

“科长安排我汇报质量统计情况，”姚志祥也是边发表格边接着说，“我这里也有一张表，前一段道面施工总体上质量还是很好的，每个机位都取了一到两组试件，个别机位已做了第三组试件了。依据试压情况看，绝大多数都能达到强度标准，陆军一营和新兵连的试件强度还超过标准 10% ~ 15%。但是有一个机位 7 天强度不合格，我们就等到 14 天令期的试件，压了以后强度还是不合格，详细情况请大家看统计表格。”姚志祥也不敢直接点名是哪个机位，只好含糊其词请大家看表格了。原来试验室在现场取样做试件均为 3 组，养生后按令期 7 天、14 天和 28 天试压。

吕冀川听到强度不合格心里很火，这项工程不仅要快，而且要绝对保证质量，没有二话。但他仍然平静地说："你们不能只报告个结果，总得分析分析原因吧。不能'人死了、事情砸锅了，来个详情待查或者原因不明'，这怎么成！"文昊与章玉贵相视了一下，觉得总队长的形容充满着恼怒，事态相当严峻，看来要严肃处理此事。

"情况是这样的，"姚志祥嗫嚅地说，"我们在现场检查发现个别机位在拌和机设定的加水量外，另外推闸加水，因而混合料很稀，水灰比偏大，所以强度就低了。取样那仓的道面，直到做面时还用胶带赶了两遍混合料多余的泌水。"

"那么你们在现场就没有制止，任他们乱来?"吕冀川提高了嗓门训斥着。

章玉贵觉得有些话作为试验室主任不太好讲，就插话说："这件事科里做过调查，机组负责人说是大队领导嫌他们进度慢了，混合料稀些容易浇捣。我们也直接找到拌和机操作手，问他为什么擅自另外加水，他胆怯地说当时有个自称大队干部的要他加的。因为操作手是机械运输大队的兵，他也不熟悉二大队干部，而且那个干部说'出了事由我负责'，所以不敢不加。"

吕冀川一听心里就明白了，但他就是要在会上明说，因为道面工程刚开打就忽视了质量，那接下来怎么收拾。他面带愠色自问自答地说："瞿工程师，情况你知不知道，这位大队领导是谁呀？二大队大队长有事尚未进驻工地，那么是屠文田副大队长吧！今天开会他为什么没有参加，是怕挨批评呀?"说话声调不高不低、语气平稳，好像在叙述着什么，但骨子里是“战斗”临近前的平静，是炸药包引爆前“嗞嗞”燃烧的导火索。接着吕冀川提高了声调说：“我们有的同志不学无术，来到这么一个专业队伍七八年啦，还是停留在战争年代的工作方法和领导状态。由于立过功，自认为对革命有贡献，只想着要换女人、找年轻的老婆，好像革命亏了他什么似的。对待这样的同志我们就是要大喝一声，唤醒他，否则他将被历史淘汰，成为革命洪流中的渣滓。”那么严厉地批评一个团级干部，而且是在工程例会上，这在总队组建以来是史无前例的，这让大家认识到事态的严重性，领导真的是“火”了，明明白白地表达了“质量第一”的要义和维护质量的决心。

陈伯庭想缓冲一下气氛，分析道：“机组想加快工程进度这是可以理解的，但不能用有损质量的办法。‘水灰比’是混凝土的灵魂、是核心，不能随便变动。我们应该在各个工序衔接紧密方面、提高操作水平方面——如平仓尽量减少挖挖补补等来加快进度。”

吕冀川环视了一下会场说：“大家还有什么要说的？”与会者知道总队长已下决心，即将宣布些什么。果不然，静了一下以后，他一字一句郑重地说：“第一，强度不合格的道面板敲掉！重新浇筑。”大家心中一惊，指挥所工棚内鸦雀无声，只有棚外拌和机“嗵、嗵”声隐隐传来，稍一会他又接着说，“第二，屠文田副大队长作深刻的书面检查，听候总队处理；第三，召集拌和机司机和震动操作手开专业会议，强调质量意识，讲透如何保证质量，让他们有权抵制各级领导的‘瞎指挥’，这件事要快，由军务科召集，场建科主讲。散会!”

2

在该周工程例会后，二大队立即组织人员开始凿挖那块不合格的道面板，因为他们知道令期越长，强度就会增加，也就是说越发难以挖除。说是混凝土强度不合格，但是挥舞16磅大铁锤砸到那块板面，只听得低沉的“嘭！嘭!”声，道面板仅仅是微微震动一下，丝毫没有被敲动、击破的征兆。后来只好用淬过火的钢钎一点一点凿，凿出一条缝来再用长钢钎撬开，就这样一小块一小块地挖除。道面板面积又不大，上不了很多人，因而敲碎击破它的进程很慢，让人十分闹心。

屠文田也很闹心，思考着，我只是看着混合料太干不好操作，才要拌和机操作手多加点水，就因为加了这点水，领导就点名批评，至于么？屠文田想着，心中甚是委屈和懊丧。想当年，他屠文田为革命出生入死，进入工程部队后，由于业务不熟悉，工程上琐琐碎碎的事也不太过问，只管管行政上的事。如今下决心要熟悉工程管理，这第一“炮”就遇到了不听话的“刺头”兵，简直是目无领导。于是他就吼着、斥责着让小“刺头”就范了，这才加了点水，果然平仓、震动快多了，而且多加的水在做面时还赶了出去，心想这不是挺好的嘛。谁知强度就会不及格了呢？唉！真是倒霉，惹得总队领导非常不高兴，自己挨了批不说，还要写检查，还要把那块道面板敲掉重来。这凿道面的钢钎不是凿在自己心中吗？那16磅大锤不是砸在我的脸上吗？屠文田心里实在是想不明白，是时运不济，还是犯了什么“冲”？现在自己该怎么办呢？还怎么去领导一个大队？还有什么威信可言……想着、写着、撕着，再写、再撕，勉勉强强堆成了一页的书面检查。

“一石激起千层浪”，敲道面板的施工现场会成了一次“著名”的会议，在工地上很快传开了，人人皆知，震动很大。新兵连立即利用晚点名多次重申工程质量，真是“他山之石，可以攻玉”；陆军工程兵一团一营还专门停机半日，开大会宣讲后再分工序讨论如何保证质量，营领导的想法是“磨刀不误砍柴工”；建设六总队、工程兵五团、一大队以及二大队所有承担道面混凝土机位的施工单位，都用各种不同方式强调质量，教育所有操作手，不能有丝毫马虎。平时试验室到机位取样做强度试验，机组一般不太理会，有的还会表现出嫌其“碍手碍脚”的脸色，因为试件的混合料规定必须到浇捣仓中挖取，这样会影响到他们的工作节奏。“敲掉那块板”后，每逢试验室到现场做试件，必有机位负责人陪同，看着他们取样，有话没话地搭讪着，直到试件完成，还要交代操作手照看好试件并做好养生工作。

军务科在现场会第二天晚上召集了拌和机操作手在总队机关食堂开会，章玉贵主持，文昊作了技术方面的讲解，他深入浅出地分析道：“同志们，混凝土为什么这么硬，可承受飞机的重量而不损坏，就是因为其中掺了水泥。水泥在加入水后会发生水化作用，使其变硬有强度，通过试验知道水化作用需要的水很少，如果加多了水强度就会降低。但是水少了又无法拌匀水泥灰，而且干巴巴的没法施工。所以适当加水使得能够操作，同时让水化作用后的混凝土达到我们所需要的强度，这是一门学问，是试验室做了几十、上百组试件才得到的最佳水灰比，是科学的数据。最佳水灰比中加水量是个极重要的数据，不能随意改变，你们、你们的手就是管着这么神圣伟大的数据。”操作手们发出会心的笑声，文昊接着说：“所以要认识到责任的重大，不管什么领导来说，都不能随便加水，要顶得住，共产党员要用党性保证！当试验室人员根据实际需要作些调整，那时才可以改变水灰比。”

“至于搅拌时间90秒这个道理就简单了，在座的有许多北方人，你们家做馒头和面总不能三下两下就成吧，那得揉相当长的时间，把面和匀了蒸出的馒头才好吃，规定90秒也是同样的道理。所以千万别认为你们的工作无关紧要可以马马虎虎，保证道面混凝土质量的关键就在你们的手中，这关系到扩建工程的成败。同志们，你们能不能把握好？”这一番话听得操作手们热血沸腾，一种主人翁的情感油然而生，一致响亮地回答：“能！”

第三天晚上同样在机关食堂召集了震动器操作手开会，讲述控制质量的重要性和办法。这种与操作手直接见面讲述的形式，让每个操作手真切地感受到了其中的道理与利害关系，使他们都能够认真按规程的要求去做，起到了意想不到的效果。场建科在日后巡视中很少再发现违规、忽视质量的现象了。

接下来的日子里，道面混凝土加盖项目进展神速，高兴得统计员天天都是笑脸。因为场建科把道面分仓图挂在现场指挥所墙面上，每日完成的板块用笔把它涂红，那真是“大好河山一片红”啊，不用多久一个机位就被涂成红彤彤的一片。终于在春节前 2 月 9 日把南部跑道、滑行道和联络道道面混凝土分仓图全部涂红，煞是好看，也就是说加盖道面项目全部完成，各机位前前后后陆续转移到北部道面地段施工。

3

建设四总队有许多“著名”人物，“四大金刚”就是一组。实际上“四大金刚”是四个矮个子，看上去比一般人矮了约一个头，同志们反其道而行之，戏谑地称之为“四大金刚”。但是这种称谓也有它靠谱的地方，这四个人物各有专长，在自己的工作领域里都是一把好手，业务精通，善于克服工程上的难点。例如特设科包大平就是这么一个人物。

包大平出生在靠近湖南省界的江西萍乡地区，从他家徒步个把小时就到湖南省浏阳县了。浏阳那可是一个了不起的县城，共产党闹革命时那里出了大量有识之士、革命先辈，据说光解放军的将军就有 108 位之多。另外这也是个盛产鞭炮的地方，浏阳花炮中外闻名。可能是靠近浏阳的原因，萍乡人包大平也是一个有志向、有热情，一个像爆竹一样点着就响、说干就干的人。他出生在一个殷实之家，儿时上过几年私塾，后来考上浏阳中学。在他刚懂事时，听到说南京有好学校，可以学到科学技术，特别是毕业后就能找到相应的工作这一条，引逗得他“蠢蠢欲动”。因而在初中毕业后他便约了两个同学一起赶到了南京，居然让他们考上了江苏省国立高等专科学校。毕业后他在一家营造厂工作，负责燃油储存、加油站安装工程，没几年已经成为一个熟练的技术人员。解放初期这家营造厂参加了广东汕头机场修建，建设四总队发现了他这个人才，就动员他参军并安排他在特设科当了一名技术员。

白云机场基地油库在机场铁路专用线和机场之间，燃油通过埋设在地下的管道从卸油站台输送到基地油库，同样也是用管道输送到机场一个小型的油库（消耗油库），最后用油槽车把油拉到停机坪，给飞机加油。扩建工程包括增加两个5 000立方米立式油罐，改造基地油库流程；另外还要完善消耗油库，增加两个100立方米立式油罐，增加给油槽车加油鹤管等。

建设四总队有一个油库安装队，在施工三大队建制中有二三十号人，主要是一些专业技术人员和技术工人，钳工、车工、管道工、钣金工、电焊工……每个工种只有一两个人，但电焊工却有五六人之多，而且都是些级别很高、技术一流的熟练工人。原因是立式油罐的罐体全部用薄钢钣焊接，最薄的钢钣只有三四毫米厚，仅相当于菜刀的刀背的厚度。这类薄钢钣焊接要求极高、难度极大，焊接中要不断消除热应力集中、避免钢钣造成扭曲变形。焊缝不仅要求外表致密连贯，而且不能有缝隙、不饱满、焊穿或砂眼等纰病，总之要保证罐内的燃油（航空煤油）不会出现渗漏现象。

包大平进入白云工地后，指导、带领油库安装队日夜奋战、紧张施工，基地油库工程到了有条不紊的安装阶段。所有的钢材已基本进场，钣材通过轧钣机加工都已成弧形；一个5 000立方米的立罐已焊接了二三圈钢钣，每天都在增高；另一个立罐也基本完成地基施工，正在摊铺最后面层沥青混凝土；库区内横七竖八地挖着沟槽准备预埋各种粗细的无缝钢管，以及在不同地点用砖衬砌着长方形的井，准备安装各类油泵。

工程进展的顺利，让包大平感到心情舒坦；但是春节临近，又让他焦虑万分、沮丧不安。他为人真诚热心，长着一副善相，体格又健壮，但就是年龄大了一点、人矮了一点。也就是说这些“一点点”加另“一点点”，极大地增加了他找另一半的难度。当然，长年在工地生活、接触异性少也是个客观原因。因而找对象、结婚成了包大平的难题，后来甚至发展为总队的难题。多位领导、家属、好友都为这件事操过心，但是最终“难成正果”。两年前经谢洪毅介绍，结识了一位乡村女教师余淑珍，小他七八岁，但也二十八九了，尚未出阁。双方见过几次面，虽然很谈得来，但女方总嫌大平矮了、老了，犹犹豫豫。经过介绍人三番四次说道、排解，终于同意相处，并在之后确定了关系。余淑珍长相一般，但是比较耐看，个头比大平高，其实仅仅高出半个头，但两人并排行走时，女方似乎高出许多。这么一对不易的情侣，终于定于这个寒假的春节完婚，这桩婚事不仅让包大平兴高采烈，在总队熟悉他或知道他的人们都为此高兴，期盼着大喜日子早早到来。尽管大平全身心投入白云机场扩建工程，兢兢业业日夜奋战；尽管油库扩容安装工程进展顺利，跟得上整个工程的节拍，但是他的心中始终有一个牵挂——婚期越来越近，不知道还能不能操办……这件事还有一个人也挺操心，那就是特设科科长兼介绍人谢洪毅。工程如此紧张、工地条件实在简陋，使得总队规定不准家属来队，若是让大平请假去结婚工程上也不允许。好不容易能解决这么一个“老大难”的问题，不仅是大平所盼，而且现在都成了大家的希望。若再推迟婚期就怕“夜长梦多”，造成这一对男女终生的遗憾。春节一天天地临近，真是让人忧愁和焦急。最后，他理清了思路、权衡再三，认为这件事只能特事特办。一天他找到总队政委王光华，汇报包大平婚事情况，大胆提出请总队党委将此事作为一个特例，特批包大平春节在工地结婚。

王光华想了好一会儿回答说：“谢科长，你这个想法非常好，我个人表态，支持！但是由于总队党委作过决议，白云工地不准家属来队，给我一点时间要与各常委通通气。”

果然不到一天的时间，王光华找到谢洪毅说：“昨天晚上我们几个常委碰了头，一致认为没有区别就没有政策，同意特事特办，批准包大平同志春节在工地结婚。当然工地房子紧张，很难找空余的房间，总队长表态要腾出他的宿舍作为新房，他搬到司令部科室里挤一挤。”

谢洪毅一听很是感动，从肢体语言上来看，简直有点“手舞足蹈”，好像比他自己结婚还要高兴，带着高腔连声说：“好，好！我立即去传达、安排，保证不耽误工程的进展。”

谁说“好事不出门”？总队长让房给包大平结婚的事很快就传遍了整个工地，成为大家茶余饭后的谈资。不仅如此，这件事还传到了工程总指挥部、总指挥长曾生市长的耳朵里，考虑到工程如此繁忙紧张，让一个工地主要指挥人员挤在集体宿舍那多不方便。于是他立即安排市政府秘书办去机场北部新市镇，在镇政府招待所找了个房间作新房。说是镇招待所，实际上只有三四间空闲房，作为乡里来联系工作的人员当天无法返回、临时过夜用的，设备简陋，离工地偏远。

包大平婚事成了白云工地的重要新闻，“广州市市长都为之操心”又流传到工地每个角落。工地生活本来就挺枯燥乏味的，有这么一件喜事，好像一锅清水里放进一只老母鸡熬出那原汁原味的纯正靓汤，甚是有味，让人们津津乐道。这件事也传到了陆军一营一连，因为他们是驻广州地区的部队，对当地的情况熟悉。连长武振辉和指导员殷希那天在混凝土道面施工现场谈起此事，武振辉说：“老殷呀，四总队有个大龄工程师要结婚的事，你听说了没有？”

“我知道，我知道，”殷希接上话说，“听说该工程师个子偏矮些，好不容易找到了意中人，又是总队长腾房、又是市长安排在新市找房，都成了工地的‘头条新闻’了。”

武振辉恳切地对殷希说：“我想这件事我们得出手帮一把，因为新市镇离工地相对远一些。跑道北端‘警犬训练场’你是知道的，这是机场扩建工程安排要拆迁的单位，肯定有空房子，我们是否去联系一下？”

“对，对。”殷希赞同地答道，“你这个想法好，这个忙我们得帮。这样吧，现在施工比较正常，我走开一下，马上去联系。”

殷希到特设科找到了谢洪毅说明了来意，就与谢洪毅一起去了跑道北端。“警犬训练场”紧靠着场区北部，应该说机场北延长部分占用了较多的“警犬训练场”的土地，这当然就成“近邻”了。由于新建训练场尚未全部落成，所以仅转移了一半多的警犬，尚有小部分留在被压缩后的场地上。新训练场听说搬迁在增城郊外，已建设得差不多接近完工了，训练场主任已去那里操持。接待殷希他们的是副主任，听完工地有这么一段佳话，就一口答应。立即领到宿舍区看房子，最后确定用原主任所住的那间空房，大家马上动手，七拼八凑地总算搞齐了一张床、一个书桌、两把椅子和堪用的洗脸盆架等必要的家什。

这一下兴奋得谢洪毅连声说："不错，不错。砖瓦房、门窗结实，家具齐备；特别是在跑道北端西侧紧挨着工地，即使到南端工地指挥部也就十几分钟的路程。"同时不断地与副主任握手致谢。

有关婚事的传言和前前后后的操办，让包大平深受感动。他思忖，谁叫我长得这么矮，成个亲都那么难。好不容易有对象能结婚了，又遇到白云机场扩建这么重要的工程，真是命运弄人。而现在，婚事成了工地的新闻，上上下下都在关心、忙碌，党委还特批在工地办喜事，简直成了"王子成亲"，就差没有仪仗队了。包大平心中的感激难于言表，他想，这就是传说的"桃花运"吧。

包大平立即发了份电报，先让余淑珍放心并作好准备。然后，详详细细地写了封信，告诉她何时出发、如何乘车、到了广州如何找到白云工地，当然没有忘记写工地上是如何关切，以及"我爱你"……

余淑珍按照他信中详尽的"指示"来到了广州，只是在时间上晚了两天。因为学校放寒假后要组织村民扫盲工作，委托淑珍编写教材，她专心致志、日写夜编，在完成了三本识字教材后才脱身起程。但也赶在大年三十中午寻到了白云机场工地特设科，兴奋得包大平站也不是、坐也不是，对着她只会咧着嘴傻笑，连一句话都说不出来……

谢洪毅看在眼里，急得埋怨着、提醒着说："包大平！赶紧把行李包接过来呀。今天下午你就把工作交代一下，别去工地了，陪着新娘子去新房看看还缺些什么。总队首长说，今晚在机关食堂除夕会餐的同时，给你们举行婚礼。"

包大平让谢科长喊了一声回过神来，忙从淑珍那里接过行李袋，仍咧嘴笑着，回答说："是！工作已布置安排好了，这就陪新娘子去看洞房。"余淑珍羞得满脸通红，拉扯着包大平的衣襟，嘟嘟囔囔说了句什么，谢洪毅也没有听清楚……

说是要举行婚礼，机关食堂却没有布置的迹象，既没有挂花色纸彩条，又没有放些各色的气球；既没有西式婚礼的白婚纱、婚礼进行曲和陪伴新郎新娘的傧相，又没有中式婚礼的红盖头、红绸带和双双红烛。但是在食堂一端的墙壁上却挂着一个醒目的"囍"字，猛一看有点不伦不类的味道，却至少让人知道这是结婚喜庆的标志。就是这么一个字，谢洪毅是颇费了心思，因为大年三十工地没有停工，他想布置一下举行婚礼的食堂，但既没有人手又没有所需的物品，正在与科里一些人议论时，技术员丁永泰想出一招。说他认识的一个民工在一家大饭店干过，那个饭店大厅的墙面挂有双喜的字幅，可以去借用一下。时间紧迫，也来不及想其他法子，就给了那个民工半天假，请他去借字幅。拿来一看是红底金色的"囍"字，就挂在食堂墙面，总算有了一点结婚的气氛。

到了开餐时间，包大平一身军装，佩戴着大尉军衔，带着大盖帽，人显得精神许多，好像也高了一些，与新娘子站在一起，似乎也矮不了多少。新娘子穿着红衣、红裤和红鞋，梳着两根垂胸的辫子，辫梢各有一个粉红色蝴蝶结；五官端正，细眉大眼，鼻梁稍稍有点塌，双唇涂着口红，整个人看起来焕然一新，美丽动人，特别是笑起来，更觉得甜美。他们俩在特设科年轻人的簇拥下、在一片热烈的掌声中进入饭堂，一直走到了那个大“囍”字跟前，总队长已站在那里候着他们，包大平行了个徒手礼，余淑珍鞠了个躬。吕冀川热情地与他们握手后，要他们转过身来面向大家站在左、右两侧。接着他走前一步，提高声调说：“同志们！今天是除夕，自从我们总队进入白云机场扩建工地后，在上级正确领导下，在同志们不辞劳苦的努力下，工程进展很快，完成任务过半。希望在新的一年里大家再接再厉、保质保量地完成余下的工程，创造新的成绩。今天是包大平和余淑珍结婚大喜的日子，也是工地大喜的日子。大家知道包大平同志的难题，但是这个难题今天解决了，‘有情人终成眷属’，让我们大家祝贺他们结合之喜，祝福他们工作顺利、身体健康、婚姻美满、早生贵子、白头偕老。”

“请新娘子汇报恋爱经过！”吕冀川话刚说完，有人就喊了起来。

“新娘子介绍恋爱经验！”大家异口同声地呼喊着，这都是在紧张施工压抑下难得找到了“喷发”的机会，情绪热烈，气氛高涨，人们的目光集中到新娘子身上。

余淑珍羞得满脸通红，忸怩地低着头……

在领导负责证婚并主持婚礼的情况下，这样的闹哄是无法持久的，满堂大笑闹一阵后，吕冀川出来解围说：“今天余淑珍同志旅途劳累，下次找机会再给大家介绍。下面请政府代表区源平秘书讲话。”

大家不知道婚礼仪式上还有这一档节目，除了惋惜没让新娘子讲话外。不少人仰着脖子在寻找秘书的身影……来了，区源平出现了，只见他拿着一大束的纯白百合花，走到新郎新娘跟前，面对大家说：“今天是余淑珍、包大平结婚大喜，曾生市长委派我前来祝贺，送上一束白色百合。白色象征纯洁的爱情，百合代表百年好合。祝他们事业进步、夫妻恩爱，明年生个大胖小子。”说着把花递给了脸上露着兴奋和感激的余淑珍。

吕冀川举起酒杯高声说：“大家举杯，祝贺包大平余淑珍大喜，干杯!”饭堂里响起了热烈的掌声、嬉笑声、碰杯声，还夹着有“生个大胖小子”的喊声……

除夕的年夜饭是相当丰盛的，一则是闹得沸沸扬扬的“明星”包大平的结婚庆典；再则是春节工地不放假继续施工，辛苦劳累的大家该好好喝一点酒、会一顿餐、解一解乏了。

场建科人员围成一桌，章玉贵招呼着大家能喝酒的就喝点。这边朱寿定觉得自己属年轻的一辈，就主动起身倒酒。章玉贵、钱副贵要了白酒，资料员石大姐要了葡萄酒，其余人基本上喝啤酒。

章玉贵端着酒杯起身说：“到了白云工地大家辛苦了，而且吃完年夜饭还要继续辛苦，我敬大家一杯，感谢大家对我的工作的支持。这里钱工和我干了，其他人随便。”

章玉贵和钱副贵是有酒量的，半斤八两不在话下。平时章玉贵常与几位科长他们小酌一顿，但是不知是酒量惊人还是自控力很强，却没有见他们喝醉过。不一会，总队领导前来敬酒，新郎新娘前来敬酒，大家频频起身说着“过年好”，说着祝福美言。对前者是祝酒欢笑、对后者可是劝酒嬉闹，气氛非常活跃。酒过三巡，话就多起来了。

章玉贵说：“喝酒是有学问的，也可称‘酒文化’。用小杯喝，那是喝个感情，所谓‘酒逢知己千杯少’，慢慢啜着、说着；也可以‘感情深一口闷’地来两下，增加气氛。用大杯喝那叫‘豪爽’，所谓‘大块吃肉、大碗喝酒’，这些往往是黑社会或者江湖上人干的。”大家都笑了，文昊打趣地说：“章科长、钱工可不是江湖上的人呀！”

钱副贵接上话说：“我们是用小杯喝的。”笑声更大了。“是用小杯，没错。”他认真地重复了一遍，接着调侃着说，“喝红酒那就不同，红酒应该在杯中倒入少许，然后摇晃着闻它的香味，再品着喝，这才叫享受。”同桌的人被钱副贵的话吸引住了，朱寿定插话说：“那么喝啤酒又有个什么说法呢？”

“有呀。”钱副贵正想显摆显摆，这不，刚好有话引子了，他接着说，“啤酒是用大麦和啤酒花加酵母发酵酿造的，酒花有健胃、化痰止咳、安神的功效，刚才小朱倒啤酒的姿势就不正确。”大家愣住了，急切地想知道如何才是正确，难道喝啤酒还有学问？

钱副贵看到整桌上人的神情，心里一阵得意，更加摆谱慢慢腾腾地说：“首先，倒酒时的啤酒瓶要举得足够高，才能使倒入杯中的酒砸出大量的泡沫来。啤酒的泡沫富含二氧化碳，咽入胃中遇热膨胀后通过打嗝排出体外，使人舒畅、神清气爽。其次，泡沫出现后会随着时间的推移而慢慢消失，所以倒啤酒应先自己后他人，保障他人杯中酒泡沫多于自己，以示敬意。再则，喝啤酒应大口，不宜小口细品慢酌，如果慢慢饮，结果泡沫附黏在杯壁，那可是十足的浪费。”这一套“理论”把大家唬住了。

文昊目视啤酒杯自言自语地说：“要大口！否则浪费了泡沫，是这样吗?”不少人还真的开始大口大口喝开了，朱寿定可能喝得急了而且太大口了，不小心呛着喉咙，拼命地在咳嗽，搞得上气不接下气，满脸通红，把大家笑得前俯后仰……

除了有多种酒，菜也是很丰盛的。机关食堂的厨师们早有准备，这一餐必须好好地露一手。每桌四碟冷盆、一个汤、八个热菜，最后还有一道甜羹。晚餐最后，干部居多的桌上还剩下不少菜，但年轻人多的桌上基本都“消灭干净”了。

4

“每逢佳节倍思亲”，何况是过大年呀。夏绮菊想家了，想父母、想兄弟姐妹、想武汉过春节时的热闹。从六总队借到四总队帮助工作已有好几个月了，尽管天天就是重复算算写写，蛮枯燥的，但她认为这是工作，妈妈讲过凡是工作就要认真负责。可不，一认真这些数据还是蛮好“操纵”的。刚开始计算常出错，不仅自己复核有所纠正，就是在文技术员来抽查时也能发现有错，甚至在誊写到透明纸上竟然还会有错，真是难为情死了！但是文技术员就像大哥哥似的，只是轻声细语地说：“每天对着的尽是数据，很烦的，容易精神疲劳。不要紧的，慢慢静下心来，这些数字会‘听你话的’。”夏绮菊听后心想，数字会像小孩似的听我的话？真风趣！后来可能是计算多了，主要是静下心来认真对待，可不就真的是数据听她的话，一算一个准，很少有误了。

接触多了，夏绮菊发现文大哥是个很认真、很有能力的人。内心说不上有种什么感觉，期盼每天能见到他，想跟他讲话，见到他就觉得愉悦。文大哥天天从天亮忙到天黑，好像什么事情都能干、什么都会干。他还坚持锻炼身体，身体棒棒的；才智过人，风趣幽默，待人热情。有什么事问他总能获得满意的回答，说得都在理上，自己就是爱听，记得有人说过缘分，这是否隐喻了文大哥？夏绮菊想着，自己工作在六总队，驻地在武汉，却会因为白云机场扩建来到了广州，来了广州又被借调到四总队，到了四总队恰好又在文大哥手下工作，巧不巧？可算是缘分吧……这是多么让人心动、让人庆幸、让人值得回味的事啊！哪个少女不怀春？一种别样的情愫在夏绮菊心中潜滋暗长，她沉浸在深深的思索中。而她的这点少女心思不自觉地表现在肢体动作上，相处熟悉后每当见到文昊就会靠近他、盯着他、拉着他。有一次她有一张图经检查核对，全部的计算、誊写都无误，文昊多表扬了几句，她高兴地扑到他身上紧紧地拥抱着。这搞得文昊大惊失色，僵僵地直立着，像根木头，一动都不敢动。过一会才轻轻地、慢慢地用手将她松开，微笑着说：“看你这是疯了，才表扬了几句就得意忘形，‘找不到东南西北了’。”

但是文昊心中开始明白，这是一种暗示，可能是一种爱恋的暗示。这可怎么办？小夏是个热情、单纯、勇于表露情感的女孩，而我是有妻室的人，看来需要赶紧踩“刹车”，免得事态扩大出现尴尬局面，还耽误一个怀着纯真少女心的女孩。唉！我怎么这么迟钝，平时只把她当个孩子看待，而没有从那方面去考虑问题。从那以后，文昊减少了与夏绮菊的接触，而且需要见面时也比平时严肃多了。这一点夏绮菊有感觉，但她搞不明白，只是觉得文昊这个大哥哥好像变了。

春节前夕，道面弯道分仓图的计算即将全部完成，那天文昊走到食堂那个角落，相距还有好几步，只听得夏绮菊喊着说：“文哥哥，你来了。快来看呀，我这最后一张图也即将誊写好了。”

“我要郑重地向你申明，内务条令规定，上班时间军人相见要称呼职务。”文昊纠正说，“这又不是在家里，什么哥哥妹妹的。”

“我是个小职工，不是军人，不属内务条令管的。”她振振有词地反驳，然后转换话题说，“文哥哥，我来了好几十天了，整天就是算呀、写呀，没有离开过食堂，特别是没有去过广州，不知道广州市是个啥样子。马上就是春节了，在武汉过春节可热闹、可好玩了，这次大年初一你带我去逛一逛广州市吧，咱们好好玩一玩行吗？”

说到春节，文昊趁机发挥，要挑明一些事实，不管是或不是，打些“预防针”，免得再误会下去。他顺着话说：“是呀，没两天就是新年了，想家吧？你家在湖北，我老家在上海，但我爱人却在湖南南岳。南岳衡山是个菩萨爱住的地方，山下有个大庙，最高的山顶也有庙，那是用石墙、铁瓦盖起来的，可是个风景秀美的好地方。”当然心里老惦念着林伶怀孕的事就没有说，心想不必讲得太多了。

夏绮菊突然听说文昊爱人在湖南南岳，心中一惊，忙问道：“你已经结婚了，怎么没有听你说过呀？”

“平时忙于工作，哪有心思提这个。”文昊平静地说，“你不也是在春节想家了吗？所以勾起了我想家的思念，责任全在你。”

“什么呀！”她急着反驳说，“一个大男人想老婆了还不好意思说，把‘责任’推给别人，羞不羞呀？嫂子来不来广州过年，让我们也见一见。”

“我结婚已有两个年头，这次春节是回不去了，工地又规定家属不能来广州，因此无法相聚。只好唱《康定情歌》，只要哥哥你耐心地等待呀，你心上的人儿还是‘不’会到来哟。”

这可把夏绮菊说乐了，“扑哧”一声笑了出来，一会儿忍住笑说：“嫂子不能来还那么逗，真是的。”

“怎么啦，你还要我哭哭啼啼来想呀。这叫‘苦中作乐，穷开心’。”

夏绮菊收起笑脸说：“文哥哥，我的工作量也就天把儿了，我想大年初一你一定要带我去广州市玩一天，然后就回六总队，要不回去后就没有机会了。”

这个要求不算过分，但是工地这么忙，得把工作安排好，正在犹豫之际，她拉着他的衣袖摇曳着用恳求的口气说：“去啦，去啦，我可从来没有要求过什么。”

“那好吧，大年初一逛广州市。我还得向科长去请个假。”文昊推辞不了，爽快地回答说。

章玉贵考虑到进入白云工地还没有放过一天假，对文昊提出去广州市的要求也表示默认，还吩咐说："工地没有说放假，我想这样，你们把工作安排好，就悄悄地上街去好了。到了街上注意安全，回营后到我这里告诉一声。"

大年初一，文昊约了朱寿定和资料员石大姐，然后汇合夏绮菊准备出发。本来夏绮菊期盼着能与文昊两人去逛广州市，和心中喜欢的人一起逛街那可多有意思呀！夏绮菊想着，路上还要问清楚他是不是真的结婚了，有没有骗我。平日里他可从来没提到过自己的老婆，怎么那天突然说已结婚两年了，猜不透是真是假，自己的潜意识里却希望这是假的。但见面后才发现文昊还邀了好几个人同游，夏绮菊有点失落。文昊似乎看懂了她的心思，暗想，不能为了照顾情绪依着她，免得再次误会。看来今天多些人介入是做对了，这样可以减少与她单独接触，他为自己的安排感到庆幸。

他们一伙人搭车到了珠江边，看完海珠桥后，说说笑笑沿江走到了南方大厦，那可是个大型商场，每层都是人潮涌动、商品满架。原先以为到了上层顾客会少些，就看着、说着往上走，待走到商场最高的第六层，人虽少一些，但仍是熙熙攘攘相当拥挤。好在他们并无购物的意思，仅仅是来看热闹，所以也就随着人群，从前面楼梯渐渐移动到后面的楼梯，往下走了……

等到这伙人又饿又累返回工地，到机关食堂时已快午后两点了，好在文昊早餐时告诉炊事班班长要上街办事，请他留几个人的饭，这才从大锅里拿出热腾腾的饭菜。四个人狼吞虎咽，一扫而光，吃完了却回忆不出刚才菜肴的滋味，就是觉得好吃、惬意、过瘾！饭后，文昊约着朱寿定一起送送夏绮菊。

“小夏这次来四总队支援我们，那可是帮了大忙。”文昊边走边说，“一个人完成两个人的工作量，又快又好，我已经请章科长向六总队领导报告了。这一段工作实在太忙，照顾不周，请多谅解。”

夏绮菊好一会儿没有回答，只是闷闷地走着，搞得文昊有点尴尬，用目光示意朱寿定。

“是的，”朱寿定会意，想打破僵局说，“小夏聪明、热情、责任心强，值得我们学习……”

“不麻烦你们，别送了，我一个人回去。”夏绮菊快走几步，悻悻地离去了。

朱寿定感到懵懵然，随口吐了一句：“唉，‘少女的心，七月的云’，刚才还好好的，一下子就变天了……”

真是“天有不测风云，人有旦夕祸福”，夏绮菊归队后不久，机关便有些流言蜚语，“文昊生活作风有问题，有人看到他与夏绮菊在机关食堂拉拉扯扯。”“文昊长得一表人才，容易招女孩子喜欢。但是自己也要检点些，还想谈恋爱呀。”“男人帅，容易拈花惹草呀。嘻嘻。”……

这种谣传似乎相当“广泛”，有时还会传入文昊的耳朵里。他发觉这段时间不少人见到自己时目光怪怪的，有种欲说又止的神态，想必是有人故意在散布这些绯闻，这让文昊非常恼火。他思忖着，为什么有人总喜欢无中生有，老拿男女关系来中伤人，这是一种进可以“攻”——是个生活作风的大问题；退可以“守”——原来是捕风捉影误会了，可推得一干二净的“战术”动作，但其“杀伤率”可就大了。他回忆起在湘南机场工地也有人曾误认自己与女统计员有恋爱关系，而这个女青年是因为要与一位主管技术员处对象才安排在工地工作的。但结果好像是自己不仁不义挖了墙角似的，背后也是被人指指点点了好长一段时间。其实，男女相恋、相爱是不能人为安排或“乱点鸳鸯谱”的，女统计员与那位主管技术员相处了一段时间，相互并不“来电”、或者说“没有感觉”，后来随着事态的发展，她与一个大龄、级别比较高的工程师暗中相好，并“修成正果”。另外，也因为文昊与林伶的关系逐步明朗，才使这种中伤终止了。这世上就是有一些人，不知是妒忌、陷害，还是想达到什么卑鄙的目的，“唯恐天下不乱”，总是散布些莫须有的流言蜚语，数落或诽谤真正认真做事的人。未知这一次谣传又会造成什么后果，但当前工作如此繁忙，自己实在没有精力去顾及这些事，只好听之任之了。

章玉贵和场建科所有人员听到这些话后也觉得十分惊讶，都认为文昊为人检点、作风正派，根本不相信这些风言风语……

5

白云机场扩建工程中经常出现“紧急情况”，这不，助航灯光（夜航灯光）项目又搞得四总队措手不及、忧心忡忡。在确定机场要扩建的时候，原机场的夜航灯光由于陈旧简陋，肯定要淘汰，置换新型、效果更好的灯光系统，为此广州民航有关人员当即去考察选型。国内生产机场用助航（夜航）灯具的只有上海和武汉两地，他们转了两个大城市，收集种种样本、图片和说明，观看各种灯具样品，并对其性能、外观、安装难易、使用中是否易于维护等等作出比较。返回广州后与相关机构研究，再向领导汇报，行文批准，最后确定选用上海光明电气厂的产品。整个周期应该算是顺当、快捷，但时间已经接近年底了。这边广州民航联系工厂说明任务的重要性，要求突击加工制作，限期交货；那边总指挥部告知四总队抓紧安装准备工作，采购高压电缆、灯光控制台、电柜，加紧预制灯座混凝土构件，砌筑灯光变电站工作房，以及安装整个助航灯光系统，并在机场交付使用前做好技术测试，并调试完毕。

这又是件棘手的事，具体落实到著名的“四大金刚”之一的手中——电气工程师田书贤。他也是在四总队修建汕头机场时负责夜航灯光的安装，完工后从汕头市当地一家营造厂参加到四总队来的。同时还带来了几位电工师傅，就这样组成了一个精干的电气安装小组，专业技术水平高，又是一个“能人”的组合。

大家曾经把田书贤和包大平作过比较，两人站在一起背靠着背，绝了，真是不分伯仲，一般高。但是田书贤比包大平有能耐，他早就结婚了，而且妻子比他高过一个头有多，俩人走在一起从背面看好像一个姐姐带着小弟弟。遇到同事开玩笑地问：“嫂子长得那么高，是你选的呀？”他会风趣地回答说：“是呀，我这是为了‘改良品种’。”的确，从他们俩的大女儿来看，尽管年纪尚小，但看得出腿和上身的比例很正常，绝对不是矮个子。

助航灯光分跑道灯、滑行道灯和联络道灯等，设置在道面两边，使得夜间显示出道面轮廓，避免驾驶员操纵的飞机滑出道面。说到底相当于道路的路灯，但是它不能设置得太高，只能高于地面 30 ~ 50 厘米，也就是一个小凳子的高度。而且支撑灯的金属灯杆要制作成“易折件”，做法是在灯杆靠近底端的地方锯一定深度的口子，安装、使用时那是直杆，但在一定外力下，也即遇到飞机滑行碰撞的，它就会马上折断倒下，以免飞机受损。

助航灯光不像光是从上向下照射的道路路灯，它的光是从下往上照的，也就是说使飞机在空中或者在道面上滑行时，居高临下能够见到它发出的光。灯光的色泽随其所处部位的不同而不同，跑道两端各 500 米处，那是飞机着陆接地的范围，灯光为黄光，要密一些，也即灯距要小些；其余中间部位为白光，灯距也要大些；联络道及弯道处设置紫色的光；滑行道也是黄光，但灯距更大，即灯更稀，因为该处飞机滑行速度小，驾驶员看得清，容易操纵。

为了减少线路上的电压降，所以助航灯光采用 3 000 伏高压电缆；每个灯具是并联连接，以保障一个回路上的灯光亮度一致。连接灯座的电缆是按灯序 1、3、5 …… 和 2、4、6……各成一个回路配置，理由是即使有一个回路有故障、灯不亮了，那么另一个回路仍亮着灯，只是灯距加大了一倍。当然如此设计回路电缆长度也加大了一倍，这是为了保证飞行安全必须作出的“牺牲”。

由于为减少电压降采用高压线路连接各个灯具，所以接到每个灯具时必须配备特制小型变压器，把电压降到24伏，使得维修时或者掉换灯泡时不至于电到维修人员。因而每个预制灯座不仅要支撑灯具，还要有安放变压器、电缆接头的空间和出入口。安装完毕后还要便于密封，免得雨水侵入造成短路，其预制混凝土构件相当于一个保险箱大小，当然一般人还拿不动它。

跑道延长线的两端还设有着陆指示灯，以便夜晚飞机目视着陆时，在着陆指示灯上空沿着灯光所标明的方向下滑，就可以到达跑道端部接地点。在主风方向①着陆指示灯设置要长一些，从跑道端部开始数出去约4里地就要装灯；而在次风方向就会短些，只需延长出去约2里地装灯即可。着陆指示灯架设在跑道中心线的延长线上，灯距30到50米，基本上要与跑道道面的高程相一致，所以遇到洼地需要立杆架高灯座。而在整个端保险道地段，沿着跑道中心线两侧要设对称的排灯，这是警示驾驶员跑道头不远了，很快可以接地。总之，机场助航灯光相比道路路灯照明复杂得多，考虑的因素也多，它标准高、要求严，因为这可是关系到飞行安全的大事。

接到任务后，田书贤工程师首先熟悉了有关图纸资料、

---

① 注：主风方向 飞机起飞、着陆必须迎风进行，而不是有些人想象中的“一路顺风”。理由是飞机的飞行实际上是飞机与空气的相对运动，顶着风起飞就增加了飞机的相对速度，易产生浮力升空；而顶风着陆就增加飞机的阻力，容易减速接地。

一个机场设计跑道方位，是根据当地全年风向统计资料而定，一般跑道方位必须使风保证率达到八九成。如广州地区常年风向为北风和南风，以北风为主，所以跑道方位基本为南北向，而且朝北向起飞、着陆为多，这就是主风方向。

说明书、产品样本，了解技术性能、装备来源、工期要求，以及现场能够提供施工场地的日期与状况。他抓紧绘制了灯座内部轮廓尺寸草图，请预制厂设计制作灯座。这可是件工作周期比较长的工作，要出设计图、制作外模和灯具相似的内模，再灌注混凝土，然后脱模养生一定的时间，才能搬动作为安装埋设之用。他得尽快提出安装所需的设备、器材和特殊工具的清单，筹划中发现最大的问题是跑道两端灯光变电站必须各配备 1 台 120 千瓦的发电油机，作为市电中断时，紧急发电供维持灯光系统照明用，即所谓备用电源。他还需提出灯光变电站设计要求，变电站内不仅要放置各种设备、控制台、接线室等，尚须有值班人员的宿舍、小厨房等生活设施。另外还要列出高压电缆、其他配套器材采购计划，提请物资部门抓紧筹备。

所有的筹备工作中，订购 2 台 120 千瓦油机是最大的难题。因为 120 千瓦油机是列入国家计划生产的产品，当时马上追加计划也要到 1964 年 10 月才能供货，对白云机场扩建工程来说那就太晚了。为这件事指挥部想尽了各种办法，沟通了方方面面，仍然一筹莫展。物资科黄道喜派人跑了广东省、广州市有关单位，回答是广东地区不生产此类产品；然后他们就去了解有无什么单位采购或使用这类油机，商量能否调剂一下，结果是这样的设备地方上很少使用；甚至想到动用军队战备物资，先借调后归还，但是部队不储备这么大的油机；最后，只能再次联系生产厂家，远的打电话、发电报，近的派人前去说明特殊紧急希望通融一下，返回的信息是，特殊情况也须报上级同意后列入加工序列，最快争取 1964 年第三季度出厂。总之，这个难题搞得扩建指挥部上上下下都在操心，都感到“大江大河都闯荡过去了”，或者说正在有把握地闯荡，怎么竟在订购两台油机上“翻了船、砸了锅”。内心的别扭、煎熬，搞得人人情绪都很是压抑。

突然！真的非常突然。有一天总队值班室接到总指挥部转来国务院紧急电话，说立即派人去徐州机械厂办理手续，购置两台120千瓦油机。这不是“天上掉下个林妹妹”吗？真让人喜出望外。这件事把整个白云工地的领导和机关都欢喜得飘飘然了，好像服了“十全大补”好药，精神振奋了许多。

后来调查清楚，这还要归功于四总队进入白云工地后，吕冀川主持制订建立的一套上下通气的办事制度。其中有一项《白云机场扩建工程旬报》，上送总指挥部、省、市、军区空军、军委空军，直至国务院。每期《旬报》内容中最后一大项就是列入工地急需解决的问题，在前一期旬报中把“解决120千瓦油机”列入第一条特急需要解决的问题。上报给国务院的那一份《旬报》不知道哪位首长看到后批给了机械工业部，结果机械工业部下令生产厂家立即将其他项目订购的同类产品先拨给白云扩建工地使用，随后另行补充生产。这就解决了白云工地本身无法解决的问题，从此总队领导更加重视《工程旬报》，每期必亲自过目。

助航灯光工程项目外因条件基本具备，田书贤施展了全身的智慧和力气，合理安排施工工序，协调各配合单位，白天在外场指导施工，夜晚在室内思考筹划。终于在腊月二十三开始安装跑道南半段的跑道灯，沿着旧跑道两侧挖电缆沟，在沟底铺砂后放入电缆。遇到灯具位置，先埋设好预制混凝土灯座，灯座的位置和高程要经过测量队定点和确定操作水平，以保持跑道灯在一条直线上和在设计的高程上。当电缆放到灯座位置时，要绕着灯座转一圈，长度上备一份余量，这是日后安装灯具时预留接头使用的。然后进行电缆接头、安装灯具，做好密封工序。电缆接头是环境和技术方面要求最苛刻的一道工序，特别时值春雨季节，时不时给下点小雨，所以田书贤尽量安排在晴天、阴天做接头。即使这样也必须携带着大伞和喷灯，一旦遇雨就撑大伞或用喷灯烘干，保障接头的质量。在起始阶段，田书贤亲自在做接头处把关，因为这么长的电缆回路、那么多的接头，若在质量上有个闪失，检查起来相当困难，由此造成电路不通，那是很“可怕”的一件事。所以做接头是关键，要有具备六级以上资格的电工来操作，还得仔细和谨慎。

随着时间的推移，春节过后助航灯光所订购的器材、设备（包括120千瓦油机）陆续到达工地；南北两端灯光变电站房屋也已拔地而起，即将封顶；机场南半段的跑道灯、滑行道灯、联络道灯和南着陆指示灯的安装已初具规模，不少灯座就位，灯具立起，外观看起来还挺像个样子……一切都走上轨道，工程按计划顺利地进行着。

6

四总队另一个“金刚”可是有来头的，他原来也在军区空军部队，是通信营负责有线、无线通信的技师，在四总队修建汕头机场时因为缺少通信导航这方面的人才，以为不就是有线、天线通信嘛，因而请示上级要求从有关单位调技术人员。军区空军通信营挺支持，选了一个技术上数一数二的人物叫边明森，并将他很快送到了四总队，同时还声明只是借用。边明森个子不高，确切说是比较矮，但是所谓“矮子多肚肠”，是个猴精猴精的人物。他五官端正，各个“部件”都长得非常精巧，人称“小人国里的美男子”。业务熟练、为人热情、能吃苦耐劳，很受四总队领导和同志们赏识。边明森来到四总队后，由于机场通信导航有它特殊的一面，所以通过调查学习，特别是到民航机场、发信设备生产厂家等单位参观访问，熟悉了设备性能，以及安装的条件和要求后，边明森较好地完成了汕头机场通信导航工程的设备选型和安装，工程质量获得飞行部队的赞扬。在汕头机场即将竣工交付使用前，经过多次动员、反复挽留，他本人也感到四总队领导尊重技术人员，工作得心应手、心情舒畅，因而在工作调动方面表态是“服从组织安排”。几经周折，调动的事竟给办成了，而且调到四总队不是一个人，却是一对，夫妻双双从事专业工作这在四总队是绝无仅有的一例。

边明森的爱人高洁原是通信营女兵，高中毕业，是个文化兵。在当兵期间，出于对工作的热爱和自身发展的考虑，她认真学习技术、逐步掌握有线通信业务，由一名骨干提干成为技师。他们常年在一个单位，接触、了解、熟悉、热恋……当部队放宽严格的结婚规定，明确一般干部都可以申请结婚时，他俩就公开了恋情，虽然让通信营领导和同志们大吃一惊，但普遍认为这是一对“绝配”。高洁和边明森看起来一般高，实际上要稍矮小一些，但她确实是个靓女。高洁是湖南长沙人，眼睛大大的、眉毛不算细却比较长略呈弯月形，特别是那鲜明的双眼皮下包含着极其灵活的眼珠，鼻梁正直、嘴唇有点外翻，白白净净，是一副甜美的长相。唯一缺点就是个子不高，但她的小巧玲珑与边明森的浓缩、精致真可谓是天造地设的一对。

进驻广州白云机场工地后，这是机场扩建指挥部唯一的一对共同生活、一起工作的夫妻，高洁也成了唯一的一朵“工地之花”。刚进驻工地时，房子一时调剂不过来，高洁在资料室架个床铺与石大姐一起挤着住。但是李宝生把这件事一直挂在心上，觉得既然都是参加施工的人员，是夫妻应该照顾安排。当然住房是紧张的，他就利用原民航的小车车库，安排木工厂用板材封了敞开的口并开了一扇木门，好在车库后墙上原来造有花格窗，若把木门开起通风还挺好。在工地，这就算拥有一定“档次”的住房了，边明森两口子有了个安身之处，很是感激。

通信导航项目从工程经费来说，所占比例不大，是个小项目，但其功能在机场飞行运营上却至关重要。可以这么说，它是一个机场的“神经系统”，它要有个“三长两短”出了故障，机场当局不能与空中飞机联络引导，那整个机场就“瘫痪”了，无法使用。

边明森和高洁入驻工地，一边领会设计意图和工程规模，一边踏勘现场，了解场道工程项目和跑道两端向外延伸的地形情况。边明森去外场时间多一些，因为涉及跑道中心线两端延伸的近距导航台和远距导航台的选址；高洁侧重于有线通信电缆的布线，特别是穿越过跑道、滑行道和联络道的位置，必须尽早确定，便于在道面施工前预埋电缆管。作为“工地之花”的高洁，因为是现场唯一的女干部，她的工作内容却增加了不少。虽然不是技术性、专业性的工作，但是那些工作也是非常非常的重要，甚至是“攸关人命”的。男士当道的机场扩建工地，有些工作非得高洁这个女士出面才好解决，这事情的由来还得从屠文田开始说起。

刚进驻工地时节，胆大泼辣的袁静单身独个找到广州白云机场扩建工地，被人引领到屠文田宿舍兼办公室见着他后，气不打从一处来，又哭又闹责怪着说：“屠文田！你为什么要躲着我？为什么一声不吭离开了衡阳？你干了‘好事’还想逃避责任，你安的什么心……”

“不是的，不是的。”屠文田边否认、边靠拢袁静想扶着她说，“你别急，听我给你解释。”

“别碰我！”袁静话语中火气可大了，吼着说，“我找了你好久，实在没办法后，问着路找到了衡阳西山你们的驻地，这才知道你们来了广州，急不急人。没有消息、没有地址，让我一个人苦苦地来寻找，多不容易呀。”边数落着、边用小拳敲打着屠文田，激动不已。

这下屠文田没辙了，静静地站着任她哭闹打骂、让她消气。待过了一会儿，袁静哭诉声小了一点，他一把抱住她，靠近耳根小声地说：“对不起，对不起。是我不对，你静一静，我把情况详细说清楚……”

袁静怒气未消，一把推开屠文田，大声喊道：“我一个黄花闺女让你搞成这个样，还有什么脸面见人呀，今天就是一句话，给你两天时间考虑，要不结婚，要不我死在你面前。”

屠文田没想到挺文静的湖南妹子却是如此刚烈，后悔自己做事鲁莽，“这个果子真是不容易吃呀!”这下要死觅活的怎么办呢？屠文田思忖着，不是给了两天时间嘛，先让她安顿下来，再慢慢想法子吧。屠文田理清了思路就认真地回答说：“好的，容我考虑两天，一定答复你。你看你一路上也挺辛苦，找个地方先住了，休息一下好不好?”

听到这句话袁静感觉到自己体力是不支了，觉得又饿又累，精神一下支撑不住，摇摇晃晃站立不稳。文田一把扶着她说：“工地里住房特别紧张，咱们走几步，我带你到新市镇去好吗?”

大队文书隔着门喊着“报告”，说总队王政委找屠文田副大队长。他开了门只好安排文书陪着袁静到新市镇吃饭、找个旅店住下，并塞了一些钱给她。屠文田心中明白到王政委那里肯定是挨批，但也得硬着头皮去呀。

在门口喊了“报告”后，听到“进来”的回应，屠文田推门进入政委房间，房内中间挂着一个布幔子，把房间隔成两截，估计里边是一张睡床。靠门口放着一张办公桌，桌子前面有两张椅子，门角落竖立一个脸盆架，放着脸盆牙具，挂着毛巾，极其简朴。

王光华招呼他坐下后说：“说说吧，怎么回事?”

屠文田一五一十把情况作了汇报，最后说：“这件事怪我大意了，离开衡阳前我去他们医院辞行，她与科里人下乡参加防疫工作，一下没找到熟人托话。待她返回衡阳到西山一问说我来了广州，误会了，以为骗了她，立即找到工地，现在提出要求马上结婚。”

王光华心想，这小子肯定干了见不得人的事，要不女方哪会那么坚决果断，他也就直截了当地说：“你与老家的爱人离婚的事，经组织联系尽管女方表态同意，但还得你亲自去办手续，现在工程任务这么特殊、这么紧张，你们大队长因车祸尚在住院治疗，你说怎么办吧？”

“这，这……”屠文田一下子没辙了，心中乱成一团麻。

屋里稍静了一会儿，王光华思考着说：“现在主要是把那个女孩子情绪稳定下来，‘解铃还须系铃人’，你要做好这件事。我可以派一个女同志辅助你，以免对方有什么不测，我这就去安排。”而王光华派出的女同志就是“工地之花”高洁。

屠文田引领着高洁一路走着并不断向她介绍了情况，在他们出现在新市镇穗花旅店 203 房间门口时，袁静听到敲门声，开门后心中一惊，思考着怎么还有一个女同志同来。

屠文田急忙介绍说：“这位是高洁技术员，来看看你。”转过脸又对高洁介绍说，“这位是袁静护士。”

高洁主动伸手，袁静感到突然，尴尬地伸出手与她握了一握。高洁说：“你不请我们进去坐坐？”

“请进，请进。”袁静回应着，赶紧侧着身让他们进入房间。

“我还要参加一个工程会议，就不进去了，你们谈。”屠文田没有迈步，他现在的头脑中像灌满了一桶糨糊，没有想明白如何解开这个结。

“那你去忙。”高洁会意，边跨入房门边对他说。

高洁进门后一看，这是一家极普通的旅社，房内有两张单人床，一张写字桌，两把椅子，很简单的卫生设施，但还比较干净。

“听说你是湖南人，湖南哪里的?”高洁套近乎地问道。

袁静听着她湖南口音的问话，当即回答说：“湖南衡阳。”

“我们是老乡呀，我是长沙的……”

遇到老乡话就多了，家长里短、风俗习惯、成长历程、笑话逸闻，越谈越热乎、越谈越投机，高洁感到时机到了，话锋一转，介绍这个工程的特殊性，任务重、时间紧、条件艰苦……好说歹说、旁敲侧击，总算使袁静消除了一些误会，知道了屠文田是部队紧急开拔奔赴广州，不是在骗她。

天早就黑了，10 点多钟听到有人敲门，两人感到很惊讶，袁静去开门，看到一个矮个子男人，正想问他找谁，高洁瞥见了说：“这是我的老公。”

“这么晚了，我问清地址摸黑过来，接她。”边明森对着袁静说。

袁静看到他俩相拥着离开时想着，这是一对多好的夫妻，她羡慕着，并憧憬自己也会有这样的福分。刚才那个大姐是个明事理的人，讲话很有水平，说着说着把自己的误会也消除了，看来自己是过分激动了……放下心思，她感到累了，不想再动，就和衣躺下呼呼地睡到了天亮。

第二天屠文田来看袁静时，两人能平静地说话了，屠文田一直在“检讨”，责怪自己粗心大意，办事不靠谱，让袁静操心了。他又着重强调工程的重要性和紧急度，目前正在顺利进行，估计再过七八个月就可完成，到时候再结婚等等。

他可不敢提自己和老婆正在办离婚的事，心想这件事日后找机会再说吧。袁静还是个很单纯的姑娘，为了争得自己的幸福、不被人欺侮，她豁得出去、泼辣得很。但遇到实实在在的道理，她也能低头认错，绝不是胡搅蛮缠、九头牛都拉不回来的蛮妹子。

她是被说服了，想明白后干脆地说："要得，我信你一回，你给我去买张火车票，我这就返回衡阳。如果日后你要欺骗我、背叛我，我会杀了你！"说话声调不高，但字字有力，真是爱憎分明，让屠文田惊讶不已，半晌才回过神来，嗫嚅地回答说："不是的，不会的……"

"你在说什么呀？"

这句话把他问清醒了，赶紧表白说："我是真心爱你的，可向老天发誓，如果日后背叛我们的爱情，天打五雷……"袁静迅速用白净的小手捂住他的嘴，不让他再说下去。屠文田顺势把她拥入怀中……当晚袁静乘火车返回湖南了。

高洁除了帮助处理这件情感纠葛外，还为一件分外的事忙了好一阵子。那是在征地移民工作中遇到一户农家，又是"寻死觅活"的，让人害怕。原来边明森踏勘了几遍，南北向近距导航台和远距导航台位置基本上确定下来，问题就出在北向近距导航台的位置。朝北跑道中心延长线上，离开跑道北头 1 500 米附近地形起伏，仅有一块高地面积虽然不大，但相对平坦，非常适合设置近距导航台；而这块高地的南北均为洼地，若定在洼地日后因地面反射波影响发信机发射的效果，实在不可取。但是这块合适的地方却有两户农家，经过胡恩平会同地方干部去办征地移民时，有一户顺利办妥，即日迁移；可是另一户只有一位老太太叫潘紫珍，怎么说道理、讲政策，再三动员就是不愿搬家，说到最后丢出了一句狠话："那你们就从我身上跨过去，连我一起搬走！"

胡恩平通过生产队干部和已准备搬迁的邻居岑阿伟老人作了了解，岑阿伟老人对他说："解放军同志，这家人苦呀。潘大姐中年守寡，她丈夫在田间耕作被毒蛇咬了，没及时救过来，去了，留下她们母女两人苦度光阴。待她女儿长大成了亲，男方家因男孩多，女婿愿意入赘，这家人生活才重新有了起色，脸上有了笑容。但是好景不长，女儿头胎时难产，怀的是男孩，钱花了不少，但是大人小孩都没有保住。乡亲们议论着是她的命硬、克夫克女，所以女婿也出走了。走时为了安慰她曾说，'我去南洋，离开一下这伤心之地，日后积了钱再回来。'她可是含泪相送并再三嘱咐'要回来呀，这个家等着你！'"待胡恩平将这个特殊情况向总队领导汇报后，王光华又"动用"了高洁，女孩子心细会说话，要她配合群众工作科去做劝说解释工作。

当胡恩平带着高洁找到潘紫珍家，老人家在零乱的厅堂里呆坐着，脸上有泪痕，他做过介绍后托故离开了。高洁一口一个"大妈"喊着，忙忙碌碌地整理着厅堂，扫地抹桌、问这问那，屋里顿时有了生气。潘紫珍警觉地看着这一切，突然意识到了什么，叫喊着说："出去，出去！我不会搬家的。"

高洁没办法只好返回工地，但还是天天去她家。"功夫不负有心人"，直到第四天又来看望她，潘紫珍感动了，看着个子矮小的靓女天天来帮忙收拾，觉得有点坐不住了，说："好靓女别忙乎，大妈自己会收拾，我给你泡茶喝吧。”

“不用，不用。”高洁一见大妈开口搭腔了，心想有门，急忙回答说，“我不渴。看您身体还硬朗，老人家可要注意保重呀！”

“不行了，”潘紫珍悲戚地诉说，“过去下田、做饭浑身是劲。自从男人走后，就盼着与女儿好好过，谁知女儿和外孙也走了，女婿又离家，现在是整夜做梦梦到他们，常常哭醒，唉……”

高洁同情地说：“大妈，我听说了您的遭遇，真是不幸呀，好好的一个家多可惜。病痛来了任何人都没有办法，人死不能复生，但是我们还得活下去。我相信您的家人、女儿是希望您好好地活着，生活得愉快的。”

“是呀，”潘紫珍挺感动的，敞开心扉接着话说，“我女儿临终前就是说‘妈妈，女儿不行了，你一定要好好地活着’；我女婿离家去南洋时也说，他赚了钱就回来，要我守住这个家等他。”

高洁似乎看到了问题的症结所在，更耐心地开始介绍扩建工程的意义，特别描述了机场建成后的景象说：“大妈，这个机场建成后可大了，能够飞各种大型飞机，到时候世界各地——美洲的、欧洲的飞机都可以在这里落地，说不定您女婿哪天从南洋乘飞机返回广州来看您，就落在白云机场。”

“那好呀！”说到女婿会乘飞机来，潘紫珍脸上露出幸福的笑容，憧憬着说，“太好了，这个机场能和这么多地方来来往往呀。”

高洁更耐心细致地解释说：“这是真的。这次国家花了许多许多钱，要把白云机场加得很长，所以只能向北边朝你们这里延长，工地也是没有办法。但是政府说了要在新市镇划一块临街的地皮，让您盖房。您的土地也征收了，用这些钱可以盖幢小楼，门面开个小店或出租，楼上住人，这样您下半辈子生活也有着落了……”

“那不行，”潘紫珍突然想起了什么说，“不行，不行，到时候我女婿回广州会找不到我的。”

“不会的，大妈。您搬了家后就会告诉亲戚朋友，包括女婿家的父母兄弟，到时候女婿回来了一问就会找到您。当他看到您住的房子比现在的好，住在街上生活像模像样，他会高兴的。”

“看你这个靓女，这么会说话……”潘紫珍被说服了，顺着高洁所说的思路憧憬着，她心想靓女讲的是实话，句句在理，我不该再赖在这里了，当即表态：“那我就搬迁吧。”

征地移民难题解决后，通信导航工程顺利地进行着。有线通信通过广州市政府安排由市电报电话局所属工程队承包，这是个拥有雄厚技术和施工力量的单位。挖电缆沟、铺设通信电缆、架设调试机场专用的200门总机和其他设施，工程进展顺利。跑道两端的远距、近距导航台工作房，由于离开机场较远工程量较小，同样由市政府安排力量施工，它是一层平房，含发信机工作室、工具室、维修调试室和宿舍伙房等，日后机场开通后可常住一两个工作人员。无线通信方面是边明森的强项，工程指挥部专门组织了一个民工队由边明森指挥调动，帮他搬搬抬抬，让各种设备就位。各类发信机是由制造工厂派人安装，由他初步调试试机，最后验收测试是在工程结束后通过飞机在其上空飞行校验才能下结论。实际飞行使用时，飞机在起飞、着陆经过远、近距导航台上空时能接收它发射的特殊电波信号，说明飞机飞在跑道中心线方向上，可以继续起飞或做着陆动作。由于导航台相距机场位置是个定数，因而着陆时通过导航台可以知道离跑道接地点的确切距离。或者知道飞机所处的位置后，以便做下一个飞行动作，如小航线[①]飞行时，在通过远距导航台才可以进行转弯动作等等。

安装坡度灯可是一件新鲜事。这种坡度灯是外交部和民航总局通过巴基斯坦友好人士从欧洲国家进口的，由于美帝国主义的遏制和封锁政策，外贸进货只能悄悄地进行，事实上是经过不少周折，货物才到了上海和广州。边明森打开包装箱找到了外文说明书，请人翻译明白了内容，按其阐述的要求，在离跑道北头约600米距离、靠跑道东侧夜航灯光外边安装，为此还得专门埋设电力电缆。这种坡度灯是一种重要的导航设施，飞机从机场南端着陆时，驾驶员仪表盘上有一种专门装置能接受它发出的光，当看到的是绿光，说明飞机下滑坡度正确，可被引导到跑道头正确位置着陆；若见到的是红光，说明飞机下滑角度不正确，不是太陡（提前接地）、就是太缓（延迟接地），都是很危险的，需要调整下滑坡度直

---

① 注：小航线　飞行训练课目之一。飞机起飞后通过远距导航台，在获得它的信号后，可作90°转弯（第一转弯）；平飞约6公里左右再作90°转弯，这时飞机航线与跑道平行；目视看到跑道另一端远距导航台后再作90°转弯（第三转弯），飞到接近跑道中心线位置时作最后90°转弯，通过远距导航台对准跑道着陆，这种飞行训练课目称小航线。

至沿着绿光引导的角度为止，技术上相当先进。边明森和高洁边学习、边切磋，终于将它按说明书上的要求安装成功。效果如何，尚须等到机场竣工后派飞机来校验，所以他俩的那颗心一直是悬着的。就像参加了高考以后，答卷是交上去了，尽管自己有七八分把握，但还没有发榜，心里总会七上八下，只能耐心地等待、焦虑地等待……

八 齐头猛进

1

广州白云机场扩建工地的人们都觉得这个春节过得很有意义、很有滋味，白天施工，辛苦；吃饭有肉，惬意；夜晚看戏，过瘾。以至于过了元宵节，春节已到尾声，不少人还在回味、留恋，总觉着日子过得太快。

节前节后一直忙得不停的徐振亮技术员所负责的工程更是进入到了关键时刻，那是航站楼的扩建项目。徐振亮也是属于“四大金刚”之一，尽管他在那个“系列”中是长得最高的一员，但在四个人相聚时发现把他划入这个“范畴”还是恰当的，故常被大家戏谑地称为“1 号金刚”。徐振亮可是解放后毕业的大学生，学的是工业民用建筑专业，简称工民建。这是一个很吃香的专业，因为人人都要住房，特别是我国人口众多，一年就会生很多小孩，小孩长大成人、成亲又要不断增加住房。现有房子不够住了，所以得年年营造住房、年年分享住房、年年欠缺住房，子子孙孙绵延不尽，像音乐中的“回旋曲”，这个主题重复演奏、经久不衰。

徐振亮是浙江萧山人，父亲是中学数学老师，什么代数、几何都教过，是个有相当资历的老教师了，因而在教案、课本方面都非常熟悉。上自习课时有同学代数练习题解不出答案，他就坐在讲台上说，去翻课本第某某页的例题，对照着一步一步去做就行了。这样的事例挺多，同学们都深感佩服。他母亲是小学语文老师，为人贤惠、善解人意。徐振亮生长在这样的家庭，家教严格、家庭氛围却很活跃，养成了他好学、勤奋、懂事的品性。他是家中的老大，除了自己努力学习外，还协助父母带好四个弟妹。一家人挤在租赁来的两间住房里，五个孩子“占领”了一间仅能放下三张双人床和一张书桌的房间，还美其名曰，“亲密无间、热闹非凡”。他妈妈调侃说，幸亏楼上还有人家住着，要不屋顶都会被掀掉的。他们生活在物质上清贫、精神上富有的其乐融融的环境下，让他人既羡慕又推崇。

解放初期徐振亮凭着他的学习成绩考入了浙江大学，他想要学会造房子的技术，将来要建许多许多房屋让大家来住，让大家住得不拥挤。大学三年级学院安排了施工课程实习，他便来到了杭州市郊区一个建筑工地。在实习过程中的一天晚上，工地突然失火，火势很猛，不少同学被困在火场中慌乱得找不到出口，由于在惊吓中乱叫乱喊，好多同学包括徐振亮吸入较多的烟雾毒气处于昏迷状态。大火惊动了邻近解放军营区，大批战士快速前来灭火抢救，结果还是有两个女学生没有救过来、窒息而死，一个解放军战士因屋塌被砸死在火场中。这件事给学院师生的震动很大，在追悼会上，徐振亮被解放军舍己救人的事迹深深感动，暗下决心一定要参加人民解放军。说来也巧，临毕业时，国家批准部队到浙大招一批学生入伍，徐振亮积极报名、多次表态，招收工作人员被他的精神所感动，同意他参军，办完手续后在新兵队训练了三个月，分配到空军广州军区建设四总队。

白云机场扩建后客流量会迅速提升，而且会有大量国际航班，进出国门的旅客也将相应增加，原有的航站楼不仅面积小，在客源流程方面布局也很不合理。比较理想的旅客流程出港宜在高层、进港在低层，避免人流交叉造成混乱。但是负责该项目的徐振亮技术员反复思索，认为要重新建高层建筑难度太大，时间上肯定来不及。当然还有一个办法是从平面上区分出港和进港客流，这样仅需增加二层、个别为三层建筑。在与有关业务人员多次研讨后，最后经广州民航领导确定，将现有航站楼靠北边一半面积改造成进港区域，余下的南半边增建二层、局部三层的新楼，作为出港区域。另需增建航站楼东、西两侧的停车坪，东侧车坪是供接送旅客出、进港的大型摆渡车使用，与停客机的站坪相连；西侧则为接送旅客出入机场的大巴、小车和计程车使用，与进场公路相接。

机场加长、扩大了，得重新建造一个塔台，这是由于跑道延长很多，原有的塔台矮了，导航工作人员看不到北端延伸道面上飞机和车辆活动情况；还因为日后航班增加，在塔台上调度工作人员、设备也会相应增加，所以要建一个高度更高、使用面积更大的塔台。事实上新塔台建造的周期很长，因而原有塔台还得维持使用，当然肯定看不远，没有办法的办法是爬到屋顶上，勉强能查看飞行场北部地面上的移动物体。所以旧塔台维持使用期间，导航指挥工作人员的室内工作面积是相当拥挤却又非常无奈。

建设四总队本身没有房屋建筑方面的施工力量，所以航站楼扩建工程安排由市建筑一公司承包。这是广州市建筑业中技术人员和设备配置最强的专业队伍，从接受任务、进场准备、材料购运、开槽挖沟、浇灌基础，都打理得井井有条、环环紧扣，春节前夕已经开始构作墙体，只见墙身一天天在增高，临到春节大部分建筑已经封顶，开始了内外装修。徐振亮作为甲方代表，经常走动于指挥部、广州民航和市建一公司，核对图纸、督促进度、检查质量、协调意见，像走马灯似的忙得团团转。但是他始终情绪饱满、精力充沛，不知疲倦地工作着。其实他心里老有一个担心，那就是上次民航总局机关人员曾来现场审核设计，临走时丢的一句话，“工期很紧，你们先按这次初步审定的意见干着，有变更我们会立即通知你们的。”谁知在大年三十下达的批复中就有一条是最恼人、最难办的：“……扩大安全检查区一倍或更多。”建筑已经封顶，这可如何处置？广州民航着急地打电话询问变更缘由，答复是，民航总局有人路过美国和西欧有些机场，发现他们安全检查由人工开箱检验改成运用一台设备检验。旅客随身行李放入设备通道中经输送带输送，由仪器就可查看清楚，而这套设备需要占用相当多的室内面积。看来要求扩大“人工安全检查区域”，留有发展余地这项批示是无可非议的。问题是为赶工期，扩容建筑已经封顶，现在要扩大安全检查区就比较难办了。为了这件事，徐振亮是绞尽脑汁、夜不能寐、茶饭无味，整个春节天天晚上有戏看，他都无心去欣赏。

他冥思苦想终于有了一个方案，那就是将新建的候机楼的底层向站坪方向扩出去，另建旅客候机的房间，而把现有的室内面积划给人工安检区，它的面积就能够扩大一倍多。在与广州民航会商时，民航有关领导同意此项修改，认为站坪面积很大，向那边扩建占用10余米的宽度并不影响其功能和使用。调整后扩大的安检区域符合了批文的要求，修改方案对航站楼施工造成的影响也降到了最低，它只需要另挖墙基加盖一层平房即可。当然，还要做好与航站楼相接处的施工，避免日后开裂分离或漏雨。为了方便日后使用，民航方面要求扩容部分的房间不必建中间隔墙，用活动玻璃隔断，便于根据不同航班的旅客数量，变动出境候机房间的大小。同时在相连的墙体上多设置一些玻璃门，在使用中可随意开闭。这些合理的建议都被商定采纳，因而在很短时间内就完成了修改设计，总体来说对施工进度影响不大。徐振亮心中放下了一块大石头，不再是愁眉苦脸、神情压抑，那种年轻人朝气蓬勃、神采奕奕的状态又回来了，时不时还哼个小调、唱上两句。

2

道面混凝土工程项目自从转移到跑道北段延长部位施工以来，由于各机位均已掌握了施工技术、熟悉了各项操作要领，工程进行得热火朝天，各机组你追我赶，既重视质量，又保证进度。全场每天约有30个机位正常施工（机位转移搬迁会影响2天浇筑混凝土时间），平均可完成3 000立方米/日道面混凝土，最高一日是3月21日全场浇筑了3 338立方米混凝土，按广东白话的谐音是“生生生发”，是个好兆头。从每周的评比情况来看，经常名列前两位的仍是陆军一营一连和新兵连的机组，一大队也有机组评上过先进的，为此机场扩建指挥部作出决议，树立一营一连为“标兵”，号召大家“向陆军老大哥学习”，“向一营一连学习”。道面混凝土工程施工在春节后掀起了一个高潮，只见统计员每天在现场指挥所道面分仓图上标图的时间相当长，好像没几天一个机位的分仓图上就涂满了红色，人们看着就高兴，恨不得把分仓图一下子全部染红，这可是扩建工地所有人员梦寐以求的事。

但是这世上“不如意事常八九”，意想不到的“厄运”又降临在白云工地上。春节过后没几日，黄道喜焦虑地反映了一个情况，春节期间运送水泥的车皮日渐减少，特别是春节过后，干脆就不见有水泥运入工地，没有水泥还打什么混凝土，这不是“无米之炊”吗？起先黄道喜以为运输上有些不顺，过一两天就会正常，没想到没几日却断货了，他感到情况相当严重，立即报告了领导并在一次现场指挥所会议上提出。

吕冀川很是警觉，心想，这是没有了“弹药”，没有后勤保障的“仗”还怎么打！他在会上指示，立即查明原因。黄道喜心急如焚，他施展浑身的能耐，使用各种能想到的办法，终于把事情搞清楚了。原来春节前后供白云机场工地的几家水泥厂和全国其他大型水泥厂一样，人员要调班休假、设备要年终维修。当然锅炉不能熄火，但仅仅是维持不熄火地小量生产，因而产量大减，无法保障原来的供应。了解情况后，黄道喜责怪着自己粗心大意，过去似乎听说过这种事，其实可以提前与几家水泥厂沟通，调整休假和维修时间，以便保证工地的水泥供应，现在想到这些有个“屁”用，“马后炮”！

他把了解的情况边向总队领导汇报、边检讨自己的失职。吕冀川深感事态的严重，立即召开现场指挥所紧急会议，商量补救办法，这可是我党的工作法宝——走群众路线，来个集思广益。

会议由吕冀川亲自主持，先安排黄道喜作个简要的汇报，然后请大家发表意见，如何来处理这件棘手之事。会场上气氛严肃、安静，人们竟然没有要求发言的冲动，都处于沉思、考虑之中……

吕冀川冷静地询问说："目前工地所存有的水泥尚有多少？把其他用水泥的项目都停下来，集中供应道面混凝土施工。"

黄道喜立即回答说："闫崇进助理统计过，现有水泥只能维持道面施工3天左右。即使把混凝土预制厂、排水工程等使用的水泥转供道面施工，也仅增多约一天，因为这些工程本身消耗的水泥数量就不大。"

二大队屠文田这次倒是积极发言，他说："战斗中情况紧急可以请求友邻支援。我们靠着这么大一个广州市，是否向一些用水泥的单位调剂一下，救个急。"

"我来汇报一些情况，"文昊接着发言说，"上次因为借试验用的铁模子无意中知道一些事，地方上一般使用300号水泥，少许单位使用400号。而我们由于道面工程强度要求高，所用的水泥在强度上必须留有一定的'富余'才行，我们大部分用的是500号硅酸盐水泥，或者500号矿渣硅酸盐水泥，甚至还用到600号的。因而能否从地方上调剂，技术上如何把关都是值得考虑的。"

陈伯庭发言说："文技术员说的是对的。用 300 号水泥打道面混凝土是不行的。但是，我有过用 400 号水泥打 300kg/cm^{2}强度的混凝土的实际经验。我看马上去联系使用 400 号水泥的单位，试验室人员一起去，先取点回来做配比试验。"

问题有了转机，吕冀川思忖着不能老坐在会议室讨论，看准了目标得抓紧行动，于是，他最后说："我想我们应该开短会，马上行动才行。下面明确一下，第一，物资部门即速与供货的水泥厂沟通，请他们尽快正常生产或调整供货分配方案，争取迅速恢复水泥的供应；第二，场建科派人跑广州市相关单位，争取调剂到 400 号水泥救个急，不使道面混凝土项目停工待料；第三，场内所有的水泥，即日起全部集中供道面施工，解决一天是一天，由物资科统管。散会。"

建设四总队的作风是"说干就干"、"雷厉风行"。黄道喜这次亲自出马，连夜出发奔赴供货的水泥厂，调侃着说是去"拜个晚年"。效果显著，厂方了解情况后，当即决定马上恢复正常生产，职工假期日后另补，并发给加班费。但是，"船大难调头"，即使这样到正常供货也得等 8～10 天时间。场建科也是章玉贵亲自出面，带着试验室人员，通过与市政府沟通，找到了市建筑总公司说明情况后，总经理挺支持，当即表态只要白云机场扩建工程能用，可以马上调剂借用，为此随车带回来好几袋水泥做配比试验。当晚试验室就熬夜忙开了，做了几组试件，等 3 日后压出结果再作决定。至于场内水泥调剂，那是分分钟的事，像喝蛋汤那么容易，物资科大胡子助理闫崇进带着一部大卡车，走到哪里办个手续，就把水泥装车运到道面施工现场，哪个机位需要就卸在哪个机位。

大家都焦虑地等到第三天夜晚，试验室又是灯火通明连夜压试件、出试验报告，得出的强度数据说明这批400号水泥能用，因为其中有一组配比浇捣的混凝土的抗折、抗压强度达到要求，仅仅是每立方米混凝土水泥用量增加了15%。逐级汇报上去，半夜里吕冀川下决心第二天就去办手续借用，水泥供货的“难题”总算有了替代办法，这天夜里工地上所有为水泥操心的人们可是安安心心地睡上了一个安稳觉了，尽管已是后半夜，那也是睡得无比香甜、美妙！

道面混凝土工程没有因为水泥供应而造成停工待料，一直顺利地进行着。陈伯庭和试验室却担心着用400号水泥，水泥强度的富余量少了一些，怕影响混凝土后期质量。可是实际施工中因为每一拌混合料中水泥用量的增加，混凝土的和易性改善许多，更容易浇筑，因而各个机位反倒喜欢用400号水泥。仅仅用了七八天原先供应的水泥又按计划到货，各浇筑机位“喜欢”的水泥的使用也告一段落了。

道面混凝土施工顺序上是完成了跑道就向联络道、滑行道转移，最后转向站坪浇筑。站坪就像一个特大的广场，面积要比广州市任何一个广场的面积都大许多，因而各机位只好围在其四周布置，就像群蚕吃一张特大的“桑叶”，从周边各个方向一直浇筑到中心互相连接为止。会影响总进度的是校罗坪的施工，这是一个道面形状细细长长的、混凝土量不大的、位置又偏远的施工地点，其前仓运送混合料铁斗车在路上要推很长时间，作业进度相当慢，好在场建科早安排了施工单位，所以也及时完成了任务。

白云机场扩建项目中主体工程——道面混凝土共 103 000 立方米，在这种“半机械化”的施工条件下，在空军建设四总队（包括刚组建的新兵连）、建设六总队、工程兵五团和陆军工程兵一营一连以及配属的民工的共同努力奋斗下，在地方政府和各企业积极支持下，终于在 1964 年 4 月 1 日浇筑了最后一块混凝土道面，工程项目宣告完成，质量全部达标。这项工程前后仅用了 87 天，这在机场修建方面是史无前例的，但相信肯定会后有来者，创造更大的奇迹。

3

场内排水工程在春节以后的日子里进展惊人，从形象上、功能上已相当完善。跑道两侧侧盖板明沟，那是跑道有多长它就设多长的排水设施。现在已开始清理沟槽内杂物，清理一段就先用水泥砂浆在沟墙顶部找平，再盖上一段预制的钢筋混凝土盖板，使得盖板盖上后平顺稳固。盖板越盖越多，视觉上是从跑道到土跑道一气呵成，很是赏心悦目。

场内各式预埋管道涵洞工程，都已接近尾声，大部分在完善洞口片石砌筑的垢工，有的正在构筑墙体，有的在进行最后一道工序——用高标号水泥砂浆勾缝。全机场拥有大大小小管道长度达 7 100 余米，特别是穿越跑道、滑行道的 150 厘米大涵管，在进口和出口处加设了多扇钢筋网栏栅，以防闲杂人员或者其他活体误入。同样情况，其他小口径管道的出入口也都加装有一扇钢筋栏栅。

围绕机场北部延长段修筑了一条排洪沟，看上去简直像条小河。沟的两侧边坡上铺满了草皮以保护土坡稳定；在跑道北端相应一长段的边坡还砌筑了块石，石头砌体表面勾筑了水泥砂浆凸缝，勾勒出大大小小形状各异的块石轮廓，挺耐看且有特色，当然甚是牢固。排洪沟很长，光挖沟的土方就有 14 万立方米之多，堆在一处肯定是座小山。

各处预埋电缆沟都已完成，每孔电缆管埋设后都穿有一根 8 号铁丝，并用浸泡过防腐剂的木塞子把两端口部封住。在铺设穿越电缆时，拔去木塞，用预留的铁丝绑住电缆头慢慢拉着电缆出另一头管口就成。供电工程和有线通信工程都已按设计的线路位置完成各处的预埋电缆管道。实际上预埋的管道在数量上是留有余地的，也即各处均多埋设了一两个孔，以防日后有新电缆要通过道面。

跑道两端头还得建与跑道同宽的、长方形的沥青混凝土防吹坪，这是考虑飞机起飞刚离开跑道时机身不高，这时机头朝上、机尾朝下发动机喷出强力高温气流，会吹袭跑道端头外部铺有草皮的土面，天长日久那会吹出一个一个大土坑。即使建了沥青混凝土防吹坪，实际使用中在其末端以外，仍会产生一些被吹出的土坑，机场维护单位得经常去修修补补。建设四总队可没有铺筑沥青混凝土路面的技术力量和设备，但是任何大中城市都有修建沥青道路的专业队伍，广州市也不例外。经与市政府沟通，安排广州市路桥建筑公司担任此项工程施工。因为白云国际机场的名声显赫，公司总经理带了一帮人到现场踏勘领受任务，一看就铺那么“巴掌大”共几千平方米的两块沥青混凝土路面，当场表态，一个月内完成。第二天起就陆续进入施工设备和人力，开挖土槽、干砌拳石基层、洒铺碎石找平、浇灌热沥青使碎石稳定，最后面层摊铺 4 厘米厚沥青细石混凝土，整平后经 6 ~ 8 吨压路机碾压几遍，沥青路面，也就是跑道两端的防吹坪建成了。市路桥建筑公司说到做到，这真是“会者不难”，他们把建设四总队视为棘手的事三下五除二给解决了，完成的日期是来领受任务后的第 28 天。机场指挥部对他们的工作非常满意，除了财务方面按规定结账外，还专门制作了一面锦旗，由李宝生择日前去献旗道谢。

跑道、联络道和滑行道周边均要修筑厚 12 厘米低标号的水泥混凝土道肩，既作为在飞机一旦滑出道面时，道面与土面的过渡，也是对道面边缘基础的一种保护，避免大量雨水挨着道面边渗入到基础和土基，泡软了土基影响道面的稳固。原先四总队修建过的军用机场道肩宽度为 1.5 ~ 2.0 米，但是白云国际机场日后以大型客机使用为主，按国际上的标准需建 10 米多宽的道肩，当然厚度还是 12 厘米。道肩是按 1.5 × 2.0 米大小分块，分块间只需用薄木条隔开，虽说是低标号混凝土，由于面积很大，前仓混合料运送距离很长，浇筑时也颇费周折和时日，当然总的来说比道面混凝土的施工简单多了。

整个场道地区所有的土质表面都要求种草，由于原白云机场使用年代久远，因而到处是茂盛的草坪，以至于经常要用割草机去打理修剪。为什么要种高草呢？原因是有的草冬季枯萎后在春天长得早、快，如高草；有的草尽管长得慢，但生长周期长；有的耐踩压还会自身蔓延；有的栽一棵就长一棵，但生命力强，十年八年它还存在……因而机场植草是要设计规划的，总之是保障土质表面长年青葱无土面裸露。

对在施工期间由于堆放砂、石材料造成草地枯萎，在材料用完清场后，若能有时间让其自然生长也就罢了，但遇到时间短促一时半会儿难以长出时，那就需在机场交付使用前贴铺草皮，而且要洒水养护让其成活。另外，挖沟槽后回填土，当用矿物土时，其表层也很难长草，也需铺盖草皮。当然草皮购买、贴铺费钱费工，只要有好的土壤自然界的草是随随便便都能长的，所谓“野火烧不尽，春风吹又生”。因而建设四总队的人学乖巧了，土方施工前，在需要挖土区域，先把表层约25厘米长得茂盛青草的土刮起来，集中堆放保留，这种土称为“植物土”或“腐殖土”，等工程完成后在那些有矿物土的土面上撒铺上10来厘米厚的“植物土”，几场雨一过，就长出绿油油的嫩草了，那比买、运、贴草皮经济简便、施工快捷、效果显著多了。作为土方施工场地，不是挖就是填，当然也有不挖不填的零地带，那种地区相对比较少且面积不大。这些零地带是堆放植物土的最佳地盘，这些平时不在意的植物土，把它集中起来那会堆成很大一座“小山”，施工期间场地金贵，那座“小山”放在什么地点，施工总平面规划、设计时要精心考虑。况且“植物土”是需要堆放整个施工周期的，若规划考虑不周全，施工期间因故需要把它转移挪动一次，那可就不划算了。

各项工程进展到八八九九，就该开始准备竣工图纸及资料了。若工程在施工阶段没有变更，可晒出设计蓝图当竣工图纸；若在施工中少有变更，就用红笔在蓝图上勾出变更的地方；若变更比较大，那就得把最后工程实际情况重新制图，再晒出蓝图归档。譬如，航站楼工程变更很大，按扩大面积后实际情况重新绘制平面设计图和东侧的立面设计图；再如，排水工程中 150 厘米涵洞东端洞口构造上为了防止闲人进入涵管，除了再增加一道铁栏栅外，加大、加深了口部的沉砂井，井的四壁不仅不是垂直的，而是做成“倒斜坡”的，一旦有人掉落井底就很难爬出。这种与原设计变更较大的，也得重新出图。另外，竣工资料还包含工程设计说明、上级有关批复、各种装备特别是进口设备的说明书、使用手册等等。

4

春节已过去了一段时间，广州市的气候仍旧时寒时暖，似乎暖的日子越来越多，寒冷的日子则明显减少，春天的气息是越来越浓。突然有一天人们发现木棉树高高的枝端开出了红色的花朵，一朵两朵，没几天这种红花越来越多，以至于没法数得清楚。在光溜溜的枝干上簇拥着大量红嫣嫣的花朵，像一大盆火焰烧热了大地和空间，美轮美奂，煞是好看，让人振奋。

一天，建设四总队全体军人干部集合开会，会上宣读了一大批人员晋衔晋级命令：……罗小年由中尉晋升到上尉、由副连提升到正连待遇……文昊授予工程师职称、由中尉晋升到上尉……事后了解到文昊的同学颜有灿虽仍为中尉，但待遇由正排提升到副连，也即薪金由 72.6 元提高到 82 元。晋衔晋级命令发布会后，文昊心中是喜忧参半，好像忧还多一点。在军衔和级别方面他可一直没有太过计较，作为个人也无从计较。记得到哈尔滨入军事工程学院时，院方宣称这个学院是培养军队高级科技人才的场所，毕业时是解放军科技军官，授予中尉军衔、副连待遇；学习成绩全优可在学院光荣榜留上金名，破例授予上尉、正连。当然军衔肩章是银白底的，那颗星也是银色的，不像搞军事、政治工作的军官，他们的肩章是金黄底的、星是金色，但待遇还是一样的。谁知哈军工毕业时这些许诺都不见了，凡是学业合格（含优等生）准予毕业的都戴着学员肩章分配到各军区，约过一年后都授予少尉正排，过两年再提升到中尉，但正排待遇未动。

文昊出身上海市普通居民家中，父亲是个裁缝，母亲负责钉纽扣、烫熨衣服、操办家务。一家人挤在一间店铺中生活，日店夜宿。夜间父母在店堂后侧架起一块棕棚床睡觉，而文昊就是睡在父亲裁衣服的柜台上长大的，高中时脚已经悬出了柜台，两个妹妹也只能在夜间打地铺。由于父亲有一种“干一行怨一行”的思想，觉得做手艺人没出息，咬牙也要让唯一的儿子读书，将来坐写字间、穿长衫。因而文昊从小学上到初中，好在念初中二年级时上海解放了，尽管他上的是私立中学，但解放后学费也减了不少，这才坚持到高中毕业。毕业那年巧遇哈尔滨军事工程学院经军委同意招收应届高中毕业生以提高生源的文化水平，文昊被学校推荐报名，经入学考试合格被录取，这让他暗暗高兴了许久。因为抗美援朝时期，文昊已是新民主主义青年团团员，思想进步的他积极报名参军，但父母硬是以独子的理由到学校交涉、哭闹，搞得他非常没面子、恨不得有个地洞钻下去。当时学校怕事情闹大影响不好，而且文昊是团支部骨干也不想让他走，就同意除名。为此他在家里大闹了一场，到底是孩子大了，父亲靠打骂、高压行不通，最后许诺“高中毕业要参军，闲话一句”。谁知无巧不成书，文昊报考的哈军工就是参军，这次文昊学乖巧了，只说学校推荐一个优质大学，不要学费还包吃包住，但是保密的，怕“特务”、“坏人”破坏，所以要入学后才能告知家长学院名称、在哪个城市等等。文昊父母是一对勤劳的、大字不识几个的老实市民，想到儿子是中学推荐去报考大学的四名学生之一，考中的三名中就有儿子一个，而且还是提前入学，当然光荣、很有面子。特别是上这个学院让他们日夜发愁的“让儿子上大学钱怎么办?”的问题一扫而光，心中大喜，在邻居中说话也抬得起头来，因为文昊是那条小街上解放后第一个大学生。等到文昊入学后收到第一封家书才知道真相，一家人，特别是父亲又气又急，狠狠地责怪文昊，但已“生米煮成熟饭”。

入学这几年学院管吃管住、发书发文具，特别是还发津贴费，当年入学每月就有 11 元，逐年增加，待到毕业那年已发到每月 25 元。这样的待遇对一个上海市小裁缝的儿子来说，简直是登上“天堂”般的生活，“老鼠跌进米缸里”，“富裕”得他过年过节还可向上海家寄钱贴补。结婚后爱人也是个共产党员、职业护士，每月工资 33 元。爱人家中父亲早亡、弟妹一大堆，也是个“困难户”，所以两个人的钱紧巴巴，每每都得算着用。除了月月贴补各自家中外，有点积蓄年年都交给“铁道部”了，因为探亲来往得乘火车，路费可是个大头。难得获得晋升的机会，但却偏偏提衔不晋级，要知道能进一级增加十来元钱，对文昊来说是相当“重要”，当然这个“重要”却没有来临。他想不明白，怎么衔与级悬殊得这么大呢?真是百思不得其解。既然无解，他也就放下不太去想了，因为总的来说是共产党的培养、组织的关怀，才使自己有现在这样相当不错的境遇。所以有几天别扭后，他就自我化解，又积极地投入到了工作中。

其实文昊经济上紧张还由于有个额外支出，当然是心甘情愿的，那是建设四总队在修建湘南机场时发生的一桩悲惨事件。湘南机场选址在一片红土丘陵地域，高处挖、低处填，硬是靠人工搞定了约八里长、一里多宽的一块平地，搬动的土方以百万立方米计。湘南红土是很硬、很不容易挖动的，在土方施工定额中属四五级硬土，五级都近于“软石”了（一级为松土）。一镐一锄下去，也就挖出一小块。有时用炸药爆破，但相应成本比较高，于是有的民工在挖土中找到“窍门”——挖“神仙土”。所谓挖“神仙土”那是把一般有4～5米高的土体，在其下部沿水平方向挖入一条土槽，选定一个宽度，两侧也挖土槽。再在其顶部选定一个进深再挖条土槽，这些土槽挖到一定深度时，四周有沟槽的大块土体由于与整个山体分离了，在自重作用下轰然倒下。倒下的土体有几十甚至百多立方米土方，它倒地时有一定的冲击力还会使土体破成碎块，因而大大提高了“效率”，有不少民工冒险偷偷地选用这种挖土方法。为什么说是“偷偷地”呢？因为工地《土方施工规程》中明文规定禁止挖“神仙土”，理由是危险！这种挖土方式没法控制大块土体何时倒下，开挖时一定要左、右、上、下沟槽均挖至相当深度，使土体逐渐形成“孤立”的一块，才会在自重下倾倒，这个时机极难掌控，经常是发生在下部加深沟槽的民工来不及躲闪逃出，土体突然倾倒，人就被埋在土中造成伤亡。而也正是由于这种屡屡出现的血的教训，才使《规程》中予以明文禁止。湘南机场就发生了这样的悲剧。

一天下午，天气晴朗，文昊去到二大队工地，与瞿世毅共同巡视土方施工现场，因为要核实该大队土方工程总进度，所以所有挖土地点都要查到。他们边看、边记录、边议论，在走到一个偏远的挖土区时，只听得施工员李兆元在大声叫喊说："快出来！快离开！"原来他发现有人在挖"神仙土"，周边的土槽已有相当深度，为了让土体倒下，两位民工正在加深下方土槽。尽管李兆元大声疾呼，两位民工还在专心致志地挖着，可能不愿放弃即将到手的实惠，或者没有听到撤离的呼喊声。李兆元救人心急，一个箭步蹿过去，想拉他们离开，说时迟，那时快，当李兆元又推又拉地帮着民工撤出时，土体轰然倒下，把三个人都埋在其中。这个情景瞿世毅和文昊正巧全部看到，当时大惊失色，立即猛跑赶到埋人的土体前，瞿世毅马上组织现场抢救，一边指挥民工快速挖掘倒下的土体；一边找人向指挥部报告，请求卫生队来医生、来救护车施救。文昊一边协助指挥，一边找到一把锄头参与挖掘。倒下的土体说是散开了，却仍是一块一块的相当大，土质很硬很难挖动；另外由于有人埋在下部，所以不敢太用力、怕镐或锄头伤及人员，有时只得徒手或者几个人合力推开大土块。挖掘工作进展很慢，等到日落西山，总算把三个人依次找到、挖了出来，结果是靠外缘的民工因覆盖土层较薄尚有微弱呼吸，但已神志不清，医务人员立即把他抬进救护车，边抢救边送医院。接着挖出李兆元和里侧的民工，由于埋的土层较厚、时间又久，已经停止了呼吸，卫生队人员把他们抬到空旷的地方实施人工呼吸，救治了1个多小时，但是两个人仍无生命体征，医生宣布他们已经死亡……

李兆元，四川达县人，1955年入伍的第一批义务兵。参军三年家中父亲因病亡故，祸不单行的是弟弟、妹妹不久前又在一次车祸中不幸丧生，留下一个老母亲也是有病在身。根据情况组织上已同意其复员回乡的申请，正在办理各种手续，谁知竟发生了这样的事情。

李兆元为人聪明、勤快，是个爱动脑子、好学习的人，当他知道文昊是哈军工毕业生后，每次见到他除了汇报施工情况外，总要问及一些技术问题和日常生活知识。文昊也挺喜欢这个脑袋灵活、求知欲强的年轻人，因而两个人很谈得来。记得有一次在工地上相遇，谈了工作后他竟会发问："文技术员，我听说这个机场土方工程是你设计的，真是伟大！这么高高低低、有山有洼的土地你是怎么把它搞平的？"

这下把文昊给问愣了，因为讲深了那就是一门"地势设计原理"课，不是几句话能讲完的；简单地回答又怕说不明白。于是他挖空心思、深入浅出地找各种合适的词语回答说："这个问题说起来有点复杂，首先整个场地经过测量画出地形图，在设计中要设定一个基准高程，譬如这个机场周边有耒水环绕，所以机场必须高于耒水最大洪水高程，以免日后发大水时受淹。其次要考虑全场土方平衡，不然若挖方多了，还得征地弃土，那会造成堆积成山或是侵占良田，而且挠动过的土不容易水土保持；若填方多了，也得多征地借土，也是一件麻烦事。再则设计中是采用逐渐接近法，因为机场地势的坡度大小规范中有规定，如跑道纵坡、横坡，土面的坡度都有最大、最小值，设计中得符合要求。举个例，土面不能设计成完全平的，称“0 坡”，那样下雨后水怎么流走？当然坡度不能太大，要不然下雨后地面径流会冲刷土面形成一条条沟，而且会越冲越大。假定了设计标高初值，计算出土方经多次调整直到符合上述准则为止，这是一个很烦琐、很细致的工作。”

文昊费力地解释后心想，不知道他听明白了没有，谁知，李兆元又冒出一个问题，他说：“挖哪里，填到哪里？有的很近、有的运输很远，那是怎么确定的，为什么？”

“那是属于土方调配设计，”文昊再次为他能提这样的问题感到惊奇，继续耐心地回答，“土方调配的目的是使全场土方平均运距最短，同时避免走回头路，这也是要多次调整才能得出一个合理结果。我说你可真是爱动脑子，想问题如此深广，实在是个好青年。”

“不是的，”李兆元听到表扬后不好意思笑着说，“不是有句古语‘知其然，知其所以然’吗？好多事情我只是想搞明白，要不稀里糊涂地干着，这不成了一个木偶、机器人了？没啥意思。”

“你真应该去上学，”文昊高兴地正视着他说，“求知欲强，爱动脑子那是非常可贵的，以后有什么问题都可以问，我尽我所能来回答，和你共同探讨。”

这么一个活生生的人，就在自己眼皮底下突然消失了，让人实在是接受不了，而问题是如何面对他家中在世的老人。为此，文昊与瞿世毅商量说：“瞿工，李兆元的死打击最大的是他那位有病的老母亲，前几天他还跟我提起家里的情况，过去他一直每月给老人家寄 10 元生活费，是个孝子。我想不能让这位母亲再受打击了，把他的死瞒一瞒，我们每月还是给老人家寄 10 元钱再写封平安家书。您能否在他的遗物中找些有他的字迹的文件，以便我来模仿。”

“好呀，好呀。”瞿工高兴地一口答应说，“文技术员你真是个好人，假如我能代表的话，要代小李谢谢你。我看这样，他经常写有报告、统计资料给我，我熟悉他的字迹，写家信就我来；另外你的收入并不高，钱也由我来寄。”

“不行，不行。”文昊着急地说，“写信那就请您代劳，我同意。但寄钱是我提议的，不能转给您来承担……”

最后商定他两人每月各出 5 元，交由瞿世毅写信汇出，这可真是“善意的欺骗”，无可奈何的情义之举。瞿工告诉文昊，小李母亲不识字，由他舅舅帮助读信和回信。所以瞿工是先写信告知他舅舅实情和商定的做法，同时要他拦下县民政局《死亡通知书》并把抚恤金代为保存。他舅舅回信说同意，但建议每月写封信就可以了，不必寄钱，家里有困难自己想法解决。瞿工回信说那样会穿帮的，因为小李是每月寄钱，这样才能把这个“故事”继续编下去，有他舅舅帮助相信一定还能编得下去。到了白云机场他们俩继续做着此事，只是近来回信说小李母亲身体越来越差，念叨着盼儿子回家，瞿工回信不断地编着、哄着……

5

穆圣东这段时间除了跑外场指导协调排水工程收尾工作

外，还忙于收集整理他所管辖的工程的竣工资料。他心里明白，到该离开教育培养自己成长的解放军大学校的时候了，想着自己曾一股热情参加了部队，在连队当上文化教员，参加过战斗——当然不是大战役，但也子弹上过镗、开过枪。记得那次战斗中指导员突然挂了彩、不省人事，当时只有自己最靠近他，也不知道哪来的勇气和机灵，急忙给他包扎伤口，立即背着他下火线，及时送到了卫生队进行抢救。事后得知由于救护恰当，又很及时地止住了血，指导员得救了，为此上级予以嘉奖、立了一功。在文化教育方面他也尽力尽责，深入浅出地讲解课文，特别是结合课文穿插些历史故事、趣闻逸事，引人入胜。战士们在欢笑中了解并记住了字义，提高了学习兴趣，因而在部队组织的考核中，他所在的连队成绩拔尖，多次获得上级嘉奖。在选拔有一定文化底子的干部报考哈尔滨军事工程学院时，连队是极不舍得地"忍痛割爱"，让他去报名，结果考取了，当然这也是因为哈军工急需招相当名额的学员以培养军事技术人员。穆圣东心知肚明，这并不代表自己文化水平高，仅仅是"矮子里拔将军"，那个年代在部队里年轻一些、有点文化底子的人是凤毛麟角。这不，一进入哈军工学习，就需在预科一年中补习文化基础课——相当于把高中数理化课程复习一遍，另外增加了俄语。可能是年岁稍大了一些，更因底子薄，故学习得很吃力，各门课程仅仅是个及格的"3 分"。待进入到本科，那个"辛苦"劲儿，实在无法形容，当文化教员时那个得心应手、说东道西、很有能耐和本领的模样不见了。自己只得花费更多的精力、加倍的时间，加上党团组织不断的鼓励、学习好的同学时不时给上个“小课”——补充讲述、帮助理解，学习得磕磕碰碰，几年的努力总算得到了收获，及格，准予毕业。可是在政治上由于有一个有海外关系的未婚妻，事关前途，不少在组织的同志与他谈心分析、旁敲侧击地为他指引方向，但是这在老家是件极为普通、非常普遍的事，他实在是不能把她舍弃，因而无法入党。分配到广州军区空军后他尽力尽责干好工作，也算对共产党、解放军的培养作个回报。当然他懂得革命队伍中是有原则的，不能因为情况特殊而坏了“规矩”，该到离开可爱的部队的时候了。这点他思考了很久，想得也很明白，无怨无悔。接下来，他就把经手的工作作了交代，不留后遗，“好聚好散”嘛。

临走前几天，得知哈军工第三批毕业生基本上都分到军事院校，有的去西安空军工程学院、有的在徐州空军后勤学校（以下简称徐州后校）。徐州后校已筹备完毕，即将在空军工程总队、工程兵团招一批优秀战士入学。听到这个消息后穆圣东非常高兴，心想，这是在培养人才呀，工程部队后继有人啦，他竭力推荐施工员武鹏入学。这好似一颗石头掉落在平静的湖面，立刻引起水波万道。建设四总队、六总队以及工程兵五团中那些服兵役的战士、老兵沸腾起来了，积极表态报名，干部们忙着“排队”、挑选。特别是新兵连连长罗小年，天天与连队干部开会摸底，总的看来大部分当班长的战士都表现优秀，他们从大处着想，忍痛割爱，基本上都予以推荐，不考虑这批骨干一走会影响连队日常工作。至于能否入学接受培养，那就看他们自己的努力和“造化”了。

总队领导非常重视这件事，专门安排文昊、朱寿定等几位大学毕业的技术员，给选拔出来的老兵补习功课，总共也就 20 来个战士，晚上上课，白天给半天时间自己复习，恶补文化知识；在生活上也给予适当照顾，总队要求给参加补习的战士每天必须另加 2 个鸡蛋。约摸个把月的复习后，徐州后校配备有教员的招生小组前来组织考试和遴选，武鹏还挺争气，居然考上了，时年八月与总队里一批优秀战士一起赴徐州后校报到上学，这是后话。

穆圣东极为低调地办理着复员手续，他想这可不像光荣参军那样需要敲锣打鼓、大肆宣扬地进行。在大队政委和政治部组织科找谈话后，他准备四月上旬离队返乡，不要任何形式的告别，领导也尊重他的意愿。离队的当天一早，来送他的是武鹏和文昊。文昊是在一个偶然的机会，组织科干事在食堂用餐时，考虑到他们是哈军工的同学悄悄地咬了耳朵得知消息的。当文昊出现在穆圣东面前时，他深感震惊，心想文昊怎么会知道，到底同学情义。转而一想，唉，何必相送勾起惆怅，让我一个人默默地走掉算了。他们两人只是紧紧地握手，长时间握手相视。武鹏拿着已整理好的行李，看着这两个老同学感人的情景，他怕破坏这相视一刻、这离别一刻、这无言一刻的宁静……文昊感到穆圣东握手很有力，而且在逐渐加大握力，同时开始上下晃动，而且左手也搭上来了，文昊也赶紧搭上左手并晃动着。此时无声胜有声，本来文昊想说，回乡后有什么困难一定来信告知，我们会尽力相助，但没说出口，他知道圣东的倔强劲儿，一定会自个儿扛着。这年头，谁依靠谁呀！心中默默地念叨，老同学，去另打“天下”，可要保重呀！穆圣东心中明白，文昊肯定想说日后有事找他们，但没有说出口，到底是老同学，知道我的脾性。当然今天他的出现、相送已经令我非常感动，到底人间尚有真情在。他看着文昊，在心里说着，老同学再见了，部队里也不好“混”，愿你顺利、请你保重。

武鹏看着他们久久地相视无语，也不敢说话催促，只是提起行李用肢体示意该走了。穆圣东感觉到应该走了，突然激动地拥抱了一下文昊，两个老同学熊抱在一起，互拍肩背。然后穆圣东松开文昊，朝门外走去，武鹏提着行李跟了出去。留下脑子里一片空白的文昊，尽管早知道老同学要复员，但真的走了，仍觉得伤感，心中疑惑着，事情怎么会这样？他拍拍脑门、定定神后，迈步折回指挥部。门外，天才微白，灰蒙蒙、阴沉沉，斜风细雨飘飘扬扬映入眼帘……

6

白云机场始建于民国 21 年（1932 年），国民革命军第一集团军在白云山西侧牛栏岗征地兴建，于次年 11 月完工。所以选择这里建机场是出于军事考虑，此处靠近白云山，容易隐藏飞机。机场竣工后，陆续开辟至梧州、南宁、龙州、茂名、海口、北海等地的航线，并几次扩建延长跑道。

1949 年 10 月 14 日广州解放后，国民党空军飞机不断对白云机场进行了轰炸。在人民解放军空军组建并反击后才有所收敛。

1950 年 8 月 1 日，军委民航局开辟天津—北京—汉口—广州航线，标志着中华人民共和国成立后国内民用航空线首次正式启用。

红花还需绿叶扶持，对于一幅绝妙的图画，衬托着万紫千红花朵的绿叶必不可少，那是一个整体、相辅相成，共献魅力和瑰丽。此次扩建目标是国际通航，扩建工程不仅在机场内方圆 8～9 里地轰轰烈烈地进行着，在机场周边的外围配套工程也一样热火朝天、众目共睹地展开着。随着跑道延长，机场等级的提高，对机场净空①的要求也相应更加严格，必须按最高一级标准予以重新考量。设计单位在设计中已作了详细检查，他们用最新的 1/50 000 地形图，把机场位置和侧、端净空的范围标在图上，然后东侧、西侧、南端、北端逐一检查，发现有不符合标准的超高建筑（或地形点）就标出，经核实后，超高处必须进行处理或作出飞行规定。

机场东侧是白云山，它相对于机场来说是个庞然大物，相对高程高出机场许多，无法满足侧净空的要求。当然对于如此高的一座山也无法可施，要将其削平，那得是多大的工程量呀，何况它还是座石灰岩质的山。所以只能从飞行上作出规定，东侧不作为大、小航线飞行使用，也就是说规定为飞行禁区。

机场西侧是广州市区和郊区的接合部，一马平川，建有大量居民用房，大部分建筑不高，为 3～5 层的楼房，均符合侧净

---

① 注：机场净空　机场净空分为侧净空（平行跑道两侧各 6 公里范围内）和端净空（白云机场要求从跑道头向两端各延伸 20 公里的范围）。机场为了保障航空器起降安全，对其周边，特别是两端一定范围内的地形、建筑物与机场的相对高度的关系，不同等级机场都有相应的障碍允许高程和范围的规定要求和控制标准。

空的要求，只有一幢靠近机场的10层楼房，尽管接近允许障碍物标准高度，不能算超高，在白天飞行时目视能见，但是其位置正好在小航线飞行的航线上，在夜航情况下为了保证安全，要求在屋顶装上障碍灯，夜间必须开灯，用红色闪光警示。

南端净空整个穿越广州市市区，白云机场建成并已使用30余年，初建时三元里是广州市的郊区，机场还在三元里北部，所以南端的净空并不影响机场的使用。随着时代的变迁，广州市不断向北发展，越来越靠近机场的南端，机场管理部门多次作出在南端净空范围内不准修建超高建筑的规定。但是，此次是按国际机场要求扩建，重新按新标准来衡量，果然发现南端净空有10余幢高楼大厦有超过或接近障碍物最高允许高度。有的超高建筑在跑道中心线延长线附近，也有的虽偏离中心线延长线，但还在2公里宽的范围内。为此机场指挥部请示广州市政府要求市规划局属下勘测大队对这10余幢建筑进行顶部海拔高程测定，在与机场的海拔高程比较后，最后确定有9幢楼超高，一般超高在10米以内，仅有一幢超高21米，但位置靠近净空带的边缘。因而市政府发出建筑令，强制业主按机场要求装置障碍灯，必须在日落到日出间红灯闪亮。好在广州地区常年以北北东风（按16个方位划分）为主，即北方向的风为多数，南端是白云机场的次起降方向，起飞飞行频率较低。

白云机场北端是主起降方向，而北端恰恰是大片农田、菜地，这充分说明原先选址此处建机场的领导和工程技术人员的睿智。设计单位作了仔细检查和核实，最后仅发现北端离跑道头3公里处、东侧靠白云山麓有一块东高西低的坡地超高。在这个距离上形成障碍，对于起飞的飞机来说是刚离地，空气动力性能还不能达到操作自如，处于机动性比较差的状态，没法做更多的空中机动，只能平稳加速升空而已，所以有这样的障碍对起飞不利；对于下降着陆的飞机来说，处在低空快要接地，已无法躲闪地面障碍，只能沿着跑道中心线方向下滑，结论是有这样的障碍是不允许的。因而这块超高的坡地必须按最高等级端净空障碍物允许高度的标准挖除，在“吹风会”上设计单位已作过交代，也纳入工程项目之中。指挥部安排场建科负责技术指导、测量队具体放线，还专门组织了一个民工队租住老百姓空房，在工程初期就已动工。按设计要求，挖出的土方被弃于一个小山坳中，为了不出现水土流失，依照土方作业规程的规定，弃土区原地面铲除了草皮，坡地挖成倒斜坡台阶，弃土时应分层夯实。碰巧，挖土区遇见有石头，那是石灰岩质石料，造成了挖方的难度，场建科派人指导民工进行小药量爆破作业，避免松动山体、加快挖掘进程，从而进度未受影响。同时他们利用挖出的石料，在弃土区坡脚增加了一道干砌片石挡土墙，更能保障弃土的稳定，真是利用“废物”的一个极好主意。春节后，经过检查挖土区已符合净空允许的障碍物高程，然后在土质表面采用花格贴草皮，以便日后蔓延长草，稳定土质表面。净空土方处理工程终于在 1964 年 3 月底全部完成，经验收合格，遣散了民工。这也是白云机场扩建工程中第一个竣工验收合格的项目，当然这个项目比较简单。

九　硕大无朋

1

又忙又累的人就是有活干、有能力去完成各项任务，可以作贡献；又忙又累的人是没有时间和情绪听别人发牢骚和无病呻吟的；又忙又累的人们是不会指望他人那种靠不住的同情和施舍；又忙又累的人往往认为累得有价值，不会抱怨自己活得累，他们无怨无悔。参加白云机场扩建工程的人们就是这样一群又忙又累的人，在工地大家都已经没有了周末、节假日的概念，有的人自进入工地后只有大年初一清闲了一天。他们又忙又累的理想是具体的，理想明日是个晴天，可把那个软土坑填平处理干净；理想拌和机震动器完好无故障，能浇筑更多的道面混凝土；理想砂石材料能及时补上，不影响完成这个机位转移去新机位；理想吊装150厘米大水管不出意外，安全顺利……这些可称为理想吗？似乎过于简单化了！其实理想不是统一的、抽象的，它就像春天千朵万朵要开的花一样，有华丽雍容的，也有朴素单色的。是否可以说，那些简单的理想一点一点兑现、一点一点积累，集腋成裘，就会渐渐实现伟大理想？就像小学生做算术题，加着加着积土成山，总和就到了共产主义社会，按宣誓中所说“为实现共产主义而奋斗终生”！真不知道哪位老师能为这道题改卷打分。因为到现在为止，还没有人描述清楚共产主义到底是什么样子，能够清楚地给人以感受。不必去嘲笑种田人的小农头脑，“三十亩地一头牛，老婆孩子热炕头”，因为，有这样理想的农民一定都是好农民；不必去讥讽年轻徒工的理想是在城里能有一间自己的房，为此他专心学手艺、争取自己能单挑、揽活，挣更多的钱，同样，有这样念头的工人一定都是好工人。飞多高飞多远，这不重要，因为天资和条件不同。但是理想不可无，也不必顾及其大或小，理想可以成就一个人，可以成就真善美。参加白云机场扩建工程的人们理想很简单，就是尽快地把一个优质的国际机场交付给国家使用！

人们总是颂扬秋季的美好，因为秋季是丰收的季节，五谷丰登、瓜果遍地……那真是手中有粮，心中不慌。但是，参加白云机场扩建工程的人们要高唱的是春季的可爱、可庆，各项工程在春季里“摩肩接踵”地迎来了可喜的竣工日子：

道面混凝土工程，工程量达到 103 000 立方米于 4 月 1 日完成；

排水工程各种管道 7 100 余米于 4 月 5 日完成；

北端排洪沟工程 139 000 立方米于 4 月 8 日完成：

环市路立体交叉工程一座于 4 月 8 日完成；

跑道两端沥青接坡 10 000 平方米于 4 月 9 日完成；

通信导航工程一项于 4 月 10 日完成；

燃油供应系统扩容改造工程一项于 4 月 12 日完成；

助航灯光工程一项于 4 月 15 日完成；

航站楼扩建工程一项于 4 月 16 日完成；

白云机场扩建工程竣工大会于4 月18 日召开；

机场场内清场一项于4 月20 日完成；

进场公路工程一项于4 月30 日完成；

新塔台项目只能作为遗留项目日后单独验收。

2

白云机场扩建工程陆陆续续完成，按说该轻松一些了，但是四总队司令部各科室仍忙作一团，甚至挑灯夜战。他们汇集整理竣工资料，并对已整理好的资料分类装订成册，因为工程验收即将进行。这次验收工作组的规格和成员，那是建设四总队从未遇到过的，他们包括国务院有关部门、军委空军（含民航总局）、广州军区空军、广东省广州市政府、中南民航局以及各施工单位。

早在扩建工程指挥部向上级报告请求进行工程验收时，上级领导已下达指示，留必要的人员迎接验收，尽快撤走军工、民工，腾出占用民航的营区和营房，拆除临时建筑，对整个机场清场，抓紧机场通航飞行的准备。为此，工程竣工验收阶段，白云机场是人出人进、搬出搬进，验收工作、通航准备工作与扩建工程收尾工作交叉着进行，繁忙异常、热闹非凡。好在各方都懂得这是为了一个目标，因而没有发生什么纠葛，各方的工作都在紧张有序地推进。

工程验收工作分场外组、场内组和飞行校验组。其实飞行校验组早已开始了工作，他们选择了晴朗的天气，从佛山机场起飞到白云机场上空，进行了大小航线飞行，校验各发信台的功能和信号清晰程度；在空中模拟起飞、着陆，检验坡度灯、着陆雷达使用效果；在地面人员配合下，正式在机场新跑道上着陆滑行，以检验新跑道上滑行舒适度、表面粗糙度和刹车减速功能的可靠性；正巧又遇广州市有小雨，又增加了雨后跑道上着陆滑行测试项目等等。试飞飞行员反应在新跑道上滑行非常平稳、没有颠簸的感觉；而且雨后着陆滑行时轻轻使用刹车就能让飞机减速，道面粗糙度合适，这样的测试结果，让大家很是满意。各项测试、检验均出了文字报告，提交给了工程验收工作组。

场外组还有广州市各施工单位参加，验收组成员对于工程质量、工程进度均表示满意，场外几项工程确实保障了机场能及时交付使用。至于进场公路其实早已通车，但是由于绿化工作尚须收尾，估计4 月底可以完成，所以此项验收报告延后交出，不影响验收工作的进展。

场内组是验收工作中的关键，工作量最多。道面混凝土工程项目除了查看现场、翻阅竣工资料，还专门到试验室，在留出竣工验收用的10 组混凝土试件中，由验收组随机选择3 组进行当场试压，在众目睽睽下，3 组试件的抗压强度、抗折强度均达到或超过标准值，这样的结果获得了所有在场人员的掌声。排水项目大部分是隐蔽工程，所以主要检查竣工资料。通信工程的验收则是在机场各处使用电话，结果是电话接听速度快、语音清晰，效果很好。燃油系统专门用新油槽车到消耗油库加油，很快就加满了一车油，据操作工人反映，加油速度比原先起码提高了3 倍，能满足日后供应大型客机加灌燃油操作时间的规定。

比较特殊的是助航灯光工程验收，尤其是夜间试灯让人在视觉上得到了意外的满足。验收组登上原有的塔台，有不少年轻成员为看得远，还专门上到周围设置栏杆的塔台屋顶。周围夜幕一片，瞬时打开所有灯光，各种色彩的灯具把机场各个部位勾勒出来呈现在人们眼前，灯光交相辉映，一片五彩斑斓的景象：密集的跑道端部黄灯和中部的白灯、紫色的联络道灯、稀疏的滑行道白灯，以及站坪设置周边射向中央的高悬排灯。那比黄梅戏中元宵节“夫妻观灯”实在是强多了，场面宏大、视野开阔，特别是天空一片漆黑而地上绵延不尽各色灯光时，看哪里都感到赏心悦目，壮观至极。验收工作组下达口令，工作人员操纵着控制台实现助航灯光使用状态的变化。一会儿“北风，客机着陆！”一会儿“南风，客机着陆！”一会儿“市电故障，备用电源供电！”在人工掌控下及时实现不同状态亮灯的变换，很是到位；市电中断由备用油机供电，切换作业时间也符合规定要求。

……

验收组查实了在工期如此短、工程量巨大的扩建工程中，包括筹备和施工期间仅发生5起工伤事故，除1起重伤外都属于轻伤，关键是无人死亡，这让验收人员感到非常欣慰和满意。

通过几天的工作，验收工作组最后的结论是白云机场扩建工程质量优、进度快，各项工程合格率100%，优良率85%，准予验收交付使用。机场扩建工程指挥部于4月18日在校罗坪召开工程竣工庆祝大会，第二天起快速组织剩余的军工民工撤出白云机场工地……

建设四总队被安排于下午 3 点在白云机场油库专用站台，搭乘返回衡阳的军用专列。上午 10 点建设六总队军用专列已发车，而工程兵五团军用专列发车时间为下一天上午。这也使得油库站台又熙熙攘攘热闹非凡了。是日下午 2 点左右四总队机关、各大队陆续来到站台，王光华来到站台后，要通信员立即去找屠文田副大队长来见他。停放在站台的军用专列，在一长串闷罐车厢中配有一节硬座车厢，供总队领导乘坐，据说这是师级单位享受的待遇。当然偌大的一节车厢让总队机关人员也沾光享坐，那比闷罐车厢舒畅多了。

不一会屠文田来到了硬座车厢前找到了王光华，“报告!”他立正敬礼说，“政委您找我呀。”

王光华回头一看是屠副大队长，立即说：“是的。”拉着他走了几步到人少些的位置，对着屠文田说：“你老家地方政府回函要你尽快去办离婚手续，你返回衡阳安排一下工作就去一趟老家吧。”

“是，按政委的指示办。”屠文田七上八下的心终于放下了，联想到可与袁静操办婚事，心中暗喜却不敢表露。他接着说，“如果没有其他事，我就回大队的车厢了。”王光华点头同意。

军用专列不像旅客列车，按时按点到站，它是走停无常，毫无规律。有时在一个偏僻的小站可停上几个小时，但是发车还是挺准时的，建设四总队军用专列下午 3 点整，在汽笛一声长鸣中缓缓开动了。在硬座车厢中乘坐的人员稀稀落落，所以有很多空位。场建科几个年轻人坐在一起，文昊选了一个靠窗的座位，一脸望着行进的前方，心中思忖，再见了白云机场！曾经忙忙碌碌、没日没夜奋战过的地方，突然说走就走，内心还真有一种说不出的留恋与淡淡的伤感。车速一直不快，是这段铁路尚在市区无法高速行驶，还是不想快速离开，让我们补偿性地再多看一眼可爱的广州？真想立即飞到林伶身旁，她第一次有身孕却无法亲自照顾她，实在是没有尽到做丈夫的责任，唉，做军人的妻子既要勇敢、坚韧，还要忍耐、自强，真是不容易呀……

章玉贵来到文昊身边，用肘部碰了他一下说："文工程师，想心思呐，是在回忆还是在憧憬？"

"我，我，"文昊从思索中回过神来，一时不知如何回答，不好意思地说，"没什么，没什么。"

"我想跟你沟通一个情况，"章玉贵也没深究他的回话，继续低声说，"白云工地连轴转辛苦了八九个月，所以我想安排科里的年轻人抓紧探亲休假，也包括你。你看呢？"

文昊没有想到好事来得那么快，能探亲当然好呀，梦寐以求，兴奋得他脱口而出说："好呀，好呀。感谢领导的关心。"

"那你就立即写个报告，我这就请参谋长批一下。到了衡阳安排妥当就行动。"

"是不是有新的任务嘞？"文昊突然醒悟。

章玉贵故作平静，悄悄地说："我可没有这么说，你这个机灵鬼！"

3

经外交部、民航总局联系，巴基斯坦国际航空公司派出一架波音 707 飞机对扩建后的白云机场进行试航。当飞行员停下飞机走出机舱后，通过翻译竖着大拇指告诉中南民航局领导说，飞机下降中各种导航信号准确、清晰，着陆滑行时非常平稳。“Very good!”

1964 年 4 月 29 日，达卡—上海—广州—达卡首航成功，给帝国主义的封锁和“苏修”的刁难一个响亮的回答！这是白云机场第一条通往国外的航线，中华人民共和国南方重镇——广州市通向国际的大门正式打开，从此人们进进出出，融入世界通畅无阻。

后 记

本书是小说，人物、情节纯属虚构，如有雷同，纯属巧合。书中“好人”不是你，书中“坏人”更不是你，切勿对号入座。

本书形成初稿后，得到了我夫人和原上海中学老师（卫杰文）的支持与建议，得到笔友（王艳平老师）精心的帮助，得到我外孙在电脑技术方面“顾问”级的帮衬，在此向他们致以衷心的感谢。

关于机场建设方面的题材，似乎在以往的文学作品上较少反映，今大胆踏入这个领地。原想竭尽全力做到文字流畅、情节曲折、故事性强，但由于本人非科班出身，水平有限，实为其难。至于作品能否在社会上立足，能否得到部分人民青睐，那就难说。不足之处，恳请读者与方家不吝赐教。

阿 德

2013 年 6 月 1 日